떡상기원 주식 공감 드라마 대본집

# 개미가 타고 있어요 (상)

윤수민 김연지
이예림 이지나 지음

너와숲

**개미가 타고
있어요(상)**

**초판 1쇄 인쇄**
2022년 9월 27일
**초판 1쇄 발행**
2022년 10월 10일

**글**
윤수민 김연지
이예림 이지나

**펴낸이**
백영희

**펴낸곳**
㈜너와숲

**주소**
04032 서울시 금천구
가산디지털1로 225
에이스가산포휴 204호

**전화**
02-2039-9269

**팩스**
02-2039-9263

**등록**
2021년 10월 1일
제2021-000079호

**ISBN**
979-11-92509-10-5(세트)
979-11-92509-11-2(04810)

**정가**
17,000원

©윤수민 김연지
이예림 이지나

**이 책을 만든 사람들**

**교정**
유승현
**홍보**
박연주

**마케팅**
배한일
**디자인**
글자와기록사이

**포스터 제공**
스튜디오드래곤
**제작처**
예림인쇄

떡상기원 주식 공감 드라마 대본집

# 개미가 타고 있어요 상

# 웃기기만 하는 건 재미 없잖아요.
# 웃음으로 승화 시키는 게 재미있는 거지!

새벽같이 머리 감고 출근하는 것이 불행하다고 느껴 호기롭게 다니던 회사를 때려 치고 방송 작가 일을 시작한지 12년. 저는 어쩌다 보니 사양 산업이 된 코미디 외길을 걷고 있습니다.

로맨스, 휴먼, 스릴러⋯ 온갖 장르의 홍수 속에서 어쩐지 항상 천대 받는 코미디지만 '웃기다'는 말이 세상 최고로 좋은 저는 몇 안 남은 코미디를 좋아하는 작가들과 오늘도 온 갖 짜치고 하찮은 아이디어로 깔깔 웃으며 드라마 회의를 하고 있습니다.

작년, 아는 피디님께 '주식은 불로소득 아니냐.'라는 한마디 말을 듣고 침을 튀기며 '주 식 투자는 나쁜 거 아니다!' 하고 열변을 토하고 있는 나 자신을 보며 피식 웃었던 적이 있 습니다. 지나가던 누가 보면 여의도 큰손인 줄 오해할 만큼 저는 주식에 빠져 있었습니다.

원숭이도 돈을 벌었다는 작년 호경기에 주식으로 이천만 원을 벌었던 제 계좌는 지금 상승분을 거의 반납하고 시퍼렇게 멍들어 있지만, 주식으로 드라마도 쓰고 이렇게 대본집 까지 냈으니 저는 주식에게 절이라도 하고 싶은 기분입니다. 끝으로 제가 흔들릴 때 저를 굳건히 잡아주신 하나님, 세상에서 저를 가장 사랑해 주는 두 사람, 엄마 사공혜숙 씨와 꼬 꼬마 아들 김이안에게 고마움을 전하고 싶습니다. 드라마 '개미가 타고 있어요'를 재밌게 봐 주신 시청자와 대본집 독자분들, 정말 감사합니다!  _윤수민

이 책을 펼쳐 든 분이라면, 분명 드라마를 재밌게 보신 분일 거라 생각됩니다. 먼저 진심으 로 감사의 말씀을 전합니다.

웃고 싶다는 일념으로 시작해서 시종일관 웃음으로 써 내려간 드라마였습니다. 타 이밍도 기가 막히게, 대본을 쓰기 시작할 땐 주식장이 날아올랐고, 끝날 무렵에는 나락으 로 떨어졌습니다. 그래서 '주식을 하는 분들이 과연이 작품을 웃으면서 볼 수 있을까?' 하 는 걱정도 들었지만⋯ 이렇게 된 이상, 생각을 바꿨습니다.

떡상인지, 떡락인지는 매도를 해봐야 결정이 나는 것이죠. 사실 이렇게 장난처럼 시작 한 이야기가 대본으로 나오고, 드라마로 제작되고, 심지어 책으로 출판이 될 줄 누가 알았 겠습니까?

우리네 인생도 그런 거 같습니다. 무엇이든 마침표가 찍혀 봐야 잘 됐는지 아닌지 알 수 있는 것이죠. 우리 모두가 우량주는 될 수 없을지라도, 살아가며 천천히라도 꾸준히 우 상향 한다면, 그 또한 '명품주'이지 않을까요. 작가로서 첫 번째 마침표를 찍게 해 주신 모 든 분께 감사드립니다.  _김연지

주식으로 부자가 될 수 있다는 말이, 마치 나도 복권 1등이 당첨될 수 있다는 말과 같이 허황된 것이라고 생각했던 사람입니다. 인생은 가까이서 보면 비극이고, 멀리서 보면 희극이라는 말을 떠올리며, 주식으로 비극을 겪는 이야기를 희극으로 보면 재밌겠다는 단순한 생각으로 주식과 관련된 드라마 작업을 시작했고, 작품 속 주인공들처럼 주식에 대한 내용을 차근차근 배워 나갔습니다.

물론 지금도 제가 주식으로 일확천금을 버는 사람이 될 수 있다는 생각은 하지 않습니다. 다만 주식은 일상 속에 작은 재미를 주는 소소한 취미가 될 수 있고, 주식을 통해 새롭게 배울 수 있는 많은 것들이 있다는 사실을 알았습니다. <개미가 타고 있어요>가 그런 작품이 되었으면 합니다.

주식에 대해 아무것도 모르는 사람도 쉽게 볼 수 있고, 주식을 하는 사람도 이해할 수 있는, 웃기고 도움 되는 이야기. 이 작품을 함께 할 수 있게 된 것에 감사하고, <개미가 타고 있어요> 시청자분들을 비롯해 대본집이 나올 수 있도록 관심을 가져 주신 모든 분께 감사드립니다. _이예림

지난해 연말 작가 협회를 통해 문자 한 통을 받았습니다. 윤수민 작가님이 주식 드라마를 쓰시는데, 에필로그로 5분 정도 주식 정보를 담은 내용을 맡아줄 수 있는지에 관한 문의였습니다. 그렇게 <개미가 타고 있어요>란 작품과 인연을 맺었습니다. 제안을 받고 저는 고민도 하지 않고 함께하기로 했습니다. 처음 해 보는 드라마 작업에 대한 호기심과 주식 예능 프로그램을 오랫동안 했던 것에 대한 무언의 자신감이 혼재된 호기로운 결정이었던 것 같습니다.

어떤 콘셉트로 어떤 정보를 이야기할지 고민하는 시간 동안 다시 주식 관련 서적을 꺼내 읽어 보고, 믿을만한 자료를 찾아보고, 직전에 했던 프로그램까지 모니터하며 파이팅 넘치는 시간을 보냈습니다. 에필로그 대본이 나오면 읽어 보고 좋은 의견을 주신 세 분의 작가님과 촬영 전 직접 감수해 주신 슈카 님이 계셔서 무사히 이 프로젝트를 완주할 수 있었다고 생각합니다. 드라마 대본의 디귿도 가까이 가본 적 없던 저였기에 너무 특별하고 재밌는 작업이었고, 이 작품에 조금이나마 참여할 수 있어 영광이었단 말씀을 꼭 드리고 싶습니다.

5분이란 시간은 때론 너무 짧지만 때론 너무 길었습니다. 세상의 모든 드라마 작가님들, 너무 멋지십니다! 저는 다시 제자리로 돌아와 '지압판을 깔까, 끈끈이를 깔까' 회의하고 있습니다. 이번엔 찐 웃음에 집착(?)해 본분을 다해 보겠습니다. _이지나

남희웅

'개.미.타' 사랑해주셔서
감사해요. 복 받으실게에요.

유 미서 드림♡

"께이거 다른 있어요"
사랑해주셔서 감사합니다.
행복안 가득하시길..

-최 성-

# 1부

# 한강 물은
# 아직 차다

## 1. 몽타주

여의도 빌딩숲, 부감 샷(shot).
거울처럼 빛나는 고층 전면 유리 빌딩들을 가로, 세로로 훑는 카메라.
그 사이 보이는 증권사 본사들의 대형 간판. 컷컷.
여의도, X자 횡단보도를 건너는 수많은 인파의 부감 샷(shot).

미서(NA)     모름지기 인간은 두 부류로 나뉜다.


지하철 안, 주식 창을 보고 있는 사람과 꾸벅꾸벅 졸고 있는 사람.

미서(NA)     주식하는 사람과 곧 주식할 사람.


방역복 입은 의료진, 마스크 쓰고 다니는 사람들.
17xx, 16xx, 15xx, 마침내 1400대로 폭락한 한국 거래소 내 대

형 입체 전광판. 컷컷.

미서(NA)  2020년. 팬데믹으로 코스피가 1400선까지 추락하자…

코스피 지수 그래프 선을 그리며 점점 3000을 향해 우상향하는…
한국 거래소 내 대형 입체 전광판. '祝 KOSPI 3000 돌파' 화면 떠 있고…

미서(NA)  개인 투자자들은 47조 원 넘게 사들이며 지수를 끌어올렸고, 코스피는 멀게만 보였던 3000을 돌파했다.

동학 농민 운동 기록화에 개미 얼굴 합성된 그림.

미서(NA)  이른바 동학 개미 운동.

검은 정장 입고 딱딱한 자세로 면접 보는 취업 준비생들.
신축 대형 아파트 단지 부감 샷(shot).
은행에서 지폐를 '차르륵' 펴는 은행원. 지폐 세는 기계에서 세어지는 5만 원권.
한국 거래소 전경, 펄럭이는 한국거래소 깃발.
한국 거래소 장내 중앙 대형 입체 전광판과 흘림 자막 전광판, 쉴 새 없이 주가를 보여 준다.
MTS에서 현금 매수를 누르는 손 타이트 샷(shot).

미서(NA)  하지만 그 이면에는 개미들의 처절한 드라마가 있었다. 취업문은 좁고, 집값은 치솟고, 은행 금리는 턱없이 낮다. 주식만이 마지막 희망처럼 보이는 건 어쩌면 당연하다.

수많은 모니터에 둘러싸여 바쁘게 전화 받으며 거래하는 증권사 브로커들.
빨간색 화살표와 초록색 화살표가 혼란스럽게 뒤섞인 전광판의 타이트 샷(shot).

뉴스 앵커(E)  빚을 내서 주식을 사는 이른바 빚투⋯ / 당국이 위험성을 경고했습니다.

미서(NA)  하지만 주식 판은 오늘의 정답이 내일의 오답이 될 수 있는 곳. 변동성 심한 장세에 '묻지 마 투자'로 대량의 불량 개미들이 양산됐고⋯

2. 한강 / 저녁

붉게 석양이 지고 있는 한강 풍경.
씁쓸한 표정으로 한강을 보며 담배를 피우는 여자, 미서다.

미서(NA)  그게 바로 나다⋯ 씨발⋯

이미 여러 개비의 담배를 피웠는지 바닥에 꽁초가 가득이다.
"끌끌끌⋯" 광기와 슬픔으로 뒤섞인 헛웃음을 지으며 마지막 담배를 피우는 미서.
미서, 담배를 바닥에 비벼 끄고서 휴대폰에 음성 녹음을 한다.

미서   (울먹) 엄마… 나 미서야. 목소리 들으면 흔들릴 거 같아서 이렇
      게 음성으로 남기는 거야. 미안해… 사랑해, 엄마… 내 통장에
      남은 돈은 내 장례비로 쓰… (크헙!)

미서, 음성 녹음을 마치고 바닥에 휴대폰과 신발을 고이 놓는다.
그리고 마치 뛰어내릴 것처럼 난간 위로 오르려는 순간!
누군가 미서의 팔을 '탁!' 하고 잡는다.
미서, 놀라서 후다닥거리다가 난간 아래로 내려오고…

미서   아, 깜짝야!!! 하마터면 죽을 뻔했잖아요!

보면, 미서의 팔을 잡은 사람은 슬픈 눈망울의 부랑자 아저씨.

아저씨   태평바이오…?

미서, 말없이 고개를 끄덕인다.
아저씨, 주머니에서 담배 한 개비를 꺼내 건넨다.

아저씨   마크 트웨인은 말했지. 10월은 주식투자에 특히 위험한 달 중
       하나라고. 다른 위험한 달로는 7월, 1월, 9월, 4월, 11월, 5월,
       3월, 6월, 12월, 8월, 그리고 2월이 있다고…

1부      한강 물은 아직 차다

| 미서 | …다 위험하다는 거잖아요! |
| 아저씨 | 정답! 똑똑하군. (동병상련의 미소)… 한강 물 아직 차. |

유유히 사라지는 아저씨.
미서, 담배를 입에 물려고 하다가… 이내 멀리 석양을 바라본다.

| 미서(NA) | 주식이 위험하다는 건 알고 있었다. 하지만 다시 돌아간다고 해도 난 주식을 할 거 같다. 주식은 우리에게 남은 마지막 부의 사다리니까… |

그때, 울리는 핸드폰. 보면, 배달이 들어왔다는 알람이다.
다리 위로 헬멧을 쓰고 가방을 멘 미서가 열심히 자전거를 타고 가고 있다.

| 미서 | (핸즈프리로 통화) 네네~ 냉면 지금 가고 있습니다~ |
| 미서(NA) | 그래, 한강 물은 아직 차다… 좀 따뜻해지면 다시 오자… |

미서의 자전거가 프레임 아웃되면…
타이틀 <개미가 타고 있어요>
- 한강 물은 아직 차다 -


3. 아파트 복도 / 밤

| 자막 | 한 달 전⋯ |
|---|---|

한밤중, 적막이 흐르는 어두운 복도⋯ 잠시 후 현관문이 끼익 열리고⋯ 큰 마대 자루를 힘겹게 끌고 나오는 누군가⋯ (얼굴 안 보임) 엘리베이터에 자루를 싣고 닫힘 버튼을 누른다.

### 4. 아파트 주차장 / 밤

손전등을 들고 순찰하던 60대 경비원, 마대 자루를 질질 끌고 가는 누군가를 보고 깜짝 놀란다. 바로 선우다.
경비원, 잔뜩 긴장해서 덥수룩한 머리가 얼굴을 덮은 선우에게 손전등을 비춘다.

| 경비원 | 그⋯그게 뭐요? |
|---|---|
| 선우 | ⋯재활용⋯ 쓰레기요. |
| 경비원 | !!!! |

꾸벅 인사하더니 다시 마대 자루를 질질 끌고 가 일사불란하게 종류별로 착착 분리해서 버리는 선우.

| 경비원 | (심각한 표정) 못 보던 얼굴인데⋯ 저런 사람이 살았나⋯? (갸웃) |
|---|---|

### 5. 차 안 / 낮

운전 중인 진욱과 들뜬 표정의 미서.

진욱    일단 빌라 위주로 보여 달라고 했어.
미서    빌라? 그래~ 뭐 어때~ 오빠랑 같이 사는데 초가집이라도 좋지.


6. 몽타주 / 낮

부동산 중개인과 함께 빌라, 낡은 집을 보는 미서와 진욱. 컷컷.
표정 썩어서 집 보는 미서, 웃는데 웃는 게 아니다.
중개인, 미서의 표정을 읽었는지 말을 꺼낸다.

중개인    이 앞에 아파트 매물 나온 거 있는데 보여 드릴까?
진욱      그럴까?
미서      그래. (중개인에게) 보여 주세요.


#. 아파트 전경 / 낮


7. 아파트 / 낮

들어서자마자 거실까지 들어오는 채광에 미서의 얼굴이 환해진
다. 진욱의 표정도 지금까지 중에 가장 밝다. 슬쩍 미서의 표정
을 살피는 진욱.

| 중개인 | 여긴 재작년에 리모델링해서 깨끗해요. 올수리. |
|---|---|
| 미서 | (눈이 한층 커지며) 올수리~ 진짜 깔끔하네요. (부엌의 물 틀어 보는) |
| 중개인 | 정남향에 쓰리베이. 인프라도 좋아요. 근처에 마트, 병원, 공원 다 있어. |
| 미서 | 역세권에 인프라까지… (침을 삼킨다. E. 꿀꺽) |
| 중개인 | 집주인이 해외에 계셔서 이래라 저래라 간섭도 전혀 없어요. |
| 미서 | (E. 꿀꺽) 좋다아… |
| 진욱 | 좋은데… 가격이 좀 세죠? |
| 중개인 | 에이~ 그래도 이런 아파트에 이 가격은 거저지~ 요즘은 매물이 없어서 집도 안 보고 계약한다니까요~ |
| 미서 | 그래요…? (E. 꿀꺽. 중얼) 군침이 싹… 도네. |

8. 선우 집 / 낮

'째깍째깍', 시계 소리만 나는 집. 벽에 걸린 뻐꾸기시계는 오후 2시가 넘어가고 있다.
벽 한편에 붙은 서울대 졸업 사진 액자가 보인다. 가족들과 샤 정문 앞에서 찍은 사진이다.
엄마 취향의 꽃무늬 이불을 덮고 자던 선우, 잠에서 깬다.
자리에서 일어나는데, 그때 집 전화가 울리고… 전화를 받는다.

| 선우 | 여보세요? …네. 맞습니다. (사이) 네. 알겠습니다. |
|---|---|

전화를 끊은 선우, 잠시 멍하다.

거울을 보는데 머리가 덥수룩하게 길어 얼굴을 다 가렸다.

선우        (앞머리 쓸어 올리며)… 잘라야겠다.

화장실로 향하다 멈칫. 벽에 걸린 2019년 12월 달력을 떼낸다.

**CUT TO**

씻고 나온 선우, 방으로 들어가서 옷장을 연다. 많은 슈트들이
보이고…
그중에 하나를 골라서 입고 거울 앞에 서는데…
이건 아니다 싶었는지 피식 웃더니, 넥타이를 느슨하게 푼다.

9. 엘리베이터 / 낮

7층에서 엘리베이터에 타는 미서, 진욱, 중개인.

중개인     그냥 여기로 하세요~
진욱        그러고 싶은데… 예산에서 좀 오버 돼서…
미서        (손톱을 물어뜯으며 뭔가 생각하는 표정)

엘리베이터가 5층에 멈추더니 단정하게 차려입은 선우가 탄다.

10. 아파트 동 앞 / 낮

아파트 입구에서 선우는 먼저 다른 방향으로 걸어가고…
진욱은 전화가 와서 잠시 옆으로 빠진다.
미서와 중개인은 차로 걸어가는데, 그때 중개인의 전화가 울린다.

중개인  (전화 받는) 네네. 삼라아파트요? 아직 안 빠졌어요. 내일요?

미서, 중개인에게 온 전화가 방금 본 아파트 얘기인 걸 눈치챈다. 중개인에게 손으로 X자 그려 보이고, 타임 액션 취하는…

중개인  (폰 내리며) 왜요?

미서, 중개인의 팔을 비장하게 붙잡는다.


11. 미용실 / 낮

덥수룩했던 머리를 깔끔하게 자른 선우의 모습이 거울에 비친다.


12. 거리 일각 / 낮

걸어가던 선우, 통신사 매장을 발견하고 발걸음을 멈춘다. 물끄러미 보는…

13. 통신사 매장 안 / 낮

　　　선우 새 핸드폰을 보고 있고, 가입 서류 정리하던 직원.

직원　　　그럼, 번호는 예전에 쓰시던 걸로 해 드릴까요?
선우　　　그냥 새 번호로 해 주세요. 쓰던 게 없어서…
직원　　　(당황) 쓰시던 핸드폰이 없다고요? 아예?
선우　　　네.
직원　　　(뭐지? 놀란다)


14. 통신사 매장 앞 / 낮

　　　한 손엔 통신사 종이봉투와 다른 한 손엔 새 핸드폰을 들고 매
　　　장에서 나오는 선우.
　　　이내 외우고 있는 번호를 눌러 전화를 건다.

엄마(F)　　여보세요?
선우　　　…엄마.
엄마(F)　　(놀라)…!!! 선우니?
선우　　　네. 저 핸드폰 샀어요. 이제 이 번호로 전화하시면 돼요.
엄마(F)　　(감격해 울먹) 그래 잘했다! 오! 주님… 감사합니다…


#. 오피스텔 외경 / 밤

## 15. 미서 오피스텔 / 밤

진욱, 계산기로 결혼 예산을 계산해 보고 있다.

미서, 그런 진욱을 보다 말을 꺼낸다.

미서        오빠, 난 아무리 봐도 마지막 아파트가 맞는 것 같아. 낡은 집은 막상 살다 보면 수리비가 더 들잖아. 남의 집에 왜 돈 들여.

진욱        …나도 그 아파트 좋았어… 근데… 예산이…

미서        전세 대출 나올 거고, 딴 데서 예산 좀 줄이면 가능해!

진욱        어디서?

미서        나 어차피 신혼여행도 멀리 못 가고, 예물? 안 해도 돼. 혼수도 딱 필요한 것만 사면 되고. 그런 건 한때지만 집은 아니잖아.

진욱        그런가…?

미서        응~ 딴 집은 진짜 다 너무 별로야. 사생활 보호도 안 되지, 막 무너질 것처럼 낡았지. …오빠, 나 진짜 그 마지막 집이 맘에 들어…

진욱        나도 그렇긴 해…

미서        그치?! (눈치 보다) 나 있잖아… 거기 계약금 걸었어.

진욱        뭐?! 벌써?

미서        응. 딴 사람이 금방 채갈 것 같더라고.

진욱        (한숨)… 미서야. 너 그 충동적인 성격 좀 고쳐.

미서        …오빠. 내가 딴 데 돈 쓰는 거 봤어? 나 진짜 이 집에 진심 이야…

진욱        …그래 알았어. 예산 다시 짜 보자. 신용까지 땡겨서 영끌하면 어떻게 될 거 같긴 해.

| 미서 | 진짜?!!!! |
|------|----------|

## 16. 편의점 / 밤

중년의 여자 점장과 아르바이트 면접을 보고 있는 선우.
점장, 선우가 준 이력서를 보는데… 금학고등학교까지만 쓰여
있다.
이력서를 보고 선우를 쓱~ 보는 점장.

| 점장 | 나이가… 서른 셋? 뭐 다른 아르바이트나 일해 본 건 없어요? |
|------|------|
| 선우 | 네. 그냥 집에 있었습니다. |
| 점장 | 일 안 하다가 갑자기 왜 알바할 생각을 하셨대? |
| 선우 | …이제 좀 사람답게 살아 보려고요. |

점장, 선우를 보다가… 눈이 스윽 선우의 발목으로 향한다. 잠시
침묵이 오가고…

| 선우 | (뭔가 깨달은)…!! 아, 없습니다! 그런 거! |

선우, 바지를 추켜올려 발목에 전자 발찌가 없음을 확인시켜 주
자… 점장, 그제야 조금 안심하는 눈치. 하지만 영 미덥지 않은
표정이고…
그때, 편의점 밖에 트럭이 서더니 편의점 물류 배송 아저씨가 들
어온다.

| 운송 | 점장님~ 오늘 물건 많네! |
|---|---|

물류 직원, 무거운 박스를 내려놓고 다음 물건을 가지러 가는
데… 선우, 아무 말 없이 박스를 들어 올린다.

| 선우 | 안쪽에다 들여놓으면 되죠? |
|---|---|

선우, 아무 말 없이 물건 안쪽으로 옮기고… 그런 선우를 물끄러
미 보는 점장.

| 점장 | 언제부터 일할 수 있어요? 낼부터 가능? |
|---|---|
| 선우 | …네. 가능합니다. |

## 17. 백화점 전경 / 낮

| 미서(OFF) | 어서 오십시오~ |
|---|---|

## 18. 명품 매장 안 / 낮

미서, 매장 유니폼 입고 깔끔하게 올린 머리로 손님을 응대하고
있다.
단골손님이 들어오고 긴장한 직원들이 수군댄다.

| 후배 | 힉! (미서에게 속닥) 저 까칠한 손님 또 왔다. 선배가 가요~ 전 못해요. |
|---|---|
| 미서 | 알았어. 내가 응대할게~ (크게) 어서 오세요. 고객님~ |

미서, 비즈니스 미소를 장착한 채 당당하게 손님에게 다가간다.
무표정하게 여성용 가방을 보고 있는 손님.

| 손님 | 이건 얼마예요? |
|---|---|
| 미서 | 네 고객님~ 이 제품은… 247만 원입니다. (하다) 누구… 선물 고르시나 봐요? |
| 손님 | 아~ 네. 여자 친구 거요. |
| 미서 | 음~ 여자 친구분~ 너무 좋아하시겠다~ |
| 손님 | (갸웃하며 혼잣말) 아… 근데 어울릴지 모르겠네. |
| 미서 | ('기회다!' 눈 반짝) 그럼 제가 한번 메봐 드릴까요? |
| 손님 | …그래요. |
| 미서 | (가방 메고 여친 연기) 오빠~ 이거 어때요? 어울려요? |
| 손님 | 아~ 여자 친구 연상인데. |
| 미서 | (바로 태세 전환) 야, 어때. 괜찮지? 살까? |
| 손님 | (긁적) 아니다… 그냥 엄마 사드릴까? |
| 미서 | (바로 엄마 연기) 아드을~ 엄마 이런 거 필요 없어… 사지 마 사지 마~ |

미서의 현실 엄마 연기에 손님, 어느새 몰입하고 버럭 한다.

| 손님 | 아! 됐어. 그냥 사~ 사 줄게! |
| 미서 | (못 이기는 척) 그럼… 엄만 저거. (멀리 있는 가방 가리키는) |

CUT TO

계산대, 손님에게 카드를 받는 미서.

| 미서 | (미소) 672만 원 결제해 드리겠습니다. 어머니가 진~짜 좋아하실 거예요~ |
| 손님 | (카드와 가방 쇼핑백 받고) 다음엔 엄마 모시고 올게요. |

뿌듯한 미소로 매장을 나가는 손님.
직원들, 엄지 척. 미서에게 존경의 눈빛을 보내고. 미서, "내 실력 봤지?"라고 하듯 씩 웃는…

19. 백화점 옥상 / 낮

각각의 유니폼을 입은 미서, 유나, 연희, 담배를 피우고 있다.
미서, 멀리 보이는 아파트들을 쓸쓸하게 바라보고 있는데… 연희가 한숨을 푹 쉰다.

| 미서 | 왜 그래… 뭔 걱정 있어? |
| 연희 | 그냥… 방금 전에 300짜리 구두 팔았는데… 현타 제대로 오더라. 어려 보이던데 내 월급보다 비싼 구두를 턱턱 사고… |

| 유나 | 그치. 난 가방들 신줏단지 모시듯 할 때 가끔 현타 오던데. |
|---|---|
| 미서 | (아파트 보면서) 아… 사고 싶다. |
| 유나 | 맞아~ 나도 가방 하나 사고 싶어. |
| 미서 | (담배 끄며 웃는) 나 먼저 간다. |

### 20. 레스토랑 안 / 밤

미서와 수진, 마주 앉아 스테이크를 썰고 있다.

| 미서 | 사랑의 큐피드 님, 많이 드세요~ |
|---|---|
| 수진 | 내 덕분에 결혼하는데 밥으로 퉁 치냐? |
| 미서 | 여기 비싸거든? (고기 먹더니) 음~ 맛있다~ |
| 수진 | (웃고) 근데 둘이 진짜 결혼을 하긴 하는구나~ 결혼 준비는 잘 돼가? |
| 미서 | 응. 지금 전셋집 보고 있어. |

수진, 가방에서 팩트를 꺼내는데… 미서, 수진의 명품 가방에 시선이 간다.

| 미서 | 야. 그거… |
|---|---|
| 수진 | (가방 보여 주며) 이쁘지? 하나 샀어. 부럽냐? |
| 미서 | 아니… 그게 아니라… 왜 나한테 안 샀어? 내 실적 좀 올려 주지! |
| 수진 | 미안~ 담엔 꼭 너한테 살게. |

그때, 미서 핸드폰이 울린다. 진욱의 전화다.

미서    (받는) 어~ 오빠. 은행 갔다 왔어? (사이) 뭐?! 왜 그걸 지금 말해. (수
       진에게) 잠깐만… (자리를 뜨는)


**CUT TO**


통화 후 자리로 돌아오는 미서, 표정이 어둡다.


미서    아… 어떡해…

수진    왜? 무슨 일 있어?

미서    신용 대출 안 나온대… 그것만 믿고 있었는데…

수진    그럼 어떻게 되는 거야?

미서    3천 빵꾸 난 거지. 아~ 씨… 전세 계약금 날리게 생겼네… 어
       떡해…

수진    (뭔가 생각하다 낮은 목소리로) 야.

미서    왜…

수진    아니다. 이런 거 함부로 말하면 안 되는데… 아냐.

미서    아~ 뭐야 말해. 궁금하게.

수진    …(가까이 오라는 손짓)

미서    (귀를 기울인다)

수진    태평바이오라고… 3상 진행 중인 치매 예방약이 있는데… 곧
       승인 떨어질 거야. 이거 사.

미서    3상…? 그게 뭔데?

| 수진 | (답답) 아~ 그니까, 1차 2차 3차까지 실험을 끝냈다고. 곧 인류를 구할 신약이 나와…! 내 친구 오빠의 처남이 태평 다니는데 직접 들었어. 이미 거기 직원들은 다 샀대. 태평바이오 주식! 사기만 하면 돈벼락 맞는 거라고. |
|---|---|
| 미서 | (의심스러운)… |
| 수진 | (가방 가리키며) 나 이거, 주식해서 번 돈으로 산 거야. |
| 미서 | (놀란)… 근데 그거 위험한 거 아냐? 괜히 돈 날리면 어떡해. |
| 수진 | 야. 세상에 돈 버는 데 안 위험한 게 어딨어. 그럼 너 계약금 그냥 날릴 거야? |
| 미서 | 아니. 그건 안 되지… |
| 수진 | 정 무서우면 일단 오백만 태워 봐. 잃으면 내가 줄게. |
| 미서 | … |
| 수진 | 진짜 네 사정 급하니까 내가 말해 주는 거야. 미서야, 이거 너만 알고 있어! |

미서, 수진의 달콤한 말에 홀렸다. 침 꿀꺽.
'너만 알고 있어!' '너만 알고 있어!' '너만 알고 있어!'… 귓가에 맴돈다.


21. 버스 / 낮

다음 날 출근길. 버스 맨 뒷자리에 앉아 핸드폰을 보고 있는 미서.
검색창에 '주식 사는 법'을 검색했다.

| 미서(E) | 매수가 사는 거… 매도가 파는 거… |
|---|---|

미서, 고개를 돌려 양 옆자리 사람들을 보면, 그들도 다 주식 창을 보고 있다.

| 미서(E) | 뭐야, 나 빼고 다 주식하고 있었네… 나만 안 했던 거야? |
|---|---|

미서, 주식 창에서 수진이 말한 '태평바이오' 종목을 본다. 현재 1주 10만 원이다.

| 수진(E) | 그럼, 너 계약금 그냥 날릴 거야? / 정 무서우면 일단 오백만 태워 봐. 잃으면 내가 줄게. |
|---|---|

긴장한 미서의 얼굴. 50주, 500만 원에 현금 매수를 누른다.
미서가 탄 버스가 떠나고 번호판이 스르륵 지워지더니 차량 번호 대신 '태평바이오'로 바뀐다.
뒷좌석 유리창에 '개미가 타고 있어요' 스티커가 붙어 있다. (CG)


22. 몽타주 (상한가의 나날들)

- 첫째 날, 점심시간 분식집. 김밥을 먹으며 주식 창을 보고 있는 미서, 수익률 28%에 평가 금액 6,400,000원. "헉!" 입을 틀어막고 놀란다.
- 둘째 날, 시내 일각. 아침 출근길. 8시 59분에서 9시가 되자

마자 주식 창을 새로 고침하는 미서, 수익률 55%에 평가 금액 7,750,000원. 콧노래를 부르며 투스텝으로 걸어가고 미서가 지나간 자리에 대형 전광판에 '태평바이오' 뉴스가 나온다. "치매 신약 임상 3상을 진행 중인 태평바이오의 주가 상승이 연일 이어지고 있습니다."
- 셋째 날, 쉬는 시간. 백화점 옥상에서 주식 창을 보고 있는 미서, 어느덧 수익률 84%에 평가 금액 9,200,000원. 호탕하게 웃는다.

#. 편의점 전경 / 밤


23. 편의점 안 / 밤

남자 손님 두 명이 들어오고… 선우, 읽던 책을 내려놓고 인사한다.


선우 어서 오세요!


남자1, 2 맥주와 음료 고르고 계산하러 오는데 고개를 드는 선우를 보고 화들짝 놀란다.


남자1 (귀신이라도 본 듯) 허어?!!!!
남자2 왜 이래… (하고 선우 쪽을 보다 깜짝 놀란다) 어?!!!!!

| 남자1 | 최⋯최선우⋯? 최선우 맞지? |
|---|---|
| 선우 | (바코드 찍으며) 어. 오랜만이다. (음료수 찍다가) 이거 원 플러스 원 인데⋯ |
| 남자2 | 어어⋯ (음료수 하나 더 가지러 가고) |
| 남자1 | 아직 이 동네 사는구나⋯ |
| 선우 | 응⋯ 봉지 줄까? 20원인데. |
| 남자1 | 어어⋯ 줘⋯ |

24. 편의점 밖 데크 / 밤

　　　편의점 문 닫고 나오자마자 선우에 대해 떠들기 시작하는 둘.

| 남자1 | (가슴을 쓸어내리며) 와⋯ 존나 놀랐네⋯ |
|---|---|
| 남자2 | 하아⋯ 나도. 나 저 새끼 죽었다는 얘기를 들었었는데⋯ |
| 남자1 | 그니까⋯ 나 진짜 귀신 본 줄 알고 식겁했네. |

　　　편의점 간이 테이블에 앉아 캔 맥주를 따는 둘.

| 남자1 | 쟤⋯ 그래서 그 일로 실형 받았다고 했나? 감빵 갔었나? |
|---|---|
| 남자2 | 감빵⋯ 갔을 걸? 난 그렇게 들었는데⋯ 야. 서울대까지 간 놈이 어쩌다가 감빵까지 가냐⋯ |
| 선우(OFF) | (O.L) 집행 유예야. |

　　　보면, 선우 서늘한 미소.

육포 한 봉지를 테이블에 놓는다.

남자1     지…집행 유예였구나. 하하하…
선우      이거 맛있더라. 아, 내가 계산한 거야.

선우는 아무렇지도 않게 옆 테이블의 의자를 정리한다.
선우의 여유로운 모습에 서로 눈만 마주치고 아무 말 못하는 남
자 둘.


25. 선우 집 / 밤

편의점에서 퇴근하고 들어온 선우, 지친 듯 소파에 털썩 앉는다.
불현듯 다시 떠오르는 옛 기억.

<플래시백>

법정. 판사들이 보이고, 피고인석에 앉아 있는 선우가 보인다.

판사      피고 최선우를 징역 6개월, 집행 유예 1년에 처한다. (판사봉 두드
         리는)

선고 결과를 들은 선우 모(母) 오열하고… 속을 알 수 없는 무표
정한 선우.

<다시 현재>

선우, 복잡한 심경의 얼굴이다.


# 백화점 전경 / 낮


26. 화장실 안 / 낮

변기 뚜껑을 내리고 앉아서 주식 창을 켜는 미서, "흡!" 비명이
터질 뻔한 입을 틀어막고 놀란다.
보면, 수익률 114%에 평가 금액 10,700,000(천칠십만)원이다!

미서        일십백천만…십만…천…칠십만 원?! (믿겨지지 않는) 돈이 두 배로
복사됐네…!


**CUT TO**


화장실 칸, 문이 쓰윽 열리면… 신명나는 음악이 흐른다.
미서, 두루마리 휴지를 양손에 들고 펄럭거리며 신나게 탈춤을
추다가 멈칫한다.
부동산에서 전화가 왔다.


미서        여보세요?

중개인(F)   여기 부동산인데요.

미서        (경계) 네… 근데 무슨 일로…

| 중개인(F) | 혹시 매매는 생각 안 하세요? 너무 좋은 기회라 바로 연락드렸어요. |
|---|---|
| 미서(E) | (두근) 매매…? 그 아름다운 아파트가 내 것이 된다고?<br>(on) 매매가는… 어떻게 되나요?… |

전화를 끊고 은행 앱을 켜는 미서, 잔액 1억 7천 5백만 원을 본다.

| 미서(E) | 오백 넣어서 천이 됐으니까… 갖고 있는 돈 다 넣으면? …3억 6천…?!! (광기 어린 미소) |
|---|---|

<인서트>

카지노 안. 드라마 올인 OST '처음 그날처럼' 흐르고…
이병헌처럼 정장을 입은 미서, 게임 테이블에 앉아 있다.
비장한 얼굴로 많은 칩을 전부 밀며…

| 미서 | (카메라 정면 보고, 비장하게) 올. 인. |
|---|---|

미서의 주식 창, 태평바이오에 전액을 풀매수해 버린다.
주식 매입 금액이 총 180,052,000원이 됐다.


27. 명품 매장 / 낮

미서, 화장실 다녀오는 길. 핸드폰으로 MTS를 보면서 싱글벙글 웃고 있다.

그때, 들리는 고함 소리. "야!!! 내가 너희 매장에서 얼마를 팔아
줬는지 알아?"
보면, 진상 손님이 미서의 후배 직원에게 언성을 높이고 있다.
미서, 다급히 달려가서 말리는…

미서          고객님, 일단 진정하시구요… 죄송합니다. 무슨 일 때문에 그러
              시는지…
진상 손님     아니, 내가 저것 좀 보여 달라고 했더니 한숨을 쉬잖아. 한
              숨을…
후배          (울먹) 아니, 그게 아니고요, 고객님…
진상 손님     VIP도 못 알아보고 이 따위로 대우하는데 내가 화가 안 나? 하
              여튼 못 배워 먹은 것들… 진짜…

'못 배워 먹은 것들'이란 말에 멈칫하는 미서.

미서          (정색하는) 고객님.
진상 손님     ??
미서          저희는 고객님께 저희 브랜드의 제품을 판매하는 것이지, 저희
              의 인격까지 팔지는 않습니다. 예의를 지켜 주세요.
진상 손님     (어이없는) 너…너 지금 뭐라고 했어? 예의를 지켜 주세요?
              (뚜껑 열린) 너…너 미쳤니?!! 점장 나오라고 그래! 점장!

놀란 점장이 달려오고 미서는 당당한 표정으로 진상 고객을 빤
히 쳐다보고 있다.

| 점장 | 미서 씨. 고객님께 얼른 사과드리세요. |
|---|---|
| 미서 | …저는 사과드릴 일이 없는데요? |

일동, 황당한 표정.
미서는 당당하다.


28. 백화점 에스컬레이터 앞 / 낮

밥을 사기로 한 미서.
유나, 연희, 손들어 미서를 알은체한다.

| 유나 | 지하 1층 갈까? 푸드 코트? |
|---|---|
| 미서 | (절레절레) 13층 식당가 '동경' 가자. 스시 괜찮지? |
| 일동 | (놀라고) |
| 미서 | 내가 살게. 우리도 지하만 가지 말고 이제 쫌 올라가자! |

앞장서 상행 에스컬레이터에 오르는 미서.
유나와 연희, 어리둥절해 하며 따라 탄다.
위로 올라가는 세 사람.

| 연희 | 야. 너 아까 진상한테 들이받았다며? |
|---|---|
| 미서 | 뭐… 좀… |
| 유나 | 웬일이냐… 진상한테도 천만 원짜리 가방을 팔아대던 네가. |
| 미서 | (폰으로 주식 잔고 보며) 그냥… 뭐 돈 얼마 번다고 이렇게까지 비굴 |

하게 살아야 되나… 싶더라고. 아, 스시 말고 한우 먹을까?

어리둥절한 유나와 연희.


29. 미서 오피스텔 / 밤

미서와 진욱이 동거하는 오피스텔 안.
진욱, 샤워 후 잠옷을 입고 나와서 타월로 머리를 털고 있는데…
갑자기 '탁' 꺼지는 조명.
"뭐지?" 하고 뒤돌자 업스타일 헤어에 블링블링한 큰 귀걸이,
주방용 실리콘 장갑을 낀 미서.
이브닝드레스 느낌의 화려한 롱슬립을 입은 채 요염하게 다가
온다.
진욱의 잠옷 단추를 차례대로 천천히 벗기면서 말하는 미서.


미서        나 유미서, 그리고 당신. 우리의 찬란한 미래… 정말 기대되는
           군요.
진욱        뭐야 또… (싫지 않은 듯 웃음 나는)
미서        (끈적한 말투) 으응~ 나와 당신 사이에 옷은 거추장스러울 뿐이야~
           (샴페인 따라주며) 나… 오늘 좀 취하고 싶네요~ 나 당신한테 축하 받
           을 일 있어~
진욱        (싫지 않은) 뭔데… 빨리 말해.
미서        우리… 삼천 모자라잖아요?
진욱        응.

| 미서 | 그거… 곧 해결될 거 같아. 내가 투자를 좀 했거든… |
| --- | --- |
| 진욱 | 투자? |
| 미서 | (ASMR처럼 과장해서 속삭이는) 주식해서 오백만 원 벌었다고. (단추를 다 푼) |
| 진욱 | 뭐…? …주식? |

진욱, '주식'이란 말에 갑자기 급정색하더니 미서의 손을 풀어 차갑게 떼어낸다.
엉겁결에 밀려난 미서, 머쓱하다.

| 미서 | (머쓱. 평상시 말투로) 아니… 수진이가 진짜 좋은 정보 있다고… |
| --- | --- |

미서, 민망함에 주섬주섬 실리콘 장갑을 벗는데, 땀 때문에 잘 안 벗겨지고 한참 낑낑대다 물색없이 '뽁!' 소리를 내며 벗겨 진다.

| 진욱 | (화 누르며) 미서야… 나 그런 거 진짜 싫어하는 거 알잖아… 주식 이 얼마나 위험한 건데 그걸 손 대… |
| --- | --- |
| 미서 | …그럼 가만히 앉아서 계약금 날려? 큰돈인데? |
| 진욱 | 그래도 주식은 아니지. 몇 억도 하루아침에 휴지조각 되는 게 주 식 판이야. |

미서, '몇 억'이란 말에 '쿨럭' 기침이 난다.

| 진욱 | 아무튼 내일 당장 돈 빼. |
|---|---|
| 미서 | 알았어… |

불을 켜고 신경질적으로 잠옷 단추 잠그는 진욱.
미서, 진욱의 눈치를 본다.

| 미서(E) | 아씨… 몰빵했단 말은 죽어도 못해… 오백 가지고도 저러는데… |
|---|---|

진욱, 정색하고 화낸 게 미안했는지 조금 누그러진 말투로…

| 진욱 | 미서야. |
|---|---|
| 미서 | 알았어! 빼다고. |
| 진욱 | 아니… 그게 아니고… 내일 모레 너 휴무지? |
| 미서 | 어… 근데 왜? |
| 진욱 | (머뭇) 롯데월드 가고 싶어서… |
| 미서 | …롯데월드? 갑자기? 뭔 애들도 아니고… |
| 진욱 | 우리 첫 데이트 장소잖아… 오랜만에 가 보자. |
| 미서 | (맞다! 그랬지…) …오빠~ |

달려와서 진욱에게 백 허그 하는 미서.

| 미서 | (진욱의 가슴팍 더듬으며) 그럼 오늘은 롯데월드 말고 미서월드로 가 보실래요? |
|---|---|

진욱을 침대로 잡아끄는 미서.
그런 미서가 귀여운지 진욱도 웃으며 끌려간다.


#. 놀이공원 전경 / 낮


30. 몽타주 (놀이공원 데이트)

미서와 진욱, 즐거운 표정으로 각종 놀이 기구 타는 모습.
캐릭터 머리띠 사서 서로 껴주며 귀엽다고 웃는 모습.


31. 놀이공원 후룸라이드 앞 / 낮

후룸라이드를 타기 위해 줄을 서고 있는 미서와 진욱, 탑승하기
바로 직전이다.


진욱      (줄 보더니) 이제 다음번에 탈 수 있을 것 같은데?

미서      아… 진짜 하나 타는데 너무 오래 걸린다…


그때, 미서의 전화가 울리고… 보면, '수진'이다.
핸드폰 보느라 정신이 팔린 진욱.


미서      (뒤돌아 전화 받으며) 어. 웬일…

수진(F)      (O.L) 야! 주식 확인해 봤어?

| 미서 | 뭐?! 잘 안 들리네… |
| 수진(F) | 주식! 주식!! 태평바이오! |
| 미서 | 아~ 나 어제 오늘 혼수 준비하느라 못 봤다. 안 그래도… |
| 수진(F) | (O.L) 야! 전화 끊고 빨리 확인해 봐!!! |

미서, 그제야 뭔가 잘못되어 간다는 걸 느끼고 급히 전화를 끊는다.
MTS를 열어보는데 미서 얼굴에 퍼런 빛이 반사된다.
결과는, 하한가를 두 번 맞은 '손익 -88,912,000원'이다.

| 미서 | (보고도 믿기지 않는. 눈을 끔뻑이며) 일십백천… 마이너스… 팔천팔백?? |

갑자기 슬로우 모션으로 전환되며 시공간이 뒤틀린다.

| 알바생 | 이입좌아앙하시일게에요오!!! (입장하실게요!) |
| 진욱 | 가즈아~ 미이서어야아! (가자! 미서야.) |
| 미서 | 아안~ 돼애애~~ (안 돼~) |

나라 잃은 표정의 미서, 진욱의 손에 이끌려 후룸라이드에 탑승한다.
떠나는 놀이 기구를 보며 해맑게 손을 흔드는 알바생들 모습이 마치 약 올리는 악마처럼 보이는…

1부    한강 물은 아직 차다

32. 후룸라이드 안 / 낮

'뚝뚝뚝뚝…' 경사를 올라가는 후룸라이드.
머리가 복잡한 미서.

미서(E)    내가 잘 못 봤나? 아냐… 분명히 봤어. 마이너스 팔천…

그때, 정점에 다다른 후룸라이드.
미서 속도 모르고 해맑은 진욱, 미서를 보고 환하게 웃으며 외
친다.

진욱    꽉 잡아!!! 떨어진다!!!

급강하하는 후룸라이드.
텅 빈 눈의 미서, 그저 속절없이 함께 떨어지고…
화면 위로 미서의 태평바이오의 주봉 차트도 같이 급강하한다.

33. 놀이공원 일각 / 낮

얼굴이 퀭한 미서와 그런 미서 속도 모르고 신난 진욱.
진욱, 솜사탕 파는 걸 보고.

진욱    우리 솜사탕 먹을까? 너 좋아하잖아.
미서    어? 어…

진욱, 솜사탕 판매대로 간다.

미서, 마지못해 따라가고…

진욱      얼마예요?

직원      (씩 웃으며 미서를 보고) 마이너스 팔천팔백구십일만이천 원입니다.

미서      !!!!

진욱      왜? 그렇게 좋아? 자주 사 줄게… (카드와 솜사탕 받고) 감사합니다~
           미서야.

미서      어?

진욱      우리 저기 버스킹 보러 가자.

**CUT TO**

분위기 좋은 회전목마 앞, 간이 무대에서 버스킹 연주를 하고 있

는 사람들.

공연을 보고 있는 진욱과 미서.

미서는 진욱에게 말할 생각에 노래가 들리지 않는다.

미서(E)      그래… 말하자… 말해야 돼… (이내 용기 내 on) …오빠.

진욱      (동시에) …미서야.

동시에 불러 버린 둘, 머쓱하게 웃고…

미서      먼저 말해.

| | |
|---|---|
| 진욱 | 우리 만난 지 벌써 3년이네. 우리 앞으로 살면서 힘든 일도 생기 겠지만 같이 잘… 헤쳐 나가 보자. |
| 미서 | 응 오빠… 있잖아… (눈 질끈 감고 다다다) 나 사실 전에 말한 주식 에 1억 8천 다 넣었어! 근데… |

아무 반응이 없는 진욱에 의아해 눈을 슬쩍 떠 보니…
무릎 꿇고 반지를 손에 들고 프로포즈 자세를 하고 있는 진욱,
놀란 미서.
진욱도 미서의 청천벽력 같은 말에 그 상태로 굳어 버렸다.

| | |
|---|---|
| 진욱 | (싸늘) …그래서 그 돈 어떻게 됐는데? |

그때, 간이 무대에서 공연하는 밴드의 노랫소리가 들려온다.
'먼지가~~~ 되어~~~♪'
아무 말 없이 그 자리에서 굳어 있던 진욱과 미서. 이내 일어나
쓰고 있던 머리띠를 바닥에 세게 던져 버리는 진욱…
제자리에서 어쩔 줄 몰라 하며 눈물만 흘리는 미서 옆으로.

<화면 오버랩>
'태평바이오' 전량 매도 버튼을 누르는 데서… 페이드아웃.

| | |
|---|---|
| 미서(NA) | 그렇게 나의 전세금 1억 8천과 결혼은… 먼지가 되어 날아가 버 렸다. |

34. 선우 집 거실 + 한강대교 위 (교차) / 저녁

선우 배달 앱으로 평양냉면 사진을 보다가 심호흡을 하고 주문 버튼을 누른다.

선우 　　(두근두근) 됐다.

<인서트>
'째깍째깍' 흘러가는 시계, 한 시간이 지난다.

초조한 표정으로 밖을 내다보는 선우, 냉면이 이제 오나 저제 오나… 기다리는…
시계를 보며… 이내 인내심이 바닥난다.
참다못해 배달원(미서)에게 전화하는 선우.

선우 　　(짜증을 누르며) 여보세요. 냉면 시킨 사람인데요. 언제쯤 오죠?

미서, 대교 위를 자전거 타고 열심히 달리고 있다.

미서 　　(핸즈프리로 통화) 네네~ 냉면 지금 가고 있습니다~
선우 　　시킨 지 벌써 한 시간이 넘… (이미 끊겼다)


35. 선우 집 앞 / 밤

선우에게 냉면이 든 봉지와 만원을 내미는 미서, 연신 고개를 숙

이며 굽실댄다.

| 미서 | 죄송합니다. 너무 늦었죠. |
|---|---|
| 선우 | (짜증을 누르며) 한 시간 반… 하아… |
| 미서 | 정말 죄송해요… 돈은 돌려 드릴게요. 그냥 드시면 안 될까요? |
| 선우 | 돈이 문제가 아니라… 죄송하지만 저도 2년 만에 시켜 먹는 냉면이라 그냥 넘어갈 수가 없네요. |
| 미서 | 2년…이요? 왜… |
| 선우 | 그동안 핸드폰이 없어서요. |
| 미서(E) | 이렇게 나오시겠다~? (on) 핸드폰이… 없다고요? …저도 이런 말씀까진 안 드리려고 했는데 제가 사실 방금 전에 나쁜 맘먹고 한강까지 갔다 왔거든요… |
| 선우 | (기가 막힌) …한강이요? |
| 미서 | 네. 다시 마음 다잡고 열심히 살아 보려고 합니다. 그니까 그냥 드셔 주시면 안 될까요? 부탁드립니다. |
| 선우 | … |

36. 선우 집 주방 / 밤

식탁에 앉은 선우 옛 생각에 잠긴다.

<플래시백>

2년 전. 수염 나고 초췌한 몰골의 선우, 한강을 바라보다 난간을 넘어가려 한다.

| 미서(E) | 나쁜 맘먹고 한강까지 갔다 왔거든요… |
|---|---|

선우, 옛 기억을 떨쳐내려 고개를 저으며 젓가락으로 냉면을 뜨는데 뭉텅이 채 딸려 올라온 냉면 국수.
물끄러미 보는 선우.

| 선우 | (다시 짜증이 올라온다) 아오씨!! |
|---|---|

#. 백화점 전경 / 낮

37. 백화점 명품 매장 안 / 낮

미서, 화장실 다녀온 듯 기운 없이 매장으로 들어오는데…
매장 안에서 수진이 미서를 발견하고 손을 흔든다.
수진을 보고 짜증이 나는 미서.

| 수진 | 미서야! |
|---|---|
| 미서 | 야, 심수진… 네가 여기 왜 왔어? |
| 수진 | 너 실적 올려 주려고 여기로 왔지~ |
| 미서 | 뭐? |
| 미서(E) | 뭐지…? 얘도 태평바이오 때문에 돌아버린 건가? |
| 미서 | (수진 손 탁 잡고) 야, 이거 아니야. 정신 줄 똑바로 잡아. 너 원망 안 할게. 너도 힘들겠지. 그니까 나처럼 지금이라도 손절하고… |

수진(O.L)   너 설마 팔았어?

미서      어? 어…

수진      야, 내가 존버하면 오른댔잖아!!! 왜 팔아!!!


38. 화장실 안 / 낮

미서, 얼른 한동안 안 보던 주식 창을 열어 보는데…
급강하했던 태평바이오의 주봉 그래프가 급격하게 솟아올랐다!
얼굴이 일그러지는 미서.


미서      으악~!! 시발!!


39. 피시(PC)방 안 / 밤

게임 중인 미서, 무서운 표정으로 게임 속 상대편을 잔인하게 죽
이고 있다.


미서      나도 존버할 걸!!… 심수진 나쁜 년! 지만 살고… 난 어떡하라
         고!… 씨, 죽어!!


그때, '띵동' 화면에 주문이 들어온다.
바로 게임 창을 끄는 미서, 피시방 야간 알바 중이다.
'콜라' 주문이 들어왔고, 미서는 한숨 쉬며 콜라를 들고 갔다가
다시 자리로 돌아온다.

다시 인터넷 서핑을 하다가 기사 하나를 클릭한다.

<인서트> 기사
직장인, 서울 평균 아파트 마련하려면 50년 걸린다.

미서    …50년?… 말도 안 돼.

미서, 종이에 펜으로 끄적이며 돈을 계산해 본다.

미서    백화점 월급 300, 피시방 50, 배달 20, 그럼 370에… 월세, 생활
        비 빼면 270… 한 푼도 안 쓰고 모은다 치면…

40. 거리 일각 / 낮 - 상상 씬
        통장 들고 있는 주름진 손… 틸업하면 80대 할머니가 된 미서.
        흔들리는 손으로 돋보기를 쓰고 진욱에게 전화를 건다.

미서    오빠~ 나 이제 아파트값 다 모았어~ 우리 다시 만나자~ … (하다
        가) 네에?

41. 장례식장 / 낮 - 상상 씬
        늙은 진욱의 영정 사진이 보인다.
        주변에서 '아이고~ 아이고~' 곡하는 소리 들리고… 허탈하게 바

라보는 할머니 미서.

미서    오빠… 이제야 다 모았는데… 죽으면 어떡해… (털썩 주저앉는)


42. 다시 피시(PC)방 / 밤

미서    (부릅. 몸서리치는) 안 돼! 절대 안 돼!!


43. 어느 집 앞 / 밤

진욱의 동생 집, 잠긴 현관문을 두드리는 미서.

미서    오빠!! 문 좀 열어 줘!! 나 할머니 돼서 만나기 싫어…!!

사람이 없는지 아무 반응이 없다.
미서, 계단에 쭈그려 앉아 진욱을 기다린다.

<시간 경과>
진욱, 집 앞에서 미서를 발견한다.

진욱    미서야…
미서    (고개 들고) 오빠!
진욱    여긴 왜 왔어.

| | |
|---|---|
| 미서 | 할 얘기가 있어서… 오빠 내가 다 잘못했어. 나한테 한 번만 기회를 줘… 응? |
| 진욱 | 미서야… 이건 그런 문제가 아니야. 난 솔직히… 너 같은 경제관념을 가진 사람이랑 결혼할 수 있을지, 결혼…하는 게 맞는 건지 잘 모르겠어. |
| 미서 | (충격) 그…그래. 맞아, 내가 잘못했지… 진짜 잘못했어. 근데 엄밀히 말하면 오빠 돈은 다 돌려줬고 내 돈만 잃은 거잖아… 난 이런 일로 헤어지고 싶지 않아. |
| 진욱 | …우리 잠깐 시간을 갖자. |
| 미서 | (울먹) 그거 헤어지자는 거야…? |
| 진욱 | 그런 뜻 아니야. |
| 미서 | 맞잖아… 헤어지자는 거네… |

미서, '흐엉'… 서럽게 울다가… 현기증 느끼는 듯 "아아…" 하며 휘청 쓰러진다.

| | |
|---|---|
| 진욱 | (놀라) 미서야! |

진욱, 쓰러진 미서를 일으키려다 뭔가 눈치챈 듯 그냥 다시 일어난다.

| | |
|---|---|
| 진욱 | (싸늘) …일어나. 미서야. |
| 미서 | (버티는) … |
| 진욱 | 괜찮은 거 다 알아. 이러지 마. |

한강 물은 아직 차다

잠시 버티던 미서, 할 수 없이 주섬주섬 스스로 일어난다.

미서        (창피) … 생각해 보고 연락 줘. 기다릴게.

터덜터덜 돌아가는 미서.
진욱, 얕게 한숨 쉰다.


44. 편의점 / 밤

계산대에 서 있는 선우.
계산대에 소주 두 병이 올려진다.

미서        복권도 두 장… 아니다. 열 장 주세요.

선우, 복권을 꺼내 건네다가 미서를 알아본다.

선우        어! 한강!
미서        (선우를 알아본) 어! 냉면… …여기서 일해요?
선우        네.


45. 편의점 앞 테이블 / 밤

복권을 긁고 있는 취한 미서.
이미 소주 한 병이 비워져 있다.

한 장 긁었는데… 꽝이다.

미서        이씨…

열 받아 복권을 구기며 제 머리도 쥐어뜯는 미서.
그 옆에서 테이블 닦던 선우, 그런 미서를 슬쩍 보고 다가오더니
편의점 조끼 주머니에서 삼각김밥 하나 꺼내 테이블에 놓는다.

선우        이거라도 드세요. 속 버려요.
미서        (선우를 게슴츠레하게 보더니) …저 결혼할 사람 있어여.
선우        (담담히) 아, 축하드립니다. 드세요.

미서, 복권을 긁는 데 남은 아홉 장이 모두 꽝이다.

미서        (던져 버리고 엎드리는) 이렇게 해서 오빠를 언제 돌려놔!!!! 9천을 언
           제 복구하냐고!!!!
선우        (자기도 모르게) 복권으로 그게 되겠어요?
미서        그럼 뭐요? 뭘 해야 되는데?
선우        …(생각하다) …주식?
미서        뭐?!!! 주식?!!! (선우 멱살 잡고) 내가 주식의 '주'자만 들어도 치가
           떨려!!
선우        복권보단 주식이 확률이 높다는 얘기예요.
미서        어이가 없네. 무슨 근거로…
선우        …근거 있어요. 지난 100년 동안 주식 시장은 꾸준히 상승했으

|       |                                                                                 |
|-------|---------------------------------------------------------------------------------|
| 미서  | 니까.                                                                            |
| 미서  | (코웃음) 그럼 내 돈은 왜 하락했어? 네가 뭘 안다고 씨불여!!!! 가서 바코드나 찍어!! |
| 선우  | 네. 이거 놔주시면요.                                                             |

미서가 멱살 풀자… 선우, 편의점으로 들어간다. '삑!' 하고 들리는 바코드 소리.

## 46. 미서 집 / 밤

노트북으로 S&P 500 지수 그래프를 보고 있는 미서.
100년간 우상향했다.

|          |                                                         |
|----------|---------------------------------------------------------|
| 선우(E)  | 지난 100년 동안 주식 시장은 꾸준히 상승했으니까.         |
| 미서     | 진짜네… 그래. 이대로는 티끌 모아 티끌이지… 방법이 없어.  |

'주식 갤러리' 게시판의 글을 보는 미서.
미서, 스크롤 내리다가 "어?" 하며 어떤 게시글을 클릭한다.

&lt;인서트&gt;

[글쓴이: 주린이. 제목: 주식, 배워 보고 싶으신가요?
안녕하세요. 주린이입니다. 마지막이라 생각하고 주식을 제대로 배워 갈 멤버를 모집합니다. 선착순 5명만 모십니다. 제 실력은 계좌로 인증하겠습니다. (계좌 인증 사진) ]

미서, 계좌 인증 사진을 보는데… "헉!" 눈이 휘둥그레진다. 수익률 642.69%다.

미서    642프로?!! 와… 말로만 듣던 슈퍼 개미?!!

'마지막이라 생각하고 주식을 제대로 배워 갈 멤버를 모집합니다.'라는 문구에 시선이 꽂힌 미서.

미서(E)    그래. 마지막이라고 생각하고…!! (비장)


47. 코끼리 분식집 앞 / 낮

며칠 뒤 토요일, 코끼리 분식집 앞에 서 있는 사람들.
과묵한 60대 아저씨 진배, 촌스러운 50대 아줌마 행자, 꽃거지 느낌의 장발 40대 남자 강산,
멀리서 쭈뼛쭈뼛 분식집 앞으로 다가오는 미서.

미서    저… 혹시… 주식?
행자    홍홍홍~ 맞아요~ 주식!

미서, 사람들을 하나씩 관찰한다.
진배의 모자, 옷, 신발 등을 스캔하며.

미서(E)    (진배 보고) 왠지 부터 나는 저 아저씨가… 회장님인가?

| | |
|---|---|
| 진배 | (공손히 인사) 안녕하십니까. 김진배라고 합니다. |
| 미서 | 아, 안녕하세요. 유미서라고 합니다. 회장님, 맞으시죠? |
| 진배 | 저요? 아유, 아닙니다~ |
| 미서(E) | (행자 보고) 그럼 금팔찌 찬 이 아줌마가? |
| 행자 | 회장님은 어떤 분이실까 궁금하네~ 부자겠죠? 막 드라마에서처럼 뚜껑 열리는 스포츠카 타고~! |
| 미서(E) | 아니네… |
| 진배 | 4학년 5반이라고 하던데 40대가 정말 대단합니다. 영 앤 리치~! |
| 미서(E) | (그 말에 강산 보며) 그럼, 설마… 이 사람? |
| 강산 | (분식집 안의 음식을 보며 군침 꿀꺽) 떡볶이 사주셨음 좋겠다… |
| 미서(E) | …도 아닌 것 같고. |
| 행자 | 저는 주식의 '주'자도 모르는 생초짜인데~ 선생님들은 주식 좀 하시나요? |
| 미서 | (손 저으며) 아, 아니요! |
| 진배 | 저도 초봅니다. |
| 강산 | (미소로 고개 저으며) 저에게도 새로운 도전이랄까…? |
| 행자 | (들떠서) 아유… 저 같은 아줌마도 할 수 있을지 모르겠네요~ 호홍~ |
| 미서(E) | 아… 대체 회장이 누구야… |

행자, 혼자서 떠들어 대다가 뭔가를 보고.

| | |
|---|---|
| 행자 | (호들갑) 어머!! 저기! |

일동, 행자의 시선을 따라 보면, 점점… 분식집 앞으로 멈춰 서
는 무광 벤츠!

미서        회장님이신가 봐요!

다들 기대하며 보는데… 벤츠에서 내리는 누군가…
!!! 그를 보고 눈이 커지는 넷의 얼굴.
보면, 선우다! 평소의 모습과는 딴판인 멀끔한 모습으로…

&lt;1부 끝&gt;

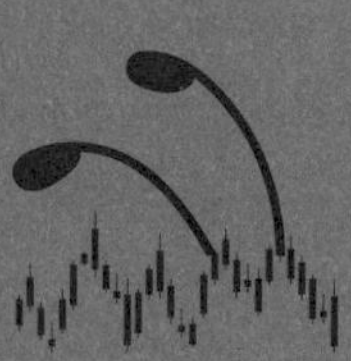

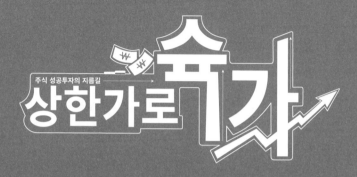

EPILOGUE

1

# 지금은 大투자 시대

## #우리가 투자를 해야 하는 이유

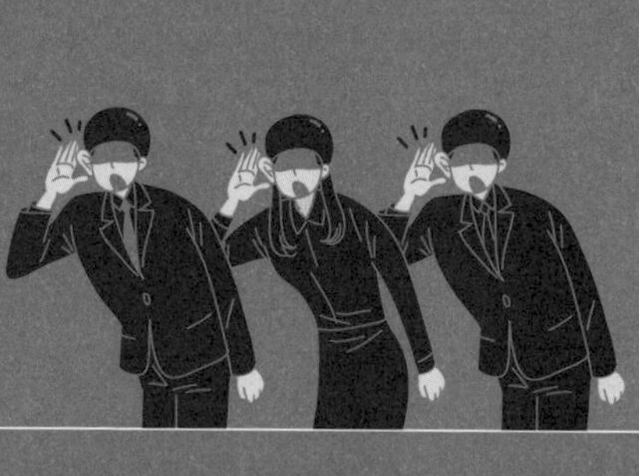

#1. 미서 집, 거실 / 밤

거실에서 모니터 화면을 보고 있는 미서.
실시간 스트리밍 중인 [상한가로 숙가] 채널을 발견하고 클릭한다.

미서      숙가? 이건 뭐지~?

별명 [슈퍼왕개미]로 설정하고 방송 시청을 시작하는데…

#2. 숙가 유튜브 전용방 & 미서 집 거실 / 밤 (교차 편집, 화면 분할)

[상한가로 숙가 채널 구독자 57명]

숙가의 직업은 반 백수. 증권사에서 잠시 일했다가 퇴사 후 놀고 있다. 살짝 뻗친 뒷머리, 빨간 추리닝을 즐겨 입으며, 방구석 주식 고수다.

숙가, 개인 방송 화면이 보이는 방구석 한편에서.
방송 입장하는 사람들 화면 효과.

숙가      안녕하세요~ 홍반꿀 님, 패쓰리 님 반갑습니다. 슈퍼왕개미 님도 오셨네요~ 오늘도 이렇게 찾아주셔서 감사합니다! '상한가로 숙가' 채널의 숙가입니다. 오늘은 형님들이 가장 좋아하는 종토방 열리는 날이죠!!

댓글 '숙가 형, 종목 찍어 주는 거야? 메모 스바 완' '종목 다 풀어주세요!! 소리 질러!!!'

숙가　종목 토론 아닙니다. 종합 토론하는 날입니다. 아무튼 형님들과 '우리가 투자를 해야 하는 이유'에 대해서 이야기해 볼 테니 궁금한 거 있으면 댓글 주시고요~

> ○●●
>
> ## 우리가 투자를 해야 하는 이유
> - 물가는 상승
> - 현금 가치는 하락

10년 전 1만 원과 지금의 1만 원의 가치는 전혀 같지가 않게 돼 버렸습니다. 요즘 1만 원 들고 뭐 살 게 없어요. 심지어 제가 어렸을 때, 20년 전에는 점심 한 끼에 3천 원이면 충분했습니다. 지금은 5천 원 이하 점심은 찾아볼 수가 없죠. 잘 생각하니 7천 원 이하 점심도 좀 없는 것 같습니다.

이것 때문에 우리는 현금을 오래 들고 있게 되면, 자신도 모르게 손해가 나는 현상을 느끼게 됐습니다. 피, 땀, 눈물 흘려가며 번 내 돈이 어느 순간 가치가 반값이 되어 버린 듯한 이 느낌! 결론적으로 '물가 상승을 막을 수 있는 것으로 내 현금을 바꿔야 나는 손실을 안 내겠다.' 이런 생각을 하게 된 거죠. 여러분은 이 돈을 어디에 둘 것인지를 고민하게 됩니다. 바로 이 행동을 우리는 투자라고 부릅니다. 그럼 숫자로 한번 살펴보겠습니다.

(CG) '물가 상승률과 주요 자산 가격 상승률' 비교 그래프 발생

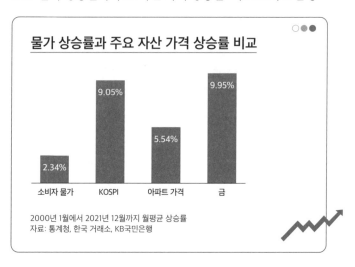

물가 상승률과 주요 자산 가격 상승률 비교

2.34% | 소비자 물가
9.05% | KOSPI
5.54% | 아파트 가격
9.95% | 금

2000년 1월에서 2021년 12월까지 월평균 상승률
자료: 통계청, 한국 거래소, KB국민은행

숙가    2000년 1월부터 2021년 11월까지 통계로 분석해 보면 우리나
라 소비자 물가 상승률은 월평균 2.3%가 올랐습니다. 코스피
(KOSPI) 상승률은 9.1%가 올랐군요. 아파트 가격을 살펴보면 평
균(상승률) 5.5%가 찍혀 있습니다. 금값 상승률은 월평균 10.0%
를 보이고 있네요. 자, 이 말인 즉슨, 결국에는 '자산을 갖고 있는
사람들이 현금을 갖고 있던 사람들보다 승리를 했다.' 라는 뜻이
되겠죠. 그런데 '이 사람아 내가 그럴 줄 알고 주식을 샀는데 오
르기는커녕 빠지더라.' 이게 어찌 된 일이냐… 아~ 내가 사면 주
식은 왜 이리 오르지 않고 빠지기만 하는지 찰리 채플린이 이런
말을 했습니다. "삶은 가까이서 보면 비극이고 멀리서 보면 희
극이다." 결국 비극을 막고 희극일 때는 같이 즐길 수 있는 투자
전략이 꼭 필요하다고 하겠습니다.

그럼 어디에 투자를 해야 되냐! 부동산, 주식, 채권, 금~ 그중에서도 형님들은 주식에 가장 관심이 많으니까 주식으로 먼저 좀 이야기를 드리도록 하겠습니다.

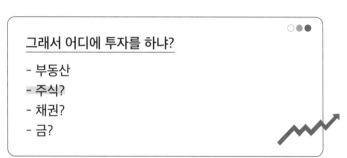

**그래서 어디에 투자를 하냐?**

- 부동산
- 주식?
- 채권?
- 금?

미서, 영상 시청하다가 채팅창에 질문을 적는다.

미서      ㉤ 주식, 초보 투자자가 시작하기에 괜찮을까요?

숙가, 방송 이어간다.

숙가      슈퍼왕개미 님, 질문에 대한 답을 드릴게요! 주식이 가장 유명한 이유는 누구나 접근성이 좋은 투자 상품이기 때문입니다. 그래서 제가 여러분의 투자에 도움이 될 만한 도덕 교과서에 나올 만한 단어들을 몇 개 알려 드리겠습니다.
**첫째, 수익률보다 위험을 먼저 생각해라. 둘째, 절대 돈을 잃지 마라.** 누구나 하고 싶지만, 정말 쉽지 않지만, 돈을 잃지 않는 거를 제 1원칙으로 하면 여러분은 조금 더 안전한 투자를 할 수 있습니다. 그 다음에 비슷한 말들이죠. **분할 매수, 분할 매도해라.** 또 포트폴리오를 만들어라. 이 격언들은 결국 수익률보다는 모두 위험 방지를 최우선으로 삼으라는 그런 뜻이 되겠습니다.

---

**숙가 포인트**

1. 수익률보단 리스크
2. 절대 돈을 잃지 마라
3. 분할 매수 / 분할 매도
4. 포트폴리오 만들기

---

또 어떤 분들은 물어보십니다. '언제 사고 언제 파나요?' 신 외에는 아무도 모르는 그런 구간이라고 할 수 있습니다.

이때쯤 제가 또 팁 하나를 드리겠습니다. 주식이라는 건 언제나 올랐다가 내려갔다 반복을 합니다. 그럼 우리는 아래에 있을 때 사고 올라갔을 때 팔고… 이런 모습을 원하게 됩니다. 하지만 사람은 마음적으로, 이 멘탈적으로 우리는 자신도 모르게 가격이 낮았을 때는 사지 않고 가격이 올랐을 때는 나도 모르게 많이 사게 됩니다. 거꾸로 하는 거죠. 그래서 주식은 어디까지나 멘탈 게임이라고 할 수 있습니다.

미서     공부는 어디서부터 어떻게 시작해야 되냐고요.

숙가     투자 공부, 주식 공부 다 너무 좋습니다. 회사 일도 해야 되고, 우리 여가도 즐겨야 되고, 할 것도 너무 많은데 언제 그 수많은 종목들과 재상들을 모두 다 공부하겠습니까? 가장 좋은 건 내가 잘 아는 분야나 또 내가 관심 있는 종목 아니면 관심 있는 지역, 관심 있는 업종, 이런 것에 투자하는 것입니다. 그리고 또 세상

돌아가는 모든 일에 관심을 가지는 거겠죠.

길게 말했지만 우리가 꼭 주식에 투자할 필요는 없습니다. 다만 돈의 가치가 매년 떨어지죠. 돈의 가치 하락을 막기 위해서 투자를 해야 됩니다. 그중에서 가장 유력한 상품 중 하나가 주식이라고 할 수 있습니다. **욕심을 부려서 많이 벌려는 투자보다 잃지 않으려는 투자를 먼저 생각한다면 우리도 충분히 부자가 될 수 있지 않을까 생각합니다.**

이 방송을 본 모든 분들, 부자의 길로 가시기를 기원 드리면서 슈가의 쇼는 여기까지 하겠습니다. 여러분, 안녕~

미서     안녕~ 그래. 해보지 뭐.


방송 종료되는 화면 효과.

2부

# 우리가
# 개미가 된
# 이유

1. 코끼리 분식집 앞 / 낮

　　　　(1부 엔딩 연결) 분식집 앞에 서 있는 사람들.
　　　　행자, 뭔가를 보고.

행자　　　(호들갑) 어머!! 저기!!

　　　　일동, 행자의 시선을 따라 보면, 점점… 분식집 앞으로 멈춰 서
　　　　는 무광 벤츠!

미서　　　회장님이신가 봐요!

　　　　다들 기대하며 보는데… 벤츠에서 내리는 선우! 그를 보고 눈이
　　　　커지는 사람들.
　　　　선우, 쏟아지는 사람들의 시선에 본인이 더 놀란 얼굴이다.
　　　　그 속에서 미서를 발견한 선우와 선우를 본 미서.
　　　　서로를 보고 놀란 얼굴에서.

&lt;타이틀&gt;

\- 우리가 개미가 된 이유 -

2. 코끼리 분식집 안 / 낮

미서와 선우, 맞은편에 행자, 진배, 강산이 앉아 있다.
예상치 못하게 모르는 사람들에게 둘러싸여 당황하는 선우.

행자　회장님이 아니라고요?

선우　(당황) 아… 네! 아닙니다. 그런 거!

미서　(선우에게 작게) 차, 뭐예요? 렌트했어요?

선우　(작게) 아뇨… 근데 여기 뭐하는 데에요?

미서　(작게) 그냥 있어 봐요.

선우, 어리둥절해 하고… 다들 어색함이 감도는 분위기.
미서가 먼저 나선다.

미서　그럼 저희… 회장님 오시기 전에 자기소개라도 할까요?

일동　좋아요~ / 그럽시다!

미서　저는 유미서라고 하고, 나이는 서른하나입니다. 백화점에서 판
　　　매직으로 일하고 있어요. (선우 보며) 이쪽은 제가 초대했어요. (소
　　　개하라는 듯) 선우 씨?

선우　(당황) 아…안녕하세요. 최선우라고 합니다. 저는 미서 씨 초대로
　　　왔는데요…

당황스러운 선우의 얼굴에서… 스틸.

미서의 NA와 자막이 뜬다.

미서NA         최선우. 33세. 편의점 알바생. 초대하게 된 사연이… 좀 길다.


3. 오피스텔 복도 + 엘리베이터 / 낮 (이하 과거)

배달용 헬멧과 가방 메고 엘리베이터에서 내린 미서.

들고 온 배달 음식을 현관 앞에 두고 초인종을 누른 뒤 바로 엘리베이터에 다시 탄다.

그때, 미서의 폰이 울린다. 보면, '엄마'다. (미서 모(母) 혜숙)

미서         (받고) 어, 엄마!

혜숙(F)     어~ 어디여? 오늘 백화점 쉬는 날이잖어.

미서         어디긴… 집이지.

혜숙(F)     이~ 최 서방이랑 같이 있어?

미서         어? 어… 왜?

혜숙(F)     잘 됐다. 반찬 좀 만들어 갖고 왔어. 삼라아파트 맞지? 지금 가고 있다.

미서         (헉!) 지… 지금? 우리 집에 온다고? 엄마 어디께야? 얼마나 걸리는데?

혜숙(F)     (택시 기사에게 물어보는) 얼마나 걸린대요? (미서에게) 십분 걸린다는디?

미서, 전화 끊고 엘리베이터 도착하자마자 튕겨지듯이 달려 나
가는.


4. 아파트 입구 / 낮

미서, 미친 듯이 자전거를 타고 달려와 '끽!' 드리프트하며 선다.
그때, 택시 한 대가 서고. 혜숙이 내린다.

| 미서 | 엄마! |
|------|-------|
| 혜숙 | (못 알아보고 멀뚱멀뚱 쳐다본다) …? |
| 미서 | 엄마! 나! 미서! |
| 혜숙 | (그제야 알아보고) 이이. 머리 잘랐냐? |
| 미서 | 아니, 안 잘랐어… |
| 혜숙 | 겨? 이것 좀 들어라. (반찬 통 내밀고) |
| 미서 | (반찬 통 들며) 연락 좀… 하고 오지. 갑자기 뭐야. |
| 혜숙 | 니 요새 통 전화도 없고. 전화하면 받지도 않고. 뭔 일 있는 겨? |
| 미서 | 어?… 뭔 일이 있기는~ 하하. |
| 혜숙 | 겨? 그럼 됐고. 어디여? |
| 미서 | 응? |
| 혜숙 | 집. 어디냐고. |
| 미서 | (입구 가리키며) 저…저기. |

혜숙, 앞장서서 걸어가고… 미서, 창백한 낯빛으로 따라간다.

| 미서(E) | 어떡하지? 지금이라도 말할까? |
|---|---|

**5. 아파트 현관 / 낮**

엘리베이터를 기다리는 미서와 혜숙.

| 미서(E) | 이렇게 된 이상… 어쩔 수 없다! (on) 엄마… 있잖아. 나 오빠랑… |
|---|---|
| 혜숙 | 최 서방이랑 왜? 싸웠냐? |
| 미서 | (머뭇거리며) 어… 내가 돈을… |
| 혜숙 | 돈? 이이~ 원래 결혼 준비할 때 돈 갖고 많이들 싸워. 서로 양보를 혀야지~ |
| 미서 | 전세금을… (눈 질끈 감고) 내가 그걸… |
| 혜숙 | 최 서방은 안에 있냐? |

그때, 도착해 열리는 엘리베이터. 그 안에 선우가 서 있다!

| 선우 | (미서를 알아보고) 어? |
|---|---|
| 미서 | (선우 보고 당황했는데) !! |
| 혜숙(O.L) | 어! 최 서방~!! |
| 미서/선우 | ??? (동시에 혜숙을 쳐다보고) |
| 혜숙 | 들어가서 보믄 되지, 뭘 또 마중을 나왔어~ 최 서방. |
| 미서/선우 | ??? (놀라 서로를 쳐다본다) |
| 미서(E) | 우리 엄마 이 정도면… 안면 인식 장애다! |

6. 엘리베이터 안 / 낮

셋이 타고 있고… 미서 혼자 초조하다.

혜숙 최 서방, 7층이라 했지?

미서 (더 이상은 안 되겠다 싶고) 어… 엄마. 있잖아… (하는데)

선우 5층입니다. 장모님.

미서 ??!! (선우를 쳐다보는)

선우 (미서를 잠깐 보고 무표정으로 5층을 누르는)

혜숙 이~ 5층이랬나? 나이 드니까 깜빡깜빡혀. 근디 최 서방 살이 넘 빠진 거 아녀? 전에 봤을 때보다 얼굴이 얄쌍해졌는디?

선우 (얼굴 매만지며)… 좀 빠졌습니다.

선우, 별말 없이 미서가 들고 있던 반찬 통을 자기가 가져간다.

미서(E) (선우 보며) 뭐야 이 사람…?

7. 선우 집 거실 / 낮

선우, 자연스럽게 반찬 통을 식탁 위에 올려 두고…
미서, 혜숙은 요리조리 집안을 둘러보기 바쁘다.
누가 봐도 신혼집이라곤 보기 힘든 인테리어.

혜숙 뭐여. 혼수 산 게 이거여? 뭔… 남이 쓰던 거 같은디?

미서 (당황) 어어…!! 산 게 아직 배송이 안 왔어. 이건 오빠가 혼자 쓰던 거야!

혜숙, 안방 문을 열고 들어간다.
당황해서 따라 들어가는 미서.


8. 선우 집 안방 / 낮

혜숙, 옷장을 활짝 연다.

미서    (당황) 엄마!… 왜 남의 옷장을 막 열어봐!
혜숙    내가 남이여? (그러다 옷 보고선) 시상에… 니 무슨 이런 걸 입냐?

혜숙, 빨강, 노랑 원색의 등산복, 골프웨어 등을 꺼내며 놀란다.
50대 아줌마가 입을 듯한 옷, 혜숙이 입은 옷과 비슷하다.

미서    (당황) 나 요즘 등산 다녀!… 하하. 이쁘지~
혜숙    겨? 니 산 타는 거 싫어하잖여…

혜숙, 방을 둘러보는데, 화장대 위에 크리스털 백조, 코끼리 한 쌍 등 엄마 취향의 장식품 보이고.
방 한편에 있는 4단 고급 전축에 시선 멈추는 혜숙.

혜숙    (눈을 의심) 전…축? 왜 케 취향이 노티나냐~ 니.
미서    아~ 어머님이 주신 건데 음질… 음질이 디게 좋아~ 하하… 엄마! 나가자!

미서, 급하게 혜숙을 데리고 나간다.


9. 선우 집 거실 / 낮

안방에서 혜숙과 나오는 미서.
선우, 거실 테이블에서 사과를 깎고 있다.
정갈하게 놓인 깎은 사과.


| | |
|---|---|
| 선우 | 장모님. 사과 드세요. |
| 혜숙 | 하이고~ 우리 최 서방 사과도 이쁘게 잘 깎네. |
| 미서(E) | (선우 연기에 감탄) 뭐야… 연기 존나 잘해… |
| 혜숙 | 우리 미서는 이런 것도 못 혀~ 칠칠이 팔푼이야~ 최 서방은 이런 애 어디가 좋다고~ |
| 선우 | (잠시 생각)… |
| 미서 | (사과 먹다가 멈칫)…!! 엄만 뭘 그런 걸 물어~ |
| 선우 | 씩씩하고… 건강하고… 또… |

미서, 선우에게 간절한 눈빛을 보낸다.
선우, 그 눈빛을 읽고 기지를 발휘한다.


| | |
|---|---|
| 선우 | 귀여…워요. |
| 혜숙 | 얼레? 콩깍지가 제대로 씌었네! 자네 속았어~! 나중에 반품 불 |

|     |     |
| --- | --- |
| | 가! (웃고) |
| 선우 | 하하… 네. |
| 혜숙 | (웃다가 포크 딱 내려놓고 정색) 최 서방. |
| 선우 | 네? |
| 혜숙 | 난 다 필요 없고, 딱 세 개만 안 하면 돼. |
| 선우/미서 | …?? |
| 혜숙 | (손가락 하나씩 접으며) 첫째, 바람! 둘째, 노름! 마지막으로… 주식!! |

'주식'이란 말에 '쿨럭쿨럭!!!' 심하게 사레 걸린 미서.

|     |     |
| --- | --- |
| 혜숙 | 애가 왜 이런댜… 천천히 먹어. 암튼, 동네에 주식하다가 패가망신하고 이혼한 집이 한둘이 아니여! 그니까 약속혀. |
| 미서 | 엄마 왜 자꾸 괜한 소릴 해!… (여전히 콜록거리고) |

10. 아파트 앞 / 저녁

택시 한 대 서 있고, 미서와 선우, 혜숙을 배웅 중이다.

|     |     |
| --- | --- |
| 미서 | 도착하면 연락해. 엄마. |
| 혜숙 | 이이~ 추워! 어여 들어가. 최 서방 나 감세! |
| 선우 | (꾸벅) 조심히 가십시오. |

택시 떠나고… 뻘쭘하게 서 있는 선우와 미서.

| 미서 | 뭐예요? |
|---|---|
| 선우 | 뭐가요? |
| 미서 | 왜 도와줬냐고요. |
| 선우 | …곤란해 보여서요. 그럼… (꾸벅 인사하고 가려고 하는데) |
| 미서 | 저기요!… 맥주 한잔 살게요. |

### 11. 놀이터 / 저녁

그네에 타서 살랑살랑 흔들며 맥주를 마시고 있는 선우와 미서.

| 미서 | 최선우 맞죠? 편의점에서 봤어요. 명찰. |
|---|---|
| 선우 | 네. 맞아요. 그쪽은… 미서? |
| 미서 | 네. 유미서예요. …오늘 진짜 고마워요. 다행히 집이 비어 있었네요. 부모님이랑 같이 살죠? |
| 선우 | 아뇨, 귀농하시고 지금은 혼자. 그런데 그 최 서방 씨랑은… 헤어지신 거예요? |
| 미서 | 아뇨!… 그냥 잠시… 떨어져서 시간을 좀 갖고 있어요. |
| 선우 | 보통 헤어질 때 그러죠. |
| 미서 | …(말없이 들고 있던 육포를 씹는다) |

잠시 말없이 그네만 타는 두 사람.
선우 눈치 슬쩍 보는 미서.

| 미서 | 혹시… 내일 시간 있어요? |
|---|---|

선우    있긴 한데… 왜요?

미서    같이 어디 좀 갈래요?


선우, 미서를 의아하게 보는데…


12. 몽타주 - 선우 집 안 / 낮

다음 날 아침, 침대에서 일어나는 선우.

옷장을 여는 선우, 슈트가 가득하다.

신중하게 셔츠를 고르고 깔끔하게 차려입은 선우.

시계를 차고, 나가기 전 마지막으로 거울을 본다.

차 키를 집어 들고 현관을 나서는 선우.


13. 선우 아파트 주차장 / 낮

주차장으로 향하는 선우, 차 키를 누르고, 벤츠에 올라탄다.


14. 주차장 - 선우 차 안 / 낮

선우, 내비게이션에 미서가 알려준 주소를 입력한다. '고양시…'

내비게이션이 길 안내를 시작하고. 선우, 출발한다.


15. 도로 위 - 선우 차 안 / 낮

멋지게 운전하는 선우, 그런데 점점 좁은 골목길로 들어가는 차.
선우, 길이 이상해서 고개를 빼꼼히 내밀면… 초등학교를 지나
더 좁은 골목으로 들어온다.
"여기 맞나?" 하는데… '목적지에 도착했습니다. 안내를 종료합
니다.'라는 내비 멘트가 나오고.
도착한 곳은 웬 '코끼리 분식'이라는 간판을 단 작은 분식집 앞
이다.

선우      (의아한) …응?


16. 다시) 코끼리 분식집 안 / 낮

당황스러운 선우의 얼굴.
선우 마음을 모르는 미서, 잠시 고민하는.

미서(E)      이 스토리를 다 얘기하는 건 TMI다…
미서      오다가다 알게 된 사인데, 같이 주식하면 좋을 거 같아서 초대했
어요~

순간 선우, '주식'이라는 말에 불편해진 눈치다.

선우      (미서에게) 저 미서 씨… 저는… (하는데)
행자(O.L)      난 또~ 둘이 커플인줄 알았네!
미서      에이~ 그런 거 아니에요. 그럼 다음은…?

| 진배 | (손들며 구린 영어 발음) 렛미 인트로듀스 마이셀프~! |
|---|---|

진배의 사람 좋은 얼굴에서… 스틸. 미서의 NA와 자막 뜬다.

| 미서NA | 김진배. 64세. 퇴직한 영어 교사. |
|---|---|

## 17. 식당 / 낮 (이하 과거)

식사 마친 진배, 상구, 친구1, 2, 3.
먼저 일어나는 상구.

| 상구 | 내가 계산한다잉~ |
|---|---|
| 진배(E) | 아니 저 새끼가 또! (붙잡으며 on) 아이, 무슨 소리야. 오늘은 내가 사려고 불렀는데. |
| 상구 | 에헤이~ 진배 네가 돈이 어딨냐. 너 퇴직금은 남았냐. 남았으면 아껴 써야~ 인자 돈 나올 데도 없음서 허세는 징하게 부려 쌌네! (카운터 가서 카드 내밀며) 이거로! 천이백만 원 긁어주쇼! 하하하하 |
| 친구들 | 역시 상구가 최고다잉! / 싸나이 이상구~! |
| 진배 | (쓸쓸하게 보다 밖으로 나가는) |

## 18. 식당 앞 / 낮

상구, 들고 있던 가죽 잠바를 입고 할리데이비슨에 올라탄다.
친구들, 할리를 매만져 보고, 진배는 멀찌감치 떨어져 힐끔

본다.

| | |
|---|---|
| 친구1 | (감탄) 이야… 이건 뭐냐? 오져븐디? |
| 상구 | 이거? 내 애마! 주식으로 돈 좀 벌어 갖고 사붓제! |
| 진배(E) | 주식?!!! |
| 친구2 | 그려? (보며) 이렇게 보니까 최민수 같다, 니! |
| 상구 | 아~따 진짜야? 최민수 같어? 하하하하! 고맙다잉~ |
| 진배(E) | (뾰루퉁) 최민수는 개뿔… |
| 친구3 | 역시 나이 먹으면 돈이 최고랑께. 명예가 밥 먹여 주냐? 아니제~! 상구 봐라잉. 지갑이 빵빵한께는 인생도 쭉쭉빵빵 허벌나게 잘 나가잖아~! |
| 영미(OFF) | 상구 씨!!! |

보면, 짙은 화장의 상구 애인 영미가 다가오고 있다.

| | |
|---|---|
| 상구 | 영미! 타! |
| 친구들 | 이야~ 애인도 뒤에 태우고! / 멋져 브러! / 오살나븐다잉~! |

뒤에 영미까지 태운 상구. 치켜세우는 친구들.
지켜보는 진배, 어쩐지 씁쓸한데…


19. 시골 마을 어귀 / 낮 - 과거 회상 (1978년 2월)

(전라도) 작은 마을 입구에 대문짝만하게 붙은 현수막.

[慶 서울교대 영어교육과 수석 합격 김진배 군 祝]
고3 진배(차이나 칼라 교복에 교복 모자 차림) 쑥스럽지만 내심 자랑스
러운 듯 현수막을 보며 뒷머리를 긁고 있고.
옆에 교복 모자 삐딱하게 쓴 까불이 상구, 부러워하고 있다.
마을 사람들도 자랑스럽게 보고 있고.


| | |
|---|---|
| 상구 | (읽는) 경축! 서울교대! 수석 합격 김진배 군! 아따~ 멋져브네잉! 진배 니 서울 가 갖고 불알친구 모른 척 해브러잉~ |
| 진배 | (쑥스럽게 웃는) 뭔 소리여… 당연히 연락하제~ |
| 상구 | 아~따 어디 가서 내 친구 영어 슨상님이라고 자랑해블면 기가 팍팍 살겄다~ |
| 진배 | 아직 슨상님은 아닌디… (흐뭇) 축하해 줘서 아주 땡큐 베리 마치여~ |
| 마을 어른1 | 와~ 진배 영어 하는 거 본게 혓바닥에 기름 바른 줄 알앗시야. |
| 마을 어른2 | 이상구. 진배는 이제 니랑 크라스가 달라블제! (하다) 진배야~ 욕 봤다잉~ 진배가 우리 덕진면의 자랑이제~ 자랑! (엄지 쩍) 최고여, 최고!!! |


마을 어른2의 엄지손가락, 상구의 엄지손가락으로 아스라이 오
버랩 되고…



20. 식당 앞 / 저녁

카메라 빠지면… 할리에 여자 친구 태운 상구, 엄지손가락 세우

고 뒤도 안 돌아 본채 '부당부당~' 굉음을 내며 멀어지고 있다.
석양 속에 멀어지는 상구를 바라보는 진배, 마음이 쓰리다. 비장
하게 상구를 바라보는…

진배(E)  (눈 부릅) 잇츠 낫 오버 틸 이츠 오버! 끝날 때까지 끝난 게 아니다!


21. 다시) 코끼리 분식집 안 / 낮

    쌉쌀하면서도 비장한 진배의 얼굴로 돌아오고…

진배  사나이 김진배, 아직 죽지 않았다는 걸 보여 주고 싶어서 주식을
      해 보려고 합니다!
강산  그럼요! 아직 정정하신걸요~ 형님!
진배  (훅 들어오는 강산이 부담스러운) …형…님?

    '끄덕끄덕' 경청하는 미서와 여전히 자리가 어색한 선우.

행자  다음은 제 차례인가요?

    수줍게 웃는 행자의 얼굴에서… 스틸. 미서의 NA와 자막 뜬다.

미서NA  정행자. 50세. 족발집 사장.

22. 족발집 안 / 밤 (이하 과거)

바쁜 저녁 시간, 행자 먼저 앞치마 벗고 퇴근하려고 한다.

행자      (찬모들에게) 먼저 가서 미안해~
진주/용선  뭘 미안해요~ / 아저씨 기다린다~ 얼렁 가. 정 사장~!


23. 행자 집 / 밤

행자 남편의 제삿날. 제사상이 차려져 있다.

예림      엄마… 아빠 안 보고 싶어?
행자      (콧방귀) 지랄. 보고 싶기는. 내가 너희 아빠 때문에 고생한 거 생
         각하면 제사상 차려 주는 것도 감사하게 생각해야 돼. …그래도
         자기 죄는 아는지 미안해서 꿈에도 안 나오더라.
예림      우리 오랜만에 아빠 사진이나 좀 볼까?

         예림, 안방으로 후다닥 뛰어가더니 곧 낡은 앨범을 들고 나온다.
         행자와 예림, 같이 앨범을 펼쳐서 보는데… 20대의 잘생긴 남편
         과 행자 사진이다.

예림      근데 아빠 진짜 잘생긴 거 같아.
행자      (갑자기 눈물 터지는) 크흡… (천장 보며 눈물. 손부채질 하는)
예림      뭐야, 또 왜 그래?
행자      평생 얼굴 뜯어먹고 살라 했더니… 그렇게 일찍 가 버릴 줄 누

가 알았겠어… 흑… 야속한 사람… 흑흑… 미안해, 엄마가 갱년
기라서~~

예림    (익숙하다) …어? 이게 뭐야?

행자    (언제 울었냐는 듯) 뭔데?


예림, 앨범 끝에 삐죽 튀어나온 뭔가를 꺼내면, 오래된 금선전자
종이 증권 6장이다.


예림    이거… 주식 아냐? 와… 옛날엔 이렇게 생겼었구나.

행자    이 인간… 사업 말아먹은 것도 모자라서 주식까지 손을 댔어?

예림    (뒷면 보고) 주주 정행자? 엄마 이름인데?

행자    (놀라) 미쳤나 봐! 이거 어떡해야 돼?

예림    잠깐만, 주식이면 돈으로 바꿀 수 있잖아. (휴대폰으로 검색하면서)
        1998년도에 1주에 3만 원이었다는데?

행자    (솔깃) 그럼 여섯 장이니까… 18만 원인 거야? …오래된 건데 바
        꿔주려나?


행자, 종이 증권을 신기한 듯 만지작거린다.



24. 증권사 / 낮

'띵동'. 행자, 자기 번호가 된 것을 확인하고 창구로 간다.


직원    어서 오세요. 무엇을 도와드릴까요?

행자    저… 이걸 돈으로 바꿀 수 있을까 해서…

행자, 쭈뼛거리며 가방에서 종이 증권 6장을 꺼낸다.

직원    전자 증권으로 등록해 드릴 수 있습니다. 그렇게 해 드릴까요?
행자    주식으로 준다는 말인가요?
직원    네. 그렇습니다.
행자    필요 없고 그냥 싹 출금해 주세요. 우리 애 아빠가 사둔 거 같은
       데… 돈 사고를 하도 치고 가서 이런 것만 보면 치가 떨려요…
       어머, 내가 괜한 소릴…
직원    그럼 일단 전자 증권으로 등록 후 도와드리겠습니다.

**CUT TO**

행자, 못 믿겠다는 듯이 휴대폰을 보고 있다.
MTS 화면에 금선전자 300주, 현재가 70,200원,
잔고 21,060,000원이 보인다.

행자    아…아니… 우리 딸내미가 하나에 3만 원이랬는데…?
직원    액면 분할이 되면서… 그 당시 1주가 현재 50주가 되어서요.
행자    (세어 본다) 일…십…백…히익! 그럼 이천만 원이라는 거예요? 그
       종이 쪼가리가?
직원    돌아가신 아버님의 선물 아닐까요?
행자    …네?

| 직원 | 좋으시겠어요. 요즘은 유산을 주식으로 남겨 주시기도 하더라 |
|---|---|
| | 고요. 그럼 나중에 이렇게 훨씬 큰 가치가 될 수도 있고… 지금 |
| | 은 주식이기 때문에 매도하셔야 현금화하실 수 있습니다. 그렇 |
| | 게 도와드릴까요? |
| 행자 | (어안이 벙벙) 예?… 예… |
| 직원 | 네. 그럼 전량 매도해 드리겠습니다. 주식 안 하실 거면, 증권사 |
| | 계좌는 없애 드릴까요? |
| 행자 | 아…아뇨. 일단 냅 둬 주세요… |

행자, 자기 MTS를 빤히 바라보다가 표정이 비장해진다.


25. 증권사 앞 거리 일각 / 낮

행자, 계좌를 바라보며 건물에서 나오는데… 햇빛이 찬란하게
행자에게 내리쬔다.

| 행자 | 예림 아빠… |
|---|---|

하늘 우측 상단, 두둥실 떠오르는 남편의 얼굴. (PIP)

| 남편(E) | 고생했다. 행자야! 이제 자유롭게 살아 봐라! |
|---|---|


26. 다시) 코끼리 분식집 안 / 낮


2부          우리가 개미가 된 이유

슬프면서도 비장한 행자의 얼굴에서…

행자      꼭 남편이 말해 주는 거 같았어요… 그래서 주식, 한번 해 볼라
고요.

진배      …이제 주식으로 고생 끝! 행복 시작! 해 봅시다!

행자      네. 저 진짜 행복하게, 자유롭게 살아 볼랍니다!

강산      자유…


어쩐지 씁쓸한 강산의 얼굴에서… 스틸. 미서의 NA와 자막
뜬다.

미서NA      강산. 40세. 욜로 프리터족. 현재 무직.


27. 병원 중환자실 / 밤 (이하 과거)

곧 임종을 앞둔 수척한 강산 모(母), 엄마를 붙잡고 울부짖는 강
산과 강산 누나들.

강산      엄마!! 눈 좀 떠 봐!!… 산이 왔어… 으흐흑…

강산 모      (겨우 눈을 뜨고) …아들… 우리 아들 왔구나…

강산      엄마!… 나 보여? 미안해… 내가 너무 늦게 왔어… 미안해 엄
마… 나 좀 봐 봐…

강산 모      (마지막 힘을 다해 강산의 손을 꼭 잡고) 우리 막내… 욜론지 골론지…
그거 그만하고… 열심히 살아… 응…?

강산    엄마…!! 엄마!!!!!!!

        순간, '삐━' 소리와 심장 박동이 멈추고 눈을 감은 강산 모(母)
        오열하는 자식들.


28. 장례식장 / 밤

        강산 친구 준호, 향을 피우고 절하고.
        강산, 누나들과 맞절을 한다.


29. 장례식장 식당 / 밤

        테이블에 준호(안경 쓴 엘리트 이미지)와 마주 앉은 강산.

강산    와 줘서 고맙다. 그나저나 김준호… 이게 얼마 만이냐.
준호    (웃는) 그러게… 치앙마이에서 헤어지고 처음 보는 건가?
강산    이야… 너랑 게스트 하우스 매니저 하던 게… 13년 전? 세월 무
        섭다… (추억에 들뜬) 야, 기억나냐? 그때, 우리 맨날 호주 애들이
        랑 밤새 술 먹고 기타 치고 춤추고… 다음 날 또 미친 듯이 수영
        하고…
준호    기억나지… (시큰둥하게 답하며 시계를 본다)
강산    한잔할래? (소주 따려고 하면)
준호    아냐. 나 내일 일찍 출근해야 돼서…
강산    아… 출근해야 되는구나. 요즘 무슨 일 해?

| 준호 | 회계사야. 얼마 전에 회계법인 조그맣게 하나 냈어. |
|---|---|
| 강산 | (놀란) 회계사??? 야, 너 인마!! 공부 잘 했구나? |
| 준호 | (웃는) 한국 돌아와 보니까 취직도 안 되고 그래서 그냥 시험 본 거지. 회계사도 힘들어. 그냥 영업이야 영업. (하다) 너는? |
| 강산 | 나? 난 그냥 뭐 이곳저곳 여행 다니면서 사진도 찍어 주고 그림도 그려 주고… 가이드도 해 주고… 뭐 그렇게 산다? |
| 준호 | 너… 여전하구나? 멋있다 강산. 와… 우리 나이에도 그렇게 살 수 있구나… |

강산, 순간 자신을 한심하게 보는 준호의 눈빛을 읽는다. 씁쓸…

| 강산 | 멋있기는… |

## 30. 산 정상 / 낮

장례가 끝나고 상복 입은 채, 엄마 영정 사진 들고 마음 달래려 산을 찾은 강산, 심란하다.

## 31. 태국 게스트 하우스 / 밤 - 과거 회상 (2005년 즈음)

외국인 여럿 섞여 있고 히피처럼 입은 예수님 장발 머리의 강산과 준호, 몸에는 헤나 문신이 가득. 호리병 물 담배와 와인병이 널브러져 있고.
강산, 준호, 기타 치고 막춤 추며 광란의 밤을 보내고 있다.

| 강산 | 준호야! 우리 평~생 이렇게 간지나게, 뽀대나게, 자유롭게 살자!! |
|---|---|
| 준호 | 콜!! 아등바등 살지 말고 우리 맘 가는 대로 자유 영혼으로 살다 죽는 거야! |

<다시 현재>

강산, 옛 기억에 마음이 씁쓸한데…

<플래시백>

#29. 준호가 한심하게 쳐다보는 눈빛

| 준호 | 너… 여전하구나? 멋있다 강산. 와… 우리 나이에도 그렇게 살 수 있구나… |
|---|---|

#27. 엄마의 마지막 유언

| 강산 모 | 욜론지 골론지… 그거 그만하고… 열심히 살아… 응…? |
|---|---|

<다시 현재>

울컥한 표정의 강산, 산 너머로 소리친다.
온 산을 쩌렁쩌렁 울리는 강산의 목소리.

| 강산 | (외치는) 이 개새끼들아!! (울먹) 욜로한다 했잖아요!!! …다들 어디 갔어요!!!… 엄마~!!!! 어엄 마아~~!! 산이 지켜봐 줘!!! |
|---|---|

강산의 소리가 메아리가 되어 되돌아올 뿐, 대답 없는 엄마.

| 2부 | 우리가 개미가 된 이유 |
|---|---|

강산(E)　　정신을 차려 보니 전 그저 욜로 하다가 골로 가버린 불혹의 그 지 새끼였어요…

## 32. 다시) 코끼리 분식집 안 / 낮

슬프고도 비장한 강산의 얼굴에서…

강산　　엄마 말대로… 이제 개미처럼 열심히 살아 보려고요…!
행자　　그래요~ 베짱이처럼 살다간 얼어 죽지, 죽어~
진배　　이제라도 마음을 다잡았으니, 어머니가 지켜봐 주실 겁니다.
미서　　앞으로 같이 잘 해 봐요. 화이팅!
강산　　화이팅! 감사해요. 다들.

멤버들, 서로 '으쌰으쌰' 하는데… 선우는 여전히 불편하다. 나 가려고 마음먹은 듯.

선우　　(미서에게) 저 미서 씨… 저는… (하는데)
소리(OFF)　　(O.L) 모두 모이셨군요.

일동, 돌아보면… 문을 열고 들어온 웬 키 작은 남자 초딩. (예준)

예준　　반갑습니다. 오늘 모임의 주최자, 주식하는 어린이 주린이 임예 준입니다.
일동　　(황당) …?!!!!

CUT TO

다시 적막이 감도는 분식집 안.
떡볶이가 매운지 '습~습~' 거리며 쿨피스 한 모금씩 마셔 가며
떡볶이 먹는 예준.
다들 그런 예준의 모습에 어이가 없는지 할 말을 잃고 멀뚱멀뚱
보고만 있다.

미서　　　저기… 꼬마야, 너 몇 살이니?
예준　　　열한 살이요. 성한초등학교 4학년 5반이에요.
진배　　　(착잡) 진짜 4학년 5반… 그래… 근데 그 수익률은 진짜니?
예준　　　네. 보여 드릴까요?

예준이가 폰을 보여 주면, 진짜 놀라운 수익률(642.69%%)이다.
수익률 보고 다들 놀라고 급 인정하는 분위기로 자세를 고쳐 앉
는 일동.

강산　　　초딩, 너 진짜 대박이다!
미서　　　예준이 너 주식 천재구나?
진배　　　잠깐! 우리 회장을 존중합시다. 예준이가 아무리 어려도 우리
　　　　　가 배우는 입장 아닙니까. 스터디에서만큼은 회장이라고 부릅
　　　　　시다.
일동　　　(수긍하는) 아, 네…!
예준　　　(다 먹었는지 휴지로 입 닦으며 사람들 둘러본다) 다 드셨나요? 저는 요즘

(폰 보여 주는) 이 하신산업이란 종목을 주목하고 있습니다.

그때, 주식 창을 본 선우, 순간 어질하고… 점점 숨이 막혀 온다.
가슴까지 조여 오고… 증상이 심해지자 이내 자리를 박차고 분식집 밖으로 나가 버린다.
의아하게 쳐다보는 사람들.
미서, "왜 저러지?" 걱정스럽게 쳐다보고…

\<분식집 앞\>

급하게 나온 선우. 식은땀을 닦으며 가쁜 숨을 겨우 안정시킨다.

선우(E)　　하… 왜 이러지…?

\<분식집 안\>

예준, 일타 강사처럼 카리스마 있게 설명하고 있다.
모두 심각한 표정으로 경청하는.

예준　　　성동격서. 들어 보셨습니까? 동쪽에서 소리를 지르고 서쪽을 친다, 즉 상대를 엉뚱한 곳으로 유인하고 기습 공격을 한단 뜻이죠. 요즘 모두가 BBIG, 바이오, 배터리, 인터넷, 게임으로 대표되는 주도주에 집중하고 있을 때… 저는 전통적 강소기업인 하신산업에 주목했습니다.

들어오지 않는 선우가 걱정되는 미서, 밖을 힐끔거린다.

| 예준 | 암튼 이번 주 하신산업 주가 틈틈이 확인해 보세요. 저점 매수 기회라고 생각됩니다! |

그 말에 다들 눈이 반짝! 그 자리에서 바로 MTS를 켜고 하신산업 주식을 매수한다.

#. 편의점 전경 / 밤

33. 편의점 안 / 밤

카운터에 힘없이 앉아 있는 선우, 심각한 표정이다.

| 선우(E) | 아깐 왜 그랬지… |

그때, 문 열리는 소리.

| 선우 | 어서 오세요. |

보면, 미서다.
선우에게 다가오는 미서.
선우의 표정이 굳는다.

| 미서 | 아까 왜 그냥 나갔어요? |

2부    우리가 개미가 된 이유

| 선우 | …저 주식 같은 거 안 해요. 아까 거기, 주식 모임인지 모르고 간 거라서 당황스러웠어요. |
|---|---|
| 미서 | 아… 그랬구나… 근데요. 주식 왜 안 해요? |
| 선우 | …안 해요. 그러니까 앞으로 그런 데 부르지 마세요. |
| 미서 | 뭘 정색까지… 아니, 주식이 무서우신가 본데, 솔직히 알바만으론 힘들잖아요. 그리고 회장 수익률 못 봤어요? 찍어준 것도 오르고 있다고요. 봐요! 하신산업 그래프! |

미서, 들고 있던 휴대폰에 주식 창을 켜서 하신산업 주가 그래프를 보여 준다.
선우, 자신도 모르게 주식 창을 보고 순간 머리가 '핑글-' 시야가 흐려지고…
갑자기 힘없이 '픽-' 쓰러져 버린다! 놀란 미서.

| 미서 | 어머!! 저기요!!! |
|---|---|

계산대를 제치고 들어가는 미서, 쓰러진 선우 일으키고 흔들어 보는데… 눈 못 뜨는 선우.
미서, 선우 뺨도 때려 보고. 더 세게 때리는데도 눈을 못 뜬다. 얼른 119에 전화한다.

| 미서 | 여기 사람이 쓰러졌어요!! |
|---|---|

## 34. 병원 응급실 안 / 밤

베드에 앉아 있는 선우. 정신을 차리고 괜찮아 보이는데… 양 볼
은 벌겋게 부어 있다.
옆에 서서 차트를 보고 있는 의사와 세상 걱정스러운 표정의
미서.

응급의     검사 결과 이상 소견은 없는데 자세한 건 정밀 검사해 보시겠
         어요?

선우     아뇨, 괜찮습니다.

미서     그래도 받아 봐요!

선우     …다음에 와서 할게요.

미서     아니 그래도…

응급의     어차피 오늘은 안 되고요, 외래 예약하시고 오세요. (인사하고
         간다)

미서와 선우, 의사에게 꾸벅 인사한다.
가슴 쓸어내리는 미서를 보는 선우.

## 35. 병원 앞 거리 / 밤

병원에서 나온 미서와 선우.
미서, 여전히 선우가 걱정스럽다.

미서     이상 소견 없다니까 다행이긴 한데… 검사 받아 봐요. 큰 병이면

어떡해요.

선우     저 진짜 괜찮아요. 감사했습니다. 조심히 들어가세요. (꾸벅 인사)

미서     설마… 편의점 다시 갈 건 아니…죠?

선우     아, 네… 하던 일은 끝내야 될 거 같아서…

미서     아무리 그래도 오늘은 그냥 쉬지… (지갑에서 만 원짜리를 꺼내 내민다) 이거…

선우     (얼결에 받고) …?

미서     저도 막 여유 있고 그런 사람은 아닌데… 택시 타고 가세요. 택시!!!

무작정 택시 잡은 미서, 당황스러운 선우를 다짜고짜 밀어 택시에 태운다.

선우     어어… 저기…!

미서     기사님 잘 부탁드려요! 조심히 가요! 검사 꼭 받고요!!

미서, 문 '확' 닫으면 출발하는 택시. 선우를 향해 짠한 얼굴로 손을 흔든다.
선우, 자기도 모르게 살짝 손을 흔들다 손 내리고… 뭔가 생각하는 표정.


#. 병원 건물 전경 / 낮

선우, 정신과 의사에게 증상을 얘기하고 있다.
진지하게 경청하는 의사.

선우　　주식 창을 보면 막… 가슴이 답답하고요… 눈앞이 핑 돌고 숨이
　　　　잘 안 쉬어져요. 기절한 적도 있어요…

의사　　주식 창을 봤을 때만 그런가요?

선우　　일단은 그런 것 같아요. 주식에 대해 말하거나 듣는 거는 괜찮거
　　　　든요.

의사　　음… 증상만 들어서는 불안장애인 것 같아요. 왜, 고소공포증이
　　　　나 폐소공포증 같은 건 많이 들어 보셨죠? 환자분 같은 경우에
　　　　는 주식에 대해 어떤 포비아가… 생긴 게 아닐까 싶네요.

선우　　(표정이 안 좋다) 그렇군요…

의사　　혹시… 주식과 관련해서 어떤 안 좋은 일을 경험하신 적이 있
　　　　나요?

선우　　…

의사　　뭐 주식을 하다가 돈을 많이 잃었다거나…

선우　　(어두운 표정)…

의사　　…말씀하시기 어려우면 다음에 하셔도 돼요. 트라우마를 극복
　　　　하길 원하시면 그 원인에 자신을 조금씩 노출시키면서 익숙해
　　　　지는 게 좋습니다.

선우　　…

37. 병원 앞 거리 / 낮

   선우, 약봉지를 들고 걸어가며 생각에 잠긴다.

   <플래시백> #36

의사   …그 원인에 자신을 조금씩 노출시키면서 익숙해지는 게 좋습
      니다.

   <다시 현재>
   선우, 방향을 틀어서 어디론가 걸어간다.


38. 여의도 일각 / 낮

   한 손에 약봉지를 든 선우가 여의도 한복판에 서 있다.
   높은 건물들을 보며, 어지러움을 느끼는 선우.
   하지만 이내 결심한 듯 천천히 발을 떼서 건물 숲으로 걸어가기
   시작한다.
   그때, 건너편에서 정장을 입고 걸어오는 자신의 모습이 보인다.
   지난 시절, 한 손에 샌드위치를 들고 바삐 뛰어가던 모습이다.
   선우, 환각을 보고 나니 어지럽다. 뒤틀리는 시야.


#. 증권사 전경 / 낮

## 39. 증권사 1층 카페 / 낮

카페에 앉아 심호흡하는 선우, 떨리는 손으로 커피 한 모금을 마신다.

그때, 옆자리에 앉은 증권사 직원(트레이더)들의 대화가 들려온다.

트레이더1    야, 나선물산 거래량 터졌더라? 펀드 애들 많이 들어왔던데?

트레이더2    응. 쌀집이랑 연금도 다 들어왔어. 난 오전에 던졌어.

자막    증권가 은어. 쌀집: 농협, 연금: 국민연금

선우, 주식 관련 대화를 듣는 것만으로도 속이 울렁거린다.

트레이더1    야. 근데 권 대리는 잘렸냐? 아까 짐 싸고 있던데?

트레이더2    그렇다고 봐야지. 저번 달 손실이 얼마라더라… 42억인가?

트레이더1    (놀란) 42억?

트레이더2    걔는 프랍에 안 맞아. 성격이 너무 소심해. 영~ 감이 없어.

선우, 이야기를 들을수록 호흡이 가빠지고 시야가 좁아지는 느낌이다.

더는 견디지 못하고 일어서는 선우.


## 40. 길거리 / 낮

'만추'의 탕웨이 느낌으로 트렌치코트를 입은 행자가 걷고 있다.
머플러만은 행자 스타일대로 핫 핑크의 현란한 꽃무늬다.


41. 패스트푸드점 / 낮

행자, 들어와서 주문하려는데 키오스크를 보고 당황한다.

행자          (뭘 눌러야 할지 모르겠다) 뭐가 이렇게 복잡해…

강산(OFF)     도와드릴까요?


행자, 고개를 돌리자 미소 짓고 있는 강산이 보인다.


행자          (강산을 알아보는) 어?!! 맞죠? 맞네!!

강산          네, 맞아요. 그때, 코끼리 분식… (키오스크 누르며) 음… 어떤 커피
             좋아해요? 아메리카노? 부드러운 라떼? 아님 달달한 거?

행자          달달한 거!

강산          오케이. 여기 카드 넣으시면 돼요.


행자, 주문에 성공하고.
강산, 행자 쪽으로 몸을 기울여 설명해 준다.


강산          저기 보이죠? 저기 가서 주문 번호 올리면 커피 받으시면 돼요.
             그럼…

살짝 목례를 하고 가는 강산.
행자 얼굴에 미소가 핀다.


CUT TO


강산, 자리에서 책 읽고 있는데… 살짝 짜증 난 표정의 직원이
다가온다.

직원        저… 손님. 혹시 주문은…
강산        아!! 조금 있다가 하려고 했는데…
직원        아니… 어젯밤부터 계셨잖아요… 죄송하지만 주문 안 하실 거
          면 나가 주셔야…
행자(OFF)   (O.L) 커피 나왔습니당~


강산과 직원, 보면 행자가 커피를 번쩍 들어 보인다.

행자        나랑 일행인데요? (직원 째려보고 강산에게 윙크)



42. 돌담길 / 낮
          커피를 들고 돌담길을 나란히 걷는 행자와 강산.

강산        (향 음미하며) 음~ 좋다. 아! 죄송한데 제가 성함을 까먹었네요. 성
          함이…?

| | |
|---|---|
| 행자 | (괜히 부끄러운) 정행자… (갑자기 눈물 터지는) 크흡… |
| 강산 | (당황) 왜… 울어요? |
| 행자 | 원래 내 이름은… 정유미였어요. 이쁜 이름이었지… 근데 국민학교 가는 날 갑자기 아부지가 이제부터 내 이름은 행자라는 거야! 행할 행! 아들 자! 남동생 보겠다고 그렇게 호적에 올렸다면서… 크흡… |
| 강산 | 아아… |
| 행자 | 근데! 결국 아들을 못 낳았어요~ 깔깔~ |
| 강산 | … |
| 행자 | (급방긋) 그냥 이모라고 불러요! |
| 강산 | 에이~ 제가 이모라고 부를 나이로는 안 보이는데… 혹시 별명 있어요? 닉네임. |
| 행자 | 그런 건 없고… 세례명은 있는데. 베로니카라고… |
| 강산 | 음~~ 예쁜 이름이다. 오케이! 접수. |

행자를 정면으로 응시하는 강산, 순정만화 주인공처럼 멋지게.

| | |
|---|---|
| 강산 | 이제부터 베로니카라고 부를게요. 난 강산. (악수 청하는) |
| 행자 | (악수하며) 반가워요. 강산 씨~ |
| 강산 | (핸드폰 시계 확인하며) 아! 가 봐야 할 것 같아요. 제가 일을 구해야 해서… |
| 행자 | 아이고, 얼른 가 봐요~ (하다) 맞다! 우리 식당 언제 한번 와요~ 족발 맛집! |
| 강산 | (미소) 네… 또 봐요, 베로니카! |

| 행자 | 또 봐요. 강산 씨~ |

각자 반대편으로 갈 길 간다.

| 행자 | 베로니카… (미소가 번진다) |

무심코 휴대폰을 보는 둘, 뭔가를 보고 놀란다. 뒤돌아서 서로를 바라보는!


43. 진배 집 거실 / 낮

소파에 앉아 TV 보는 진배.
연자는 외출복 차림에 핸드폰만 보고 있다.
연자 눈치를 보며 자기 발 주무르던 진배, 넌지시 운을 띄워 본다.

| 진배 | 거… 상구 있잖아. |
| 연자 | (핸드폰에 시선 고정) 상구 씨? 어… 왜? |
| 진배 | 상구가 오도바이를 뽑았더라고. 그… 할리데이비슨 알지? (손 높이 들어) 이렇게 타는 거 그거. |
| 연자 | 다 늙어서 웬 오토바이… 주책이야. 타다 넘어져 봐. 이 나이엔 뼈 부러지면 붙지도 않아. |
| 진배 | 아니… 건전한 취미로… |
| 연자 | (그때, 전화 오고) 조용히 좀 해 봐요! (받고) 네, 형님~ 나갈게요~ |

연자, 후다닥 안방에서 여행 가방 들고 나온다.

진배   어디 가?
연자   나 성당 형님들이랑 거제도 여행 가. 밥은 알아서 드시고. 나, 가
      요~~

선글라스까지 끼고 나가는 연자. 진배, 시무룩하다… 이내 핸드
폰을 보는데…?!!
진배, 깜짝 놀란다. 자신의 눈을 의심하는!


44. 백화점 옥상 / 낮

미서, 유나, 연희와 담타 중이다.
담배 피면서 둘의 대화를 듣는 미서.


연희   나도 진짜 뭐 해야 되나? 비트코인 같은 거 해 볼까?
유나   내 친구 오빠가 코인으로 몇 억 벌었어. 바로 회사 그만뒀잖아.
연희   (솔깃) 그래? 함 해 볼까?
미서   (듣다가) 야. 코인은 너무 위험하지. 실체가 없잖아, 실체가. 그것
      보다는 차라리… (멈칫) 아니다.
유나   아 뭐야. 말을 하다 말아!
미서   …야 너희들 혹시 주식 하냐?
일동   (절레절레)
미서   …사실 내가 믿을만한 사람한테 좋은 종목을 하나 들었는데…

| 연희 | 뭔데, 뭔데. |
|---|---|

미서, MTS를 켜서 보여 주려고 하다 멈칫.
무언가를 보고 얼어 버린다.

| 미서 | (사색) 아이씨… 이거 뭐야. |
|---|---|
| 연희 | 왜? 왜 그래… |
| 미서 | 말도 안 돼… 이게 왜…!!!!! |

### 45. 몽타주 / 낮

돌담길. 행자, 놀라서 핸드폰만 본다.
돌담길. 강산, 역시 놀라서 핸드폰만 본다.
진배 집. 진배, 핸드폰 보고 넋이 나가 있다.
백화점 옥상. 미서, 핸드폰 바라보며 초조하게 입술을 뜯는다.
다들 MTS를 보고 있는데 하신산업의 주가가 떡락. -22% 하락
했다.
각자 자신의 눈을 의심하는데 '띠링' 카톡이 올리고. 보면, 회장
예준이 보낸 메시지다.
[여러분은 함정에 빠지셨습니다.]
다들 예준의 메시지를 보고 패닉. 놀란 네 명의 얼굴 화면 4분할
되며…

<2부 끝>

EPILOGUE

2

# 초보 개미들의 흔한 실수

#주식 실패로 가는 지름길

#1. 행자 족발집, 책상 위 / 밤

족발집에서 모니터 화면을 보고 있는 행자, 화면 앞에 앉아 있다.

행자  어디 보자~ 이제 시작할 때가 됐는데…

#2. 슉가 유튜브 전용방 & 행자 족발집, 책상 위 / 밤 (교차 편집, 화면 분할)

슉가, 개인 방송 화면이 보이는 방구석 한편에서.
방송 입장하는 사람들 화면 효과.
댓글, '예림맘 님이 입장하셨습니다'

슉가  안녕하세요. 상한가로 슈~욱가! 슉가입니다. 오늘은 '초보 개미들의 실수', 이 실수를 모아서 이야기를 한번 나눠 볼까 합니다.

   (CG) 매수 매도 헷갈려 '앗! 주문 실수' 발생

> ○●●
> ### 초보 개미들의 실수 1
> **매도 매수 헷갈려! '주문 실수'**
>

슉가  가장 많이 하는 실수 중에 하나! 이런 걸 어떻게 하나 싶겠지만 매수 매도를 헷갈려서 거꾸로 하는 실수를 하실 수가 있습니다. 자, 같이 따라 해 봅시다. 매수는 빨간색! 빨간색으로 주식을 산다는 겁니다. 매도는 파란색! 주식을 판다는 의미죠.

행자 이런 거 잘 외워 둬야지. 살 때는 뜨겁게! 빨간색! 팔 때는 냉정하게! 파란색! (중얼중얼)

숙가 그리고 또 많이 하는 실수가 하나 있습니다. 가격에 0 하나 붙여서 팔거나 0 하나 붙여서 사는 실수! 생각만 해도 끔찍합니다. 아무리 전문가라도 '아차' 하는 순간에 실수는 찾아옵니다. 꼭 매수 매도 누를 때 두 번 세 번 다시 보는 게 돈을 잃지 않는 가장 중요한 센스가 되겠죠.

(CG) '언제까지 위 아래로 춤을 출거야' 발생

> ### 초보 개미들의 실수 2
> 언제까지 위아래로 춤을 출 거야?

숙가 우린 주식을 한 번 사게 되면 자신도 모르게 수시로 주가를 확인하면서 화장실에 가서도 스마트폰~ 스마트폰이 손에서 떨어지지가 않습니다. 그런데 보면 볼수록 가격은 더 떨어지는 것 같고 왜 이렇게 마음은 불안한지 자신도 모르게 샀다 팔았다를 계속적으로 반복하게 됩니다. 심지어 조금 수익이 난 것 같은데, 아니 주식 거래 수수료가 훨씬 더 높은, 정말 말도 안 되는 이상한 상황이 발생할 수도 있습니다. 여기서 알 수 있는 가장 중요한 교훈! 마음이 이끄는 대로 샀다 팔았다를 반복하는 것은 정말 백해무익한 행동이라는 걸 알 수 있습니다.

행자, 열심히 방송 보다가.

행자    뭐 내 마음대로 되는 게 있나 남편도 자식도 내 마음대로 안 돼~

(CG) '이게 싼 거야? 비싼 거야?' 발생

> ### 초보 개미들의 실수 3
> 이게 싼 거야? 비싼 거야?
> → 회사마다 주식 발행 수가 다름
> → 시가총액으로 비교
>
>

숙가    한 주에 5천 원짜리 주식은 싼 주식이고 한 주에 100만 원짜리 주식은 비싼 주식입니까?

행자    비싼가…? 싼가…?

숙가    아닙니다. 왜냐하면 각 회사마다 전체 발행 주식 숫자가 다릅니다. 따라서 한 주의 가격보다는 회사 전체의 시가 총액으로 비교해 봐야겠죠.

여러분이 가장 좋아하시는 국민 주식! S전자의 주식으로 한번 알아보겠습니다. 과거 S전자 주식은 200만 원을 훌쩍 넘는 정말

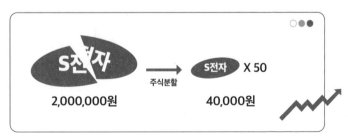

비싸 보이는 주식이었습니다. 근데 현재는 6만 원, 7만 원 이 정도밖에 안 합니다.

그럼 과거에는 비싼 주식이었고 요즘에는 싼 주식으로 바뀌었냐? 당연히 아닙니다. S전자는 과거 자신들의 주식 한 주를 50분의 1로 쪼개는 주식 분할을 했습니다. 한마디로 200만 원짜리 주식을 50분의 1하면 4만 원짜리 주식으로 바뀌게 되는 거죠. 단지 주식 수가 늘어나면서 시장에서 거래되는 주식 가격이 하향 조정됐을 뿐 기업 전체의 가치는 변하지 않은 것입니다.

(CG) '종목 백화점' 발생

> ### 초보 개미들의 실수 4
> 종목 백화점
> → 우량종목은 없어지고 안 좋은 종목만 남는다.
> → 비자발적 존버

숙가    이 종목 저 종목 담아 두는 분들 정말 많으시죠? 내가 잘 모르지만 친구가 좋다고 하면 조금 사 보고 옆에 있는 과장님이 샀다고 하면 조금 사 보고 그러다 보니 내 종목은 백화점이 돼 버렸습니다. 분산 투자는 물론 좋은 전략입니다. 하지만 아무 의미 없는 분산은 정말 말 그대로 아무 의미가 없을 수 있습니다. 이런 식으로 종목을 분산하면 내가 잘 알지도 못하고 온갖 신경 쓸 것만 많아지게 됩니다.

특히 가장 안 좋은 일은 오른 종목은 올랐으니까 잽싸게 팝니다.

근데 빠진 종목은 빠졌기 때문에 절대 팔지 않습니다. 언젠가는 오를 거라는 생각이 있기 때문이죠. 내려가는 종목들은 하나도 안 팔고 계속 가지고 있기 때문에 내 포트폴리오에는 오를 수 있는 우량한 종목들은 점점 없어지고 계속 파란색만 찍는 안 좋은 종목들로만 가득 차게 됩니다. 그러면 우리 포트폴리오를 어떻게 꾸며야겠습니까?

가치가 없어 보이고 미래가 안 좋아 보이면 가슴 아프더라도 정리하고, 우리의 나무가 되고 우리의 울창한 숲이 될 수 있을 것 같은 종목들로 포트폴리오를 채워 가려는 노력이 필요합니다.

행자, 영상 시청하다가 채팅창에 질문을 적는다.
독수리 타법으로 질문 쓰다가 실수로 전송하는데…
별명 [예림맘]

행자      아! 끝까지 다 못 썼는데!

(CG) 채팅 화면

예림맘      슉가 양반 제일 신경 써야 할 것.

슉가      예림이 어머니~ 다시 말씀드리지만 가장 신경 써야 할 것은 뭐다? 가장 많이 오를 것 같은 기업들로 포트폴리오를 유지하는 것이다. 그래서 우리가 분산 투자를 한다는 것은 내 멘털과 마음을 케어하면서 내 계좌를 관리해 간다는 말이 되겠죠. 포트폴리오와 관련된 조금 더 자세한 내용은 날 잡고 다시 한번 이야기를 나누는 시간을 갖도록 하겠습니다.

또 어떤 분은 이런 분들이 있습니다. '저는 공격적인 투자자입니다. 또 야수의 심장이거든요. 한 번에 한 놈만 패서 정말 높은 수익률을 한 번 기록해 보겠습니다. 인생 한 번 사는 거 아닙니까.' 라고 이야기하시는 분들이 계십니다. 이런 거는 투자가 아니라 투기가 되겠죠.

가장 중요한 거는 뭐다?! 높은 수익률이 아닌 어떻게 하면 돈을 잃지 않는 운용을 할까가 더 중요하다고 할 수 있습니다. 우리의 더 많은 욕심이 더 위험한 투자로 우리를 이끌게 됩니다. **욕심을 줄이고 공포를 이겨내는 것이 성공적인 투자를 했던 분들의 뒤를 따라가는 비결**이지 않을까 생각합니다.

자, 오늘은 여기까지 하겠습니다. 숙가 채널은 다음에 더 좋은 내용으로 인사드리겠습니다. 안녕~

행자    재밌네~


방송 종료되는 화면 효과.

# 3부

# 관심 종목은
# 멀리 있지 않다

1. 코끼리 분식집 안 / 낮

잔뜩 열 받은 표정으로 테이블에 앉아 있는 미서, 강산, 행자,
진배.

(CG) 각자의 원샷에 주식 수익률 표시.

마침 주문한 떡볶이 2인분이 나온다. 사장, 못마땅하게 힐끔 보
고 가는.

행자    아니 이게 돈 몇 푼이 문제가 아니라… 쬐끄만 애가 어른들을
이렇게 놀려 먹고… 괘씸하잖아요. 안 그래요?

그때, 문이 열리고 예준이 들어온다.

미서    (화를 삭이며) 저기… 꼬마야. 앉아 봐.
예준    (앉는) 임예준입니다.

| 미서 | 그래… 예준아. (MTS 보여 주며) 이거 어떡할 거야? 지금 마이너스 22% 난 거 보이니, 안 보이니? |
|---|---|
| 예준 | (지긋이 보는) …말씀하시는 순간 마이너스 25가 된 건 보이네요. |
| 미서 | 뭐?!!! (다급히 확인) |
| 예준 | …여러분은 주식을 왜 하시나요? 혹시 주식을 애들 장난쯤으로 너무 쉽게 생각하신 건 아닌가요? |
| 미서 | 허! 야. 장난은 네가 쳤지. 누나는 진짜 진지해. 너한테 이런 말까지 하기 좀 쪽팔리지만 난 주식에 내 인생을 걸었다고!! |
| 예준 | 주식에 인생을 걸었다는 분이 잘 알지도 못하는 어린이가 추천해 준 종목을 덜컥 사나요? |
| 미서 | (말 문 막힌) 그건… 네 수익률 믿고 초반에 오르길래… |
| 강산 | (중재하는) 자자… 그냥 수업료 낸 셈 치고 다시 주린이 여러분들 힘… |
| 예준(O.L) | 주린이요… (피식 웃는) 다들 투자에 실패해 놓고 '나는 주린이라서 그렇다', '비싼 수업료 낸 셈 치자' 쉽게 합리화하시는데… 세상에서 가장 위험한 꽃이 자기 합리화입니다. |
| 진배 | (사레들리는) 커헙! |
| 예준 | 세상에 잃어도 되는 돈은 없습니다. 잃어버린 돈은 다시 돌아오지 않아요! |
| 강산 | (중얼) …멋있다…! |
| 미서 | (어쩐지 울컥한다) 그…그럼 어떻게 해야 하는데! |
| 예준 | 주식에도 공부가 필요합니다. 주식은 투기가 아니에요. 여러분이 주식을 하고 싶은 이유는 여러 가지가 있을 겁니다. |

행자의 경청하는 얼굴 위로.

예준        누군가는 경제적 자유를 위해.

진배의 진지한 얼굴 위로.

예준        누군가는 주식으로 삶의 활력을 찾고 더 열심히 살게 하는 원동력이 되겠죠.

심각한 미서와 떡볶이를 우물대는 강산의 얼굴 위로.

예준        누군가에게는 생계가 달린 아주 절박한 도전일 수 있습니다. 질문 하나 드릴게요. 여기 100만 원이 있습니다. 이 돈을 투자해 25%의 수익을 내고 그걸 40번 반복하면 과연 얼마가 될까요?

일동        (암산해 보는데) …

예준        답은 75억입니다.

강산        (떡볶이 먹다가 딸꾹질) 와…

예준        놀라우신가요? 아인슈타인이 그랬죠. 복리는 인류 최고의 발명품이라고. 하지만 복리의 마법에는 무섭고도 냉정한 전제 조건이 숨어 있습니다. 바로 '단 한 번도 실패해서는 안 된다는 것!!!'

일동, 머리 한 대 얻어맞은 것 같은 충격이다.
카리스마 쩌는 예준.

| 예준 | 그러니 장난삼아 주식하실 분들은 돌아가 주세요. 투기꾼이 아닌… |
|---|---|

예준, 천천히 떡볶이를 휘젓다가 '팍!' 카리스마 있게 떡볶이에 포크 꽂아 넣으며 고개를 든다.

| 예준 | '투자자'가 되실 분만!!! 우리 주린이 스터디 모임에 함께 하실 수 있습니다. |
|---|---|

모두들 이미 예준의 썰에 빠져들었다. 가슴은 웅장해지고 눈빛은 이글거린다.

**CUT TO**

예준, 물그릇에 떡볶이를 '휘휘' 씻어 먹는다.
입을 닦아 주는 행자.

| 예준 | (매워서 '습습' 거리며) 다음 시간에는 각자의 관심 종목을 찾아 발표해 보는 시간을 가질게요. 장소는… (하는데) |
|---|---|

'스윽' 나타난 코끼리 분식집 사장.

| 사장 | 손님들. 죄송한데 다 드셨으면 자리를 좀… |
|---|---|

입구 쪽 보면, 와글와글 떠들고 있는 초딩 한 무리가 웨이팅하고
있다.

진배   아이쿠… 죄송합니다. 에브바디 스탠드 업! 레츠 고 홈!

민망함에 자리를 뜨는 멤버들.

<타이틀>
- 관심 종목은 멀리 있지 않다 -


2. 선우 집 현관문 / 저녁

선우, 미서에게 반찬 통 쇼핑백을 챙겨 주고 있다.
헬멧을 쓰고 있는 미서, 어쩐지 들뜬 표정이다.

미서   (민망) 죄송… 엄마가 반찬을 여기로 보냈네요… 하하…
선우   (쇼핑백 주며) 무거운데 괜찮겠어요?
미서   괜찮아요. 자전거 가져와서… 근데 몸은 괜찮아요? 병원 또 안
       가 봐도 되겠어요?
선우   네, 괜찮아요. 근데… 뭐 좋은 일 있어 보이네요.
미서   아~ 좋은 일이라기보다는… 좀 감동적인 일이 있었죠. 아, 밥 먹
       었어요?
선우   아직…
미서   (쇼핑백 들며) 그럼 같이 드실?

## 3. 선우 집 안 / 저녁

둘, 같이 반찬 놓고 밥 먹고 있고.
신나서 혼자 떠들고 있는 미서.

미서  첨엔 그 꼬마를 혼내 주려고 다들 벼르고 있었는데… 아니, 걔가
      엄청 카리스마 있게 우리한테 교훈을 줬다니까요? (예준 흉내) 세
      상에 잃어도 되는 돈은 없습니다! (다시 미서 톤) 크~
선우  (귀담아 듣지 않는다) 네…
미서  그 말을 듣는데… 어쩐지 가슴이 웅장해지는 느낌이 들었달까?

선우, 그런 미서를 신기한 듯 빤히 바라본다.

미서  …정말 스터디 안 나올 거예요?
선우  …네.
미서  주식 그렇게 어려운 거 아니에요! …계좌는 있어요?
선우  (고개 젓는다) …
미서  이거 어디서부터 얘길 해야 하나… 일단 매수가 사는 거고 매도
      가 파는 거예요.
선우  (어쩐지 어이가 없어서 웃음이 난다. 피식) …
미서  아니, 주식 왜 안 해요? 알바만으로는 집도 사기 힘들고! 노후도
      팍팍해요! 이 집도 부모님 집이라면서요. 얼른 돈 벌어서 독립도
      해야죠!

선우, 대답 없이 밥 먹으며 어쩐지 씁쓸한 미소를 짓고…

미서는 아쉬운 표정으로 밥 먹는 선우를 바라본다.


#. 다가구 주택 전경 / 낮


4. 다가구 외부 계단 / 낮

진배를 따라 계단을 올라가는 멤버들.

진배      맨날 분식집에서 만나기도 그렇고… 아직 세가 안 나가고 있는
            방이 있어서. 앞으로 여기서 만나자고요.

강산      (헉헉 거리며) …와… 형님 건물주세요?

진배      전부 빚이지 뭐. 우리 와이프가 관리해요.


5. 옥상 마당 / 낮

옥상에 도착하자 서울 시내가 한눈에 내려다보이는 시원한 풍
경이 펼쳐진다.

한편에 평상도 있고, 작은 옥탑방 건물도 있는 옥상 마당.

경치를 보고 눈 커지는 멤버들.

특히, 강산은 침까지 꿀꺽 삼킨다.


미서      우와… 루프탑 파티해도 되겠어요!!

강산      좋네요… 이야…

6. 옥탑방 / 낮

진배가 문 열자, 작은 옥탑방에는 테이블과 소파, 노트북, 싱크대까지 있다.

진배가 붓글씨로 쓴 주식 격언들이 이곳저곳 붙어 있다. 눈으로 쭉 읽어 보는 멤버들.

'매수는 기술이고, 매도는 예술이다', '잃어도 되는 돈은 없다', '뇌동매매 추격매수 금지', '잠자는 동안에도 돈이 들어오는 방법을 찾아내지 못 한다면 당신은 죽을 때까지 일을 해야만 할 것이다. - 워렌 버핏 -'

마지막 문장에 다들 표정이 비장해진다.

진배        자자… 들어오세요. 좁긴 해도 제가 영어 공부방 하려고 차려 놓았던 곳이라서 있을 건 다 있습니다. 아무 때나 와서 편히 공부하자고요.

자리에 앉는 멤버들.

강산은 매의 눈으로 두리번거린다.

예준        자, 이제 각자의 관심 종목과 투자 이유를 한번 들어 볼까요?

진배        큼… 시작하기 전에 구호 한 번 외치고 시작합시다!

강산        우리가 구호가… 있었나요?

진배        제가 한번 만들어봤는데… 큼… (오른손 들어) 투신자판!! 성투!
            성투!

미서        투신자판이요?

| 진배 | 투자는 신중하게~ 자기가 판단해서~~ 성공 투자 이루자~!! 뭐 이런 뜻이죠. |
|---|---|
| 행자 | 뭐 좋네요! 한 번 해 볼까요? |
| 일동 | (약간 부끄러워하며 오른손 들어) 투신자판! 성투! 성투! |

**CUT TO**

행자가 발표를 하고 있다. 모두의 앞에 일회용 접시에 놓인 과자 가 있다.

| 행자 | 제 관심 종목은… 바로 요 베이글칩을 만든 딜라이트제과입 니다. |
|---|---|

<회상 인서트> 족발집 안 / 낮

행자, 찬모들과 둘러앉아서 믹스커피를 한 잔씩 마시고 있다.
그때, 행자, 테이블에 있는 과자를 먹는데, 눈이 뜨이고 귀에서 종이 울리는 느낌!

| 행자(E) | 제가 입맛이 좀 남다른 쩝쩝박사인데… 요거 아주 맛이 히트다, 히트! 주가 오르겠다! 딱 이 생각이 들더라고요~ |
|---|---|

<다시 현재> 옥탑방 안

진배, 행자의 얘기를 듣고 '큽…' 비웃는다. 행자 찌릿, 진배를 째 려보고.

| 행자 | 회장님, 맛이 어때용? |
|---|---|
| 예준 | (과자를 우적우적 먹고 말없이 엄지 척) |

진배, 아무 생각 없이 MTS를 켜 보는데 '딜라이트제과' 주가가 3.77% 상승 중이다.
깜짝 놀라 안경 올리고 다시 보는 진배.


**CUT TO**


진배가 발표를 하고 있다.

| 진배 | 제 관심 종목은 도성실업입니다. 그 이유는… |
|---|---|

<회상 인서트> 진배 집 서재 / 낮
진배, 사람 얼굴 그림에 한자로 설명이 쓰인 관상학 책을 보고 있다.
돋보기안경을 쓰고 열심히 연구하는 모습.


<다시 현재> 옥탑방 안
진배, 유명 CEO들 사진을 띄워 놓은 상태로 설명한다.

| 진배 | 야마존의 제리 베이조스. 애플즈의 스티븐 잡스. 마이크로서포트의 사티아 나데나. 공통적으로 다 이마가 시원~하게 벗겨진 대머리에 코가 큰데… 도성실업 회장도 그렇더군요. 재물 복이 |
|---|---|

많은 관상이다~ 이 말입니다.

진배의 이유를 듣고 '깔깔' 웃는 행자. 진배는 그런 행자가 못 마땅한…

CUT TO

차트 띄워 놓고 발표하는 미서, 진지하다.

미서        제가 고른 건 500만 주주의 선택. 삼선전자입니다. 저는 삼전의 차트를 분석해 봤습니다.

예준        (드디어 제대로다) 오!…

<회상 인서트> 미서 오피스텔 안 / 밤
미서, 여러 기업들의 차트를 뽑아서 색연필로 차트를 따라 그림을 그려 보고 있다.
"이건 아냐!…" 차트 종이를 구겨 버리면서 꽤 진지한 모습.

<다시 현재> 옥탑방 안
미서가 삼전의 차트를 띄워 놓고 설명 중이다.

미서        여기 보이는 삼전의 이동 평균선들이 이런 식으로… (클릭하면 차트에 기영이가 그려진다) 기영이의 뾰족한 머리카락 모양으로 쭉 흘러가다가 기영이가 왼팔을 번쩍 드는 그때…!!

| 예준 | 잠깐! 기영이가… 누구죠? |
|---|---|

못마땅하게 보는 예준, 스트레스 받는지 과자를 먹고. 입에 과자 부스러기 털어 주는 행자.

**CUT TO**

강산이 발표를 시작한다. 노트북에는 검은 화면 띄워져 있다.

| 강산 | 음… 저는 종목은 중요한 것 같지 않습니다. 일단 매수를 진행한 다음에… |
|---|---|

<회상 인서트> 거리 / 낮
벤치에 앉아 고민하더니 '카카우' 1주 매수 버튼을 누르는 강산.
그러더니 갑자기 무릎 꿇고 기도를 시작한다.

| 강산(E) | 주가가 오르기를 간절하게 기도하는… '바이 앤 프레이' 전략 으로! |
|---|---|

지나가던 누군가, 강산에게 동전 하나를 던져 주고 간다.

<다시 현재> 옥탑방 안
노트북에 '전광판 앞 기도하는 소녀상' 짤이 떠 있고, 기도하는 모습의 강산.

3부     관심 종목은 멀리 있지 않다

| 예준 | …그래서 기도가 통하던가요? |
|---|---|
| 강산 | 아뇨… 사자마자 500원이나 떨어져서… 바로 팔았습니다… |

표정 어두운 예준, 한숨 쉬더니 가방에서 슬라임을 꺼내서 만지기 시작한다.

| 예준 | 관심 종목 찾아오라고 했더니… 다들 엉망이시네요. |
|---|---|
| 진배 | (머쓱) 쪼크지, 쪼크… |
| 예준 | (슬라임을 현란하게 만지며) 여러분. 관심 종목은 멀리 있지 않아요. 주변에서 흔히 볼 수 있는 내가 잘 알고 친숙한 기업을 골라 보세요. |
| 미서 | 그리고요? |
| 예준 | 그 기업의 매출액과 영업 이익이 증가하는지 보고 미래를 위해 지속적인 투자를 하는지 알아보세요. |
| 행자 | 어떻게요, 회장님? |
| 예준 | (한숨) 저희 스터디는 물고기를 잡아 드리진 않습니다. 스스로 좋은 종목을 찾는데 심혈을 기울이시길 바라요. 그럼 다음 시간에 뵙겠습니다. |

7. 족발집 안 / 밤

저녁 피크 때가 지났는지 빈 그릇들 치우고 있는 행자와 직원들.
그때, 진배와 상구, 친구1이 식당으로 들어선다.

| | |
|---|---|
| 상구 | 아이고~ 정 사장, 좀 늦게 왔는디 괜찮제? |
| 진배 | (고개 돌려 행자 보고) 어? |
| 행자 | 어? …안녕하세요. |
| 상구 | 뭐여! 정 사장이랑 둘이 아는 사이여? |
| 진배 | 으응… |
| 행자 | 편하신데 앉으세요. 저희도 밥 좀 먹을게요. 괜찮죠. 이 사장님? |
| 상구 | 그라제~!! 정 사장! 족발 앞다리로 대짜! 소주 두 병! |

<시간 경과>

진배 테이블, 이미 거나하게 취한 상태고.

그 옆 테이블에서 행자와 찬모들(용선, 진주) 식사를 하고 있다.

| | |
|---|---|
| 상구 | 아따, 진배야! 나가 접때 말한 사양식품 샀냐? 안 샀냐? 허천나게 올라붓는디! |
| 진배 | 큼… 안 샀어. |
| 상구 | 야, 니는 진짜 내 말 좀 들어야! 등신같이 돈 벌게 해 준대도 말을 한나도 안 들어쌌네잉. |
| 친구1 | 얘는 공부머리만 있지. 영 그런 쪽으로는 머리가 안 돌아간다니까! |
| 진배 | 소리 좀 줄여라. 매너 없게. 식사하시잖냐. |

진배, 창피해서 행자 쪽 눈치 보는데…

행자, 진배와 눈 마주치더니 피식 웃는다.

진배, 창피하고 기분 나쁘다.

| 행자 | 맞다. 아까 김 대리가 갖다 준 석류식초, 소주에 타 먹어 보랬 잖아. |
|---|---|
| 용선 | (경상도 사투리) 안 그래도 한 병 꺼내 왔다! |

용선, 석류식초를 소주에 타서 모두에게 한 잔씩 따라 주고.
건배 후 마시는데… 다들 '캬!' 감탄이 터져 나온다.

| 용선 | 음~ 쌔그럽다! |
|---|---|
| 행자 | 응~ 맛있다! |
| 진주 | 입안이 개운하네요. |
| 용선 | 아까 아궁이 보니까 석류식초 무면 살 빠진다카대? |
| 행자 | 그래? 살까지 빠져? (얼른 한 잔 더 먹는) 어디꺼야… (병의 라벨 보고) 제원식품?… 주가 좀 오르겠는데? |

그걸 들은 진배, '푸허허허!' 옆자리에 들릴 만큼 웃음 터진다.
행자, 힐끗 진배를 보고…

| 진배 | 상구 너도 사양식품 꺼 먹어 보고 "아이고 맛있네~" 뭐 그렇게 1차원적으로 투자한 건 아니지? |
|---|---|
| 상구 | 아니제~ 나는 좋은 정보를 들었제. |
| 진배 | 그치? (들으라고) 그래~ 단순하게 그냥 감으로 주식 했다가는 망 하지. 패가망신한다고! |

그 말을 들은 행자, 짜증이 확 올라온다.

| 행자 | (혼잣말) 패가망신~? |
|---|---|
| 진배 | (들으라고) 주식도 다~ 공부하고 연구하고 해야 하는 건데! 들어보니까 여자들이 보통 그렇게 투자한다더라고? |
| 상구 | 웜메~ 그러다 여편네들이 집안 다 말아 먹어브러! |

진배와 친구들 웃어 대고… 행자와 찬모들, 기분이 더럽다.

| 행자 | 그 뉴스 봤어? 남자보다 여자들이 주식을 잘한대! 수익률이 훨~씬 높대. |
|---|---|
| 진주 | 왜요? |
| 행자 | 그 놈의 욱하는 성질 땜에 샀다 팔았다… 하는 거지. 여자들은 때를 기다렸다가 조용히 '딱!' 실속 챙기고. |
| 용선 | 맞다. 아들 땜에 집안 망했단 소리는 들었어도, 딸 때문에 집안 망했단 소리는 못 들어봤다! 맞제? |
| 행자 | 그니까! 남자들 불알 두 짝 더 달린 거 가지고 잘난 척 유세야 유세! |

행자 무리, 깔깔대며 웃고.
진배 무리도 지지 않는다.

| 상구 | 아따 누가 글든디? 아줌마들이 주식 시작해블믄 주식 판 떠야 쓴다고. |
|---|---|
| 친구1 | 왜? |
| 진배 | 개나 소나 다 한단 뜻이니까! |

진배 무리, '껄껄' 대는데…

행자(OFF)    (O.L) 나가 주세요.

보면, 행자, 진배 테이블 앞에 서 있다.
다들 어리둥절해서 쳐다본다.

상구    뭔 소리여? 아직 다 안 먹었는디.
행자    그… 영업 끝났어요.
진배    아니… 갑자기…?
행자    예. 지금 당장 문 닫을 거예요. 나가세요. 당장! (손부채질) 어우 더 워!!


8. 편의점 안 / 밤

주식 책을 여러 권 들고 신나는 표정으로 들어오는 미서.
문을 열자마자 뭔가 말하려다, 선우와 한 여자(전 여친 혜진)가 심 각한 대화를 하고 있는 것이 보인다.
쓰윽 옆으로 빠져 음료수를 고르는 척하는 미서.

선우    여긴 어떻게 알았어?
혜진    어머니한테 듣고 왔어. 나한테도 연락해 주지…

미서, 자기도 모르게 계산대 가까이 와서 엿듣는…

| 혜진 | 일 언제 끝나? 시간 언제 돼? |
|---|---|
| 선우 | 나중에 연락할게. (미서에게) 손님! 계산해 드릴게요! |
| 미서 | (눈치 보면서 다가온다) |
| 선우 | ('삑', 바코드 찍으며) 미안한데… 나 일해야 돼. |
| 혜진 | 아… 응… 연락 줘. 갈게. |

혜진, 울먹이며 편의점을 나간다.
실내 테이블에 앉아서 캔 맥주 하나를 까서 마시는 미서.
그때, 선우가 다가와 다른 테이블을 정리하기 시작한다.

| 미서 | 보니까 전 여친 같은데… 맞죠? 너무 차갑다… 차가워… |
|---|---|
| 선우 | … |
| 미서 | 완전 이쁘고, 날씬하고… 저런 여자를 편돌이 주제에 그렇게 냉정하게 보내다니… |
| 선우 | (무심하게) 그거 지금 편의점 노동자 무시하는 발언인가요? |
| 미서 | 아…아뇨! 취소 취소! 내 말은 그쪽보다 아까 그 여자 분이 훨씬 아깝다는 말이죠. 그리고 선우 씨 되게 좋아하는 거 같던데. |
| 선우 | 끝난 사이에요. |
| 미서 | (괜히 감정 이입해서 욱) 일방적으로 끝이라고 하면 다예요?! 남자들은 왜 그래요 대체? 사랑은 같이 해 놓고!! 끝은 왜 혼자 내는데!!! |
| 선우 | (차분) …그 책은 다 뭐예요? |
| 미서 | (언제 욱했냐는 듯) 아, 이거요? 오늘 스터디에서 관심 종목 골라보라고 하더라고요. 뭘 어떻게 찾아야 될지 모르겠으니까, 공부 좀 |

해 보려고요. 근데… 여자 친구 만나 봐요… 여자가 먼저 찾아오는 게 얼마나 큰 용기가 필요한지 알아요? 만나서 얘기라도 좀 들어 봐요!

눈물까지 살짝 그렁한 미서를 보고 '왜 저러나…' 싶은 선우.

| | |
|---|---|
| 선우 | …알았어요. 만나 볼게요. |
| 미서 | (엄지 척) |

미서, 한결 편안해진 표정으로 주식 책을 편다.


#. 약수터 전경 / 아침



9. 약수터 / 아침

진배와 연자, 같이 걷고 있다. 진배, 문득 휴대폰 시계를 보는데 9시 반이다.
진배, 방향 돌려서 운동 기구 쪽으로 걸어간다.
헐떡이는 진배.

| | |
|---|---|
| 연자 | 벌써 힘들어? 그러니까 평소에 운동 좀 하라니까~ |
| 진배 | 헉헉… 난 허리 좀 돌리고 있을게. 한 바퀴 돌고 와. |

연자, 경보로 빠르게 사라지고 진배, 휴대폰 열어서 MTS를 본다. 문득 '제원식품' 주식을 보는데… 주가가 오르고 있다. (현재가 250,000원)
그때, 익숙한 소리가 들려서 고개 돌리면, 행자가 찬모들과 깔깔거리며 걷다가 벤치로 온다.
얼굴 살짝 돌려 숨는 진배.

행자    (벤치에 앉으며) 아침 안 먹었지? 빈속에 걸으면 휘청해. 먹어.

행자, 찬모들에게 랩에 싼 콩떡을 나눠 준다.

용선    정 사장. 손이 와이래 보드랍노?
행자    어, 그래? 우리 딸내미가 사 준 핸드크림 써 봤는데…
진주    (행자 손 만지다 향 맡으며) 어머, 향도 좋네. 어디 거예요?
행자    글쎄… 영어로 뭐라고 쓰여 있던데…

진배, 허리 돌리기를 하며 쫑긋 귀를 기울인다.

행자    (딸에게 전화) 어, 엄마 운동 왔는데, 여기 이모들이 엄마 손 보고 부드럽다고. (사이) 응. 그거 네가 사온 거, 어디 거랬지?

진배, 점점 더 행자 쪽으로 몸을 기울인다.

행자    (통화 중) 러씨? 러~쉬? 어어… 알았어~ 끊어. (전화 끊더니) 러쉬래.

영국 거. 다 먹었어? 그럼 한 바퀴 더 돌자!

행자와 용선, 진주 일어서고…
진배, 몸 기울이다가 중심 잃고 넘어지는…!

진배  윽! (아프지만 이내 웃으며) …러쉬!

진배, 벌떡 일어나서 어디론가 향한다.


## 10. 아파트 단지 / 낮

미서, 자전거를 세우고 배달 봉지를 든 채 아파트 안으로 뛰어
들어간다.


## 11. 엘리베이터 안 / 낮

미서, 배달하고 내려가고 있는데, 5층에서 편한 차림의 선우가
탄다.
미서와 선우, 서로를 알아보고 "어?" 하고…

선우  배달 왔어요?
미서  네.

그때, 선우의 전화가 울리고. 전화를 받는 선우.

| 선우 | 어, 혜진아. 응… 이따 보자. |

미서, '혜진'이란 이름에 쫑긋 귀를 기울이는…


## 12. 아파트 현관 앞 / 낮

미서와 선우, 같이 나온다.


| 미서 | 전 여친 만나기로 했어요? |
| --- | --- |
| 선우 | …네. |
| 미서 | 잘 생각했어요! 그분도 얼마나 큰 결심하고 찾아왔겠냐고요… 그런데 설마… (위아래 훑으며) …이러고 나갈 건 아니죠? |
| 선우 | 예. 이발만 하고… (미서 표정 보고) …뭘 더 해야 하나요? |
| 미서 | 당연하죠! 이런 중요한 날에!! (답답) 어디서 만나기로 했는데요? |
| 선우 | 생각 안 해봤… 아, 그럼 냉면 먹으러 갈까…? 그때 못 먹어서… |
| 미서(O.L) | 아오…! 그놈의 냉면! 냉면 먹으면서 분위기 잡으려고요? (냉면 잘라 주는 시늉 하며) 우리 다시 만나 보자… 저기요! 여기 식초 좀 요! 내 계란은 네가 먹어… 이러게요? |
| 선우 | ('풉' 웃음 터진다) |
| 미서 | 봐요! 웃기죠? …몇 시에 만나기로 했어요? |
| 선우 | 7시요. |
| 미서 | (시간 보고) 아직 시간 좀 있네요. 그럼 나랑 좀 같이 갑시다. |

## 13. 다가구 주택 일각 / 낮

커다란 백팩을 멘 강산, 주위를 살피더니 몰래 계단으로 살금살금 올라간다.


## 14. 옥탑방 앞 / 낮

다시 한번 주위를 살핀 뒤 옥탑방 문을 열고 안으로 유유히 들어가는 강산.


## 15. 러쉬 매장 앞 / 낮

러쉬 매장 앞에 도착한 진배. 쭈뼛대며 들어가지 못한다.

진배(E)   나 같이 나이 많은 사람이 들어가도 되는 덴가…?

진배, 고민하는데… 매장 안의 직원(남자)과 눈이 딱 마주친다.

섹시   (과하게 친절한 미소) 안녕하세요~ 들어오세요 고객님~!
진배   아, 네… (용기 내 들어간다)


## 16. 러쉬 매장 안 / 낮

들어온 진배를 하이텐션으로 맞이하는 과하게 친절하고 활발한 직원 '섹시'.

| | |
|---|---|
| 섹시 | 반갑습니다~ 제 닉네임은 '섹시'입니다. 부담 없이 불러 주세요~ |
| 진배 | (직원 명찰 보면 'SEXY', 조금 당황) (E) 누구보다 부담스럽다… |
| | (ON) 아아… 닉네임을 쓰는 게 이곳의 룰인가 보군요? |
| 섹시 | 댓츠 롸잇~ |

진배, 매장의 다른 직원들 보면 모두 '골져스, 더티, 보헤미안, 허
니, 폭스, 비타민' 닉네임 명찰을 달고 있다.
자유로워 보이는 직원들 모습이 흥미로운 진배.

| | |
|---|---|
| 진배(E) | 닉네임 사용으로 다양성을 존중하는 자유로운 조직 문화라… |
| | (끄덕끄덕) |
| 섹시 | 혹시 어떤 제품 찾으세요? |
| 진배 | 아, 제가 메이크업 제품은 잘 몰라서… 여자들이 제일 좋아하는 게 뭐죠? |
| 섹시 | (별안간 반말) 아~ 선물할 거구나? |
| 진배 | (조금 당황) 아… 그렇죠… |
| 섹시 | 그럼 립밤만 한 게 없지~ (립밤 여러 개 '차르륵' 보여 주며) 얘네가 요즘 베스트 라인이에요. 한번 테스트해 보시겠어요? |
| 진배 | 하하… 노 땡스, 아임 굿! |
| 섹시 | 으음~ 싯 다운 플리즈~ |

섹시, 진배를 의자에 앉히더니.
진배 입술에 립밤을 발라 준다.

| | |
|---|---|
| 섹시 | 어때요? 보들보들 느낌 좋져? |
| 진배 | (생소하지만 나쁘진 않고) 아… 냄새가 참… 달달하니… 좋네요. |
| 섹시 | 아, 혹시 입욕제는 안 보세요? 저희 브랜드 시그니처 제품인데. |
| 진배 | (솔깃) 시그니처요…? |
| 섹시 | 보여 드릴게요~ (입욕제 몇 개 갖고 와) 무슨 향 좋아하세요? 왠지 취향에 맞을 것 같은 아이들로 픽해 봤는데 한번 맡아 보세요. |
| 진배 | (하나씩 들고 냄새 맡아본다) 킁킁… 와… 퍼퓸이 아주 좋은데요? 근데 이걸 어떻게 목욕할 때 쓰는 거죠? |

순간 섹시, 매장 한 편에 있는 종을 '때앵땡때앵땡!!' 치더니.

| | |
|---|---|
| 섹시 | 여러분!! 여러분!! 지금 여기서 이 버블바를 풀어 볼 거예요~!! |

하더니 입욕제를 대야에 막 풀더니 거품을 마구마구 내기 시작한다.
거품이 점점 커져 사람 키만 해지고… 이게 무슨 일이지… 당황스러운 진배 옆으로 사람들이 막 몰리고.
섹시, "손 넣어 봐요~" 해맑게 진배의 손을 잡고 대야에 넣어 정성스럽게 씻겨 준다.
진배, 너무나 저돌적인 섹시의 서비스가 부담스럽고… 점점 아득해져가는 정신.

CUT TO

정신을 차려 보면 앉은 채 머리 감김을 당하고 있는 진배.

섹시 　(두피 마사지하며) 쿨링감 너무 좋져? 마치 숲속에 있는 거 같은 느낌~!

진배 　(눈을 뜨고) 아아, 네. 좋네요.

　　　(E) 이게 뭐야…?! 정신 차려보니 머리를 감고 있어…!! 더 이상한 건… 부담스러운데 이상하게 싫지 않아…! 홧 어 어메이징 브랜드…!!

섹시 　(타이밍 놓치지 않고 영업) 고객님, 샴푸도 같이 드릴까요?


17. 러쉬 매장 앞 / 낮

　　　양손 가득 빵빵한 쇼핑백 들고 나온 진배, 들어갈 때와 확연히 다르게 뽀샤시해졌다.
　　　기분 좋아진 듯 투스텝으로 걸어가는 진배.


18. 백화점 일각 / 낮

　　　걷고 있는 미서와 선우.
　　　선우, 두리번거리며 구경한다.

미서 　(선우 옷을 보며) 상의는 셔츠로 하고… 아, 뭐 선호하는 스타일 있어요? 제가 이쪽으로는 전문가니까 다 맞춰 드려요~

선우 　미서 씨 말대로 할게요.

| 미서 | 오케이! |
|---|---|

명품 매장 직원 짬을 발휘해 매의 눈으로 매장들을 스캔하는
미서.

| 미서 | 저긴 너무 화려하고… 음… |
|---|---|
| 선우 | …근데 왜 이렇게까지 날 도와주는 거예요? |
| 미서 | …뭐 오지랖이면 오지랖인데 왠지 남일 같지가 않네요. (마네킹 가리키며) 오… 저기 괜찮다! |
| 선우 | 그럼 저기로 갈까요? |

선우, 미서 말이 끝나기도 전에 성큼성큼 명품 매장 쪽으로 들어
가 버린다.
"저기 비싼데…" 미서, 곤란해 하면서 선우를 따라간다.


19. 명품 매장 앞 / 낮

선우와 미서, 명품 매장 앞 입구에 줄을 서서 기다리고 있다.
선우, 줄 선 사람들을 신기한 듯 보다가.

| 선우 | 줄 서서 기다릴 만큼 인기가 많나 봐요, 여기. |
|---|---|
| 미서 | 여긴 나은 편이에요. 우리 매장은 오픈하자마자 제품 싹 쓸어 가요. |
| 선우 | 그 정도예요? |

| | |
|---|---|
| 미서 | (끄덕) 네. 근데… 그냥 다른 데 갈래요? 여기 비싸요. |
| 선우 | 금방 저희 차례인데요? 줄 선 거 아깝잖아요. |

어느새 첫 줄에 서게 된 미서와 선우.
가드가 안내하자 매장 안으로 들어간다.


20. 명품 매장 안 / 낮
매장에 들어온 미서와 선우를 맞이하는 직원.

| | |
|---|---|
| 직원 | 어서 오세요, 찾으시는 제품 있으세요? |
| 미서 | (미소) 아, 그냥 편하게 볼게요~ |
| 직원 | 네. 필요하신 거 있으면 말씀해 주세요. |

미서, 선우에게 어울릴만한 셔츠를 보다가… 마음에 드는 걸 발견했다.

| | |
|---|---|
| 미서 | 이거 이쁜데… 한번 입어나 볼래요? |
| 선우 | (와서 보더니) 네. 입어 볼게요. |

**CUT TO**


선우, 셔츠를 갈아입고 나온다.
선우의 꽤 멋진 모습에 미서 놀란 듯 "오~" 하면서 다가온다.

| 미서 | 잘 어울린다~ 핏 좋은데요…? |
|---|---|

미서, 선우의 옷매무새를 만져 준다… 그러다 눈치 보며 작게 속삭이는.

| 미서 | 얼른 갈아입고 나와요. 빨리. |
|---|---|
| 선우 | 왜요? |
| 미서 | (작게) 여기 겁나 비싸요. 이 셔츠 하나에 칠팔십 한다니깐? 내가 비슷한 저렴이로 다시 찾아 줄 테니까 맘에 안 든 척 조용히 나갑시다. |
| 선우 | 아녜요. 저 이거 맘에 들어요. (직원에게) 이거 계산해 주세요! 입고 갈게요. |
| 직원 | 네. 저쪽에서 도와드리겠습니다. |

선우, 직원 따라 계산하러 가고.
그런 선우가 의아한 미서.

| 미서 | 뭐야? 돈이 어디 있어서… |
|---|---|

21. 백화점 일각 / 낮

선우와 미서 명품 매장에서 나온다.
갑자기 우뚝 멈춰 서는 미서.

| | |
|---|---|
| 미서 | (혼잣말) 잠깐, 명품 회사도 주식이 있나…? |

선우 걸어가고, 미서 따라가며 중얼거린다.

| | |
|---|---|
| 미서 | 명품은 매년 가격이 오르는데도, 사는 사람은 점점 늘어나거든<br>요? 요샌 남자 손님들도 엄청 많고, 심지어 고등학생들도 와요. |
| 선우 | 그래요? |
| 미서 | (눈 반짝) 이거 돈 냄새 나네… 주식 사야겠다! (얼른 주식 창 켜고 검색<br>하는) …어? 근데 왜 안 나오지… 없나…? |
| 선우 | 브랜드명으로는 검색이 안 될 거예요. 여러 명품 브랜드를 갖고<br>있는 프랑스 회사가 있어요… |
| 미서 | 아~ 프랑스~ 와… 나 진짜 바보였네! 내가 젤 잘 아는 분야가<br>명품인데! (하다) 아, 저녁은 어디 갈 거예요? (스테이크 써는 시늉)<br>썰어? |
| 선우 | (머리 긁적이며) 글쎄요… |
| 미서 | 그냥 저녁은 무난하게 써는 걸로! |
| 선우 | …근데 걔가 고기를 별로 안 좋아해서. |
| 미서 | 음? 채식주의자예요? |
| 선우 | 그냥 고기를 잘 안 먹었던 건 기억해요. |
| 미서 | (눈빛 예리해지는) 잠깐. |

<플래시백> #8
미서, 레깅스 입은 혜진의 옷차림이 떠오른다.

| 미서 | 그분 취미가… 혹시 요가? |
|---|---|
| 선우 | (놀란) 어떻게 알았어요? 요가 강사예요. |
| 미서 | (끄덕) 역시… (중얼) 엄동설한에도 레깅스는 못 참는… 그런 스타일 알지 알지. 어디 보자… (폰 보다) 그런 힙쟁이가 좋아할 만한… 아! 여기 좋네! 갑시다! |
| 선우 | ??? |

## 22. 비건 레스토랑 / 낮

인스타 감성의 깔끔하고 예쁜 레스토랑.

| 미서 | (둘러보며) 여기 이쁘다~ 왠지 맛있을 것 같아. |
|---|---|
| 선우 | 그러게요. 뭐 먹을래요? (메뉴판 주며) |
| 미서 | (씨익 웃는) 보자~ (메뉴판 보다) …어? 고기를 파네? 비건 레스토랑에서. |
| 선우 | (메뉴판 보면서) 콩고기 같은데요? |
| 미서 | 오… 신기하다. 난 그린버거 먹을래요. |
| 선우 | 그럼 저도 같은 걸로 시킬… |
| 미서(O.L) | 선우 씨는 먹지 마요. 이따 또 먹어야 되는데 배부르면 안 되잖아요~ |
| 선우 | (찔) 네… |

CUT TO

콩고기 버거를 마지막 한입 크게 먹는 미서, 행복한 표정이다.
선우, 부러운 듯 쳐다본다.

미서        음~ 콩고기도 맛있다! (눈빛 반짝) 이거 만드는 회사도 주식 있
겠죠?

신나서 검색해 보는 미서.
선우, 그 모습을 물끄러미 바라보다 묻는다.

선우        미서 씨는… 주식 왜 해요?
미서        (검색하며) 재밌어서요!

생각지 못한 미서의 즉답에 살짝 놀란 선우.

선우        …재밌구나…
미서        처음엔 날린 돈 다시 찾으려고 시작했는데 해 보니까 재밌어요!
선우        …최 서방 씨랑은 주식 때문에 헤어진 거죠?
미서        (시무룩) 네… 갑자기 뼈 때리네… 근데 아직 완전 헤어진 건 아니
거든요?
선우        (씁쓸하게 웃는) 주식 때문에 힘들었는데 다시 주식을 한다는 게…
미서        이상해요?
선우        아… 이상하다기 보다는… 신기해서.
미서        (생각해 보는) …책임지려고요.
선우        뭘…?

| 미서 | 내가 잘못한 거잖아요. 수습도 내가 해야죠. 가만히 있으면 바뀌는 건 하나도 없으니까. |
|---|---|
| 선우 | …(살짝 놀라서 미서를 본다) |
| 미서 | 주식이 문제가 아니라 내가 문제였던 거 깔끔하게 인정하고! 제대로 공부하면, 이번엔 괜찮지 않을까요? |
| 선우 | … |

선우, 잠시 멍하다.


23. 도서관 휴게실 / 낮

휴게실 테이블에 러쉬 색조 화장품들을 늘어놓고 골똘히 보고 있는 진배 그러다 립스틱을 여러 개 손등에 발라본다.
고개를 갸웃하는 진배.

| 예준(OFF) | 진배 회원님?! |
|---|---|

진배, 보면 자기 몸만 한 책가방을 메고 서 있는 예준이다.

| 진배 | 어~ 예준아. 밖에서 회원님은 무슨… 그냥 할아버지라고 불러. |
|---|---|
| 예준 | 네. |
| 진배 | 학교는 벌써 끝났니? |
| 예준 | 네. 잠깐 책 좀 보려고 왔어요. |
| 진배 | 굿 보이~ 안츄 헝그리? 뭐 좀 사 줄까? |

| 예준 | (배고픈지 머쓱하게 웃으며) 사양하진 않을게요. |
|---|---|

CUT TO

빵을 사 놓고, 테이블에 앉은 두 사람.

| 진배 | (뷰티 유튜버처럼 손바닥 대고 립스틱 보여 주며) 어때, 색깔 곱지? |
|---|---|
| 예준 | (제품 컬러명을 보고) 카이로. 이집트의 수도네요. |
| 진배 | 응? |
| 예준 | (신나서) 고대 이집트에서는 별자리를 보고 계절을 예측했대 요…! 이집트인들은 특히 시리우스라는 별을 항상 관측했는 데… 시리우스는 태양을 제외하고 하늘에서 가장 밝은 별인데 요. 지구에서 8.59광년 정도 떨어져 있어요. |
| 진배 | 아~ 그래…? 예준이가 아주 우주 박사구나… |
| 예준 | 헤헤… 그 정도는 아니고… 근데 이건 왜 사신 거예요? |
| 진배 | 아, 내가 이 회사 주식을 사기 전에 제품력을 먼저 알아봐야겠다 싶더라고. |
| 예준 | 음~ 좋네요. 강방천 회장님도 관심 있는 제품은 직접 써보고 좋 으면 주주가 된다고 하셨어요. 그러고 보니 행자 회원님 투자법 과 비슷하네요? |
| 진배 | 큼… 아… 아냐. 이츠 디퍼런트! (말 돌리는) 그…그럼 러쉬 사야 겠다! |

진배, 신나서 얼른 주식 창을 켜고 검색해 보는데 점점 얼굴이

굳는다.

진배      (검색) 이게… 왜, 왜 없지?… 여기 안 나오네.

예준      (잠시 검색해 보더니) 아, 이 회사는 상장을 안 했네요. 그런 주식을
          비상장 주식이라고 해요.

자막      비상장 주식: 유가 증권이나 코스닥 시장에 상장되지 않은 회사
          주식 K-OTC 시장 같은 장외 거래를 통해 거래할 수 있다.

진배      (낭패다)…!!! 아… 그런 게 있어? 이런…

예준      차라리 잘 됐어요. 장외 주식은 리스크가 커서… 초보가 하기에
          는 좀…

진배      음… 그렇구나.

예준      (위로) 그래도 뭐 접근 방법은 좋았어요. 다음에는 더 좋은 기업
          을 찾으실 수 있을 거예요.

진배      (쓸쓸) 그래… 고맙다…

예준      (핸드폰 알람이 울리자) 앗, 학원 늦겠다! (벌떡 일어나고) 할아버지, 저
          가 볼게요!!!

다다다 뛰어가는 예준의 모습을 바라보는 진배.
문득 뜯지도 않은 빵 봉지를 발견한다.

진배      에고, 이것도 못 먹고 갔네… 쯧쯧…

버스 정류장에 도착한 미서와 선우, 같이 버스를 기다리고 있다.

| | |
|---|---|
| 선우 | 오늘… 고마워요. |
| 미서 | 나도 고마웠어요! |
| 선우 | ?? |
| 미서 | 선우 씨랑 오늘 돌아다니면서 관심 종목 좀 찾았거든요. 진짜 주변만 잘 살펴봐도 괜찮은 종목들이 많은 거 같아요! |
| 선우 | 어떤 종목을 찾았는데요? |
| 미서 | 명품 회사랑… 그 콩고기 대체육 회사! |
| 선우 | 음… 둘 다 좋네요. |
| 미서 | 그죠?! 그럼 두 개 다 살까… |
| 선우 | 일단 사기 전에 재무제표를 좀 보세요. |
| 미서 | 재무제표? MTS에 있어요? 어디서 봐야 돼요? (휴대폰을 선우에게 내밀고) |
| 선우 | (순간 눈 질끈 감는) …여기 말고. 전자 공시 사이트에 있어요. |
| 미서 | 전자 공시~ (하다가) 뭐야… 아예 관심 없는 줄 알았더니… 이런 것도 알고… 아직도 스터디 같이 할 맘 없어요? 주식 같이 하면 재밌을 것 같은데! |
| 선우 | …주식 홍보 대사세요? |
| 미서 | 그런 건 아니고~ 맘 바뀌면 언제든지 말해요! |

그때, 선우의 휴대폰이 울린다. 보면, '점장님'이다.
미서와 선우, 서로 불안한 눈빛을 주고받는다.

25. 족발집 + 진배 집 + 옥탑방 (몽타주)

열심히 관심 종목을 공부하는 회원들의 모습 몽타주.

# 족발집 / 저녁

석류식초 소주 한 잔 들이켜고 '캬!' 하며, MTS에 '제원식품' 찾아보는 행자.

# 진배 집 / 저녁

진배가 사 온 립스틱 발라 보고 있는 연자가 보이고.
진배는 일각에서 돋보기 낀 채로 열심히《관심 종목 잘 찾는 법》이란 책을 읽고 있다.

# 옥탑방 안 / 저녁

방안에 캠핑용품들이 가득 펼쳐져 있고. 강산, 캠핑용품 이용해 라면 끓이고 있다. 그러다 번뜩 뭔가 생각나는 표정이더니 휴대폰을 들어 검색해 본다.

강산　　　캠핑용품? 이런 것도 주식이 있겠지?! 캠강강캠! 캠핑하면 강산! 강산하면 캠핑인데!


26. 미서 집 / 밤

미서, 노트북으로 '전자공시'에 들어가 콩콩미트를 검색해 본다. 보고서를 확인하는.

| 미서 | 재무상태표… (클릭하는) |
|---|---|
| 자막 | 재무제표 : 기업의 재무 상황을 알려 주는 표. 금융 감독원 전자 공시 시스템(dart.fss.or.kr)에서 확인할 수 있고 감사 보고서 안에 포함되어 있다. |

미서, 재무제표를 프린트하면서 급하게 나갈 채비를 한다.

| 미서 | (겉옷을 챙겨 입으며) 늦겠다… |
|---|---|

27. 비건 레스토랑 / 밤

선우와 혜진, 아까 왔던 비건 레스토랑에서 음식을 먹고 있다. 약간 서먹한 분위기.

| 혜진 | 연락 올 줄 몰랐는데… 오늘은 알바 안 가도 돼? |
|---|---|
| 선우 | 응. 오늘만 다른 사람한테 부탁했어. |
| 혜진 | (괜히 기분 좋다) 그렇구나… |
| 선우 | 맛은… 괜찮아? |
| 혜진 | 응. 여기 맛있다! |
| 선우 | 그동안 뭐하고 지냈어? |
| 혜진 | 나? 똑같지… 아, 우리 언니 결혼했다? 내년에 나 조카 생겨. |
| 선우 | 혜선 누나한테 축하드린다고 전해 줘. |
| 혜진 | 응. 고마워… (급침울) 우리 하루는… 얼마 전에 무지개다리 건넜 |

|      |                                                                                 |
|------|---------------------------------------------------------------------------------|
|      | 어. 생각했던 것보다 훨씬 더 슬프더라…                                            |
| 선우 | 그랬구나… 하루 좋은 데 갔을 거야.                                                |
| 혜진 | 응… 아 맞다! 나 곧 요가 센터 오픈해. 지금 센터 인테리어하고 있어.                |
| 선우 | 진짜? 잘 됐다… 2년 동안 많은 일이 있었네.                                        |
| 혜진 | 그치… 너는?                                                                     |
| 선우 | 나도 많이 변했어. 집에만 있긴 했지만. 주변 정리하고, 생각도 정리하고… 지금은 많이 편안해졌어. |
| 혜진 | (울먹) 다행이다… 선우야. 나는… 2년 전엔 너무 어렸고, 네가 갑자기 그렇게 큰 사건에 휘말리니까 무서웠어… 그래서 회피했었어. 미안해… |
| 선우 | …                                                                              |
| 혜진 | 근데… 나 아직 너 못 잊었어. 우리… 다시 시작하면 안 될까? 우리… 그때로 돌아가자. 응…? |
| 선우 | …혜진아.                                                                        |
| 혜진 | 응?                                                                             |
| 선우 | 난 너 이해해. 내가 너였어도 내 옆에 있기 힘들었을 거야. 근데… 난 이제, 그때의 내가 아니야. |
| 혜진 | …!                                                                             |
| 선우 | 2년 동안 많은 게 바뀌었고… 난, 지금이 좋아.                                      |
| 혜진 | 선우야… 그래도…!                                                                |
| 선우 | 나 좋아하는 사람 생겼어.                                                         |
| 혜진 | !! 아… 그렇구나…                                                                |
| 선우 | 예전 그 일은 어차피 집행 유예로 끝났고 나… 다시 잘 살고 있                      |

어. 그러니까 이제 너무 미안해 하지 마. 이 얘기 하려고 만나자
고 한 거야.

혜진    그럼… 너, 주식은 다시 안 하는 거야?

선우    (씁쓸) …응.


28. 길거리 + 편의점 (교차) / 밤

무표정한 얼굴로 밤거리를 걷는 선우, 생각이 많아 보인다.


혜진(E)    아쉽네. 넌 주식할 때 제일 즐거워 보였는데…


<플래시백> #22.

선우    미서 씨는… 주식 왜 해요?

미서    (검색하며) 재밌어서요!


<다시 현재>

그 순간, 울리는 알림음.

미서에게 온 카톡이다.


미서    [진짜 진짜 미안한데, 화장실 키 어디 있어요? 데이트하는데 죄
송…]


선우, 미서에게 전화를 건다.

미서, 카운터에 앉아 재무제표 프린트물을 보고 있다. 그때, 울

리는 전화.

| 미서 | (전화 받는) 여보세요? |
|------|------|
| 선우 | 화장실 키, 계산대 옆에 오른쪽 고리에 걸려 있어요. |
| 미서 | (발견) 아! 있다! 고마워요! |
| 선우 | …바빠요? |
| 미서 | 전혀요. 손님 하나도 없어서 아까 찾은 종목들 재무제표 보고 있어요. (중얼) 근데 이게 뭔 소리야… 암튼! 여긴 걱정 말고 천천히 좋은 시간 보내요~! |
| 선우 | 아… 사실 벌써… (하는데) |

이미 끊긴 전화, 선우 다시 걸어간다. 또다시 미서의 말이 떠오르는…

&lt;플래시백&gt; #22.

| 미서 | 내가 잘못한 거잖아요. 수습도 내가 해야죠. 가만히 있으면 바뀌는 건 하나도 없으니까. |

&lt;다시 현재&gt;

선우, 갑자기 뭔가 결심한 듯 뛰기 시작한다.
가슴이 터질 듯 어디론가 전속력으로 달려가는 선우.

29. 편의점 / 밤

미서, 혼자 주식 책 보다가 '딸랑!' 소리에 "어서 오세요!" 하고
보면, 숨을 헐떡이며 서 있는 선우다.
선우, 미서의 눈을 똑바로 응시하며…


| | |
|---|---|
| 선우 | 헉헉… 저 주식 스터디, 다시 나갈게요! |
| 미서 | !!!!!! |
| 선우 | 헉헉… 관심 종목이 생겼거든요. 헉헉… |


선우의 괜히 의미심장한 멘트에 놀라 토끼눈이 된 미서.
서로를 바라보는 두 사람의 모습 2분할되며…


<3부 끝>

주식 성공투자의 지름길
상한가로 숙가

EPILOGUE

3

# 나는 네가 한 일을 알고 있다

#재무제표의 비밀

#1. 미서 집, 방 안 / 밤

　　　　방 안에서 모니터 화면을 보고 있는 미서,

　　　　집중한 눈빛과 다급히 움직이는 마우스와 손.

미서　　　방송 시작했겠다!!


#2. 숙가 유튜브 전용방 & 미서 집, 방 안 / 밤 (교차 편집, 화면 분할)

　　　　숙가, 개인 방송 화면이 보이는 방구석 한편에서.

　　　　*검정색 트레이닝복 + 머리 정갈하게 2:8 가르마.

　　　　방송 입장하는 사람들 화면 효과.

　　　　댓글, '슈퍼왕개미 님이 입장하셨습니다'


숙가　　　여러분, 안녕하세요. 상한가로 숙가의 숙가입니다.

미서　　　오늘 좀 꾸미셨네~


　　　　'오늘 헤어스타일 찢었다!!', '형 힘을 너무 많이 준 거 아닙니
　　　　까?'


숙가　　　왜요~ 머리 어색합니까? 힘 좀 줬는데~ 이것도 해 본 사람이 한
　　　　다고~ 참 쉽지 않은 것 같습니다. 오늘도 역시 여러분의 지식의
　　　　풍요를 도모하고자 여의도 일타강사 같은 모습을 좀 보여 드리
　　　　려고 했는데 안 된 걸로 알겠습니다… 모르겠고 일단 본론으로
　　　　들어가겠습니다! 방송 제목을 보면 알 수 있듯이 오늘의 주제는

바로 '나는 네가 지난여름에 한 일을 알고 있다.' 재무제표의 비밀입니다.

미서      재무제표도 모르면서 투자하는 사람이 있어? 응, 여깄지!~~~~ 모르면 공부하면 돼지~ 뭐 어때~

슉가      우리가 하다못해 통조림 하나를 고르더라도 내용물의 성분을 확인하는데 주식은 재무제표를 안 볼 순 없고, 조금 더 쉬운 방법이 없을까 해서 제가 오늘 '딱딱딱딱' 핵심만 알려드리도록 하겠습니다. 여러분들 다 아시겠지만 재무제표는 기업의 장부

> ○●●
> **재무제표란?**
> 기업의 재무 상태를 구성하는 자산, 부채,
> 자본에 대한 정보를 제공하는 회계 장표이다.

입니다. 마치 기업의 자기소개서고 기업의 성적표고 기업이 지금까지 어떻게 돈을 벌어왔는지 자세하게 적어 놓은 소개장 같은 거죠. 우리 초보 개미들은 딱 세 가지만 알아도 충분합니다. 바로 주가 수익 비율(PER), 자기 자본 이익률(ROE), 주가 순자산 비율(PBR) 입니다.

(CG) 주가 수익 비율(PER), 자기 자본 이익률(ROE), 주가 순자산 비율(PBR) 발생

> ○●●
> **PER**      **ROE**      **PBR**
> 주가 수익 비율    자기 자본 이익률    주가 순자산 비율

숙가 제가 쉽게 알려드리는 시간을 한번 가져보도록 하겠습니다. 숙가가 커피숍을 하나 차렸어요. 제가 돈 10억을 넣어서 차린 후 1년 동안 커피숍을 열심히 운영해서 1억의 이익이 났습니다. 10억 대비 얼마를 벌었냐, 1억을 벌었으니까 ROE는 10%가 되겠죠.

숙가가 만든 10억을 넣어서 1억 원을 버는 이 커피숍! 이 기업 얼마에 팔아야 될까요? 이 회사는 매년 1억을 버니까 여기에 15배 정도를 더한 15억을 숙가 커피숍의 가격으로 하면 되겠다!! 이 15억이라는 것은 주식 시장에 가면 시가 총액이고 주식의 가격이 됩니다. 즉, 주가가 되는 거죠. 그래서 15배를 보통 PER이라고 부릅니다. 여러분이 투자한 기업의 PER은 대부분 알고 계실 거라 생각합니다.

그리고 또 이런 생각도 할 수 있습니다. 아니 제가 10억을 넣어서 1억을 버는 회사를 만들었는데 그럼 내가 낸 자본금 10억 대비 우리 회사 가치가 15억이니까 배수가 1.5배가 됐습니다. 우리 회사의 현금성 가치보다 1.5배의 가치를 인정해줬다~ 이것을 많이 사용하는 표현으로 PBR이라고 합니다. 우리가 ROE,

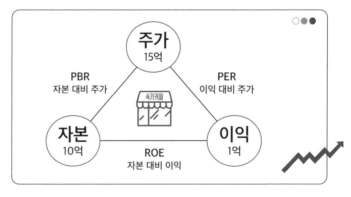

PBR, PER 영어로 써서 그렇지 흔히 얘기하는 개념이에요.

'너 돈 얼마 넣어서 얼마 벌어? 10억 넣어서 1억 벌어? 10% 버는구나.' 이게 ROE고요. '그 커피숍 내가 인수하려는데 얼마나 인수하면 적당할까? 한 15억이면 적당할 것 같네~ 1억 번 회사니까.' 그러면 15배를 쳐 준 겁니다. PER이 15배고요.

근데 거기에 '순자산이 10억이야? 근데 내가 15억 원에 사는 거니까 나는 네가 갖고 있는 자산보다 50% 더 줬네? 1.5배를!' 그래서 PBR이라고 하는 겁니다. 이렇게 쉬운 개념인데 영어로 쓰고 또 주가 수익 비율, 자기 자본 이익률, 주가 순자산 비율, 이렇게 말하면 왠지 어렵게 느껴지는 거겠죠.

여기 보이는 이 삼각형, 우리가 사용하는 개념이지만 잘 알고 있으면 기업의 가치를 분석하는 가장 기본적인 툴이라고 할 수 있겠습니다.

그런데 숲가 커피숍이 10억을 넣어서 1억을 버는 것까진 좋은데 제가 커피숍을 하면서 땅을 샀단 말이에요? 땅 가격이 한 2억 정도가 올랐습니다. 그래서 저는 10억을 넣어서 1억 버는 게 아니라 땅 가격이 올랐으니까 10억을 넣고 3억을 벌었네? 그럼 3억에 15배를 해 줘야 되니까 '내 커피숍 45억이다.'라고 얘기 할 수 있습니다.

그렇다면 여러분은 이 커피숍을 45억에 사 주시겠습니까? 그렇긴 어렵죠. '땅값이 매년 2억씩 오를 리가 없지! 너의 이익으로 인정해 줄 수가 없어.' 라고 얘기를 하게 됩니다. 여기서 당기 순이익과 영업 이익이라는 개념이 등장하게 됩니다.

영업 이익이라는 것은 숲가 커피숍이 영업을 통해서 번 1억을

| 영업 이익 1억 | 당기 순이익 2억 |
|---|---|
| 기업 본연의 임무로 벌어들인 이익 | 영업 외 활동으로 벌어진 수익이나 손실 |

영업 이익이라고 합니다. 이 영업 이익의 배수가 여러분이 말하는 PER이 되거나 이 기업의 가치가 될 수 있는 겁니다. 그럼 '땅값이 오른 2억도 번거잖아~' 그것도 번 것이죠. 이번 분기에 발생한 순이익이다. 그래서 당기 순이익이라고 합니다. 한마디로 영업 외 활동으로 벌어진 수익이나 손실을 모두 포함한 개념이 당기 순이익 개념이라고 생각하면 될 것 같습니다.

(CG) '재무제표 확인- 폰 버전' (별첨1) 발생

숙가     자, 그럼 이제 이런 것들을 어디서 볼 수 있는지 확인해 봐야죠. 여러분은 HTS나 MTS 많이 하죠? 들어가서 개별 종목 검색하면 지금까지 말한 기초적인 내용들은 다 나오게 돼 있습니다. 대표로 제가 한번 들어가서 살펴보도록 하겠습니다.

지금까지 설명한 영업 이익, 당기 순이익이 제일 위에 매출액-영업 이익-당기 순이익 순서대로 있는 걸 알 수 있습니다. 왜냐하면 이게 가장 중요한 것이거든요! 이제 여러분은 영업 이익과 당기 순이익 차이를 충분히 알 수 있습니다. 조금만 내려 보면 중간에 우리가 지금까지 얘기했던 ROE가 보입니다. 우리 S전자는

ROE가 13.92%가 나왔습니다. 10억 원을 넣었을 때 1억 3천을 1년에 버는 회사라고 할 수 있는 거죠.

중간에 PER이 등장했습니다. 우리 S전자 PER 얼마가 지키고 있습니까. 13.55배! 10억을 넣어서 1억을 번다고 치면 우리 S전자는 13.5억 원에 거래가 된다. 시가 총액이 그렇게 된다. 13배 정도를 인정해 줬다고 볼 수 있습니다.

마지막으로 앞서 배웠던 PBR도 한번 살펴보겠습니다. S전자의 PBR은 1.8배를 기록 중이고요, 한마디로 S전자는 순자산 대비 현재 시가 총액이 1.8배라는 소리입니다. 어때요?! 참 쉽지 않습니까? (어렵다는 반응에 바로 사과한다)

댓글, '지금 저만 어렵나요?', '고교 필수 과목으로 지정해야 할듯'

미서, 영상 시청하다가 채팅창에 질문을 적는다.

미서     많은 분들이 재무제표를 보라고 하는데, 그 이유가 뭔가요?
숙가     재무제표를 보라고 하는데 그 이유가 뭔가요? 지금까지 제가 열심히 설명드렸잖아요~ 투자에서 가장 중요한 것은 결국 가격입니다. 이 회사의 재무 상태, 이 회사의 영업 구조, 돈을 버는 것에 비해서 과연 가격이 비싼지 아니면 꾸준하게 이 회사가 돈을 벌 수 있는지 판단할 수 있기 때문이죠.

회사가 얼마를 가지고 얼마의 돈을 버는지에 대한 내용을 가장 쉽게 판단할 수 있는 건 역시 회사의 성적표! 재무제표라고 할 수 있습니다. 나의 큰돈이 들어가는 투자인 만큼 이 정도 성적표는 당연히 알고 가야 하지 않을까 생각합니다.

자, 그렇다면 내가 투자한 기업의 성적표 어떻게 됐나! 네가 지난여름에 한 걸 이제는 여러분도 알 수 있습니다. 다들 재무제표 확인하러 '슉슉슉' 한번 가 보세요. 저는 여기까지입니다. 안녕~

미서      안녕.

방송 종료되는 화면 효과.

4부

# 빛 땀 눈물

1. 편의점 / 밤

숨을 헐떡이며 서 있는 선우, 미서의 눈을 똑바로 응시하며…

선우      헉헉… 저 주식 스터디 다시 나갈게요!
미서      !!!!!!
선우      헉헉… 관심 종목이 생겼거든요. 헉헉…

선우의 괜히 의미심장한 멘트에 놀라 토끼눈이 된 미서.

미서      그 말… 하려고 달려온 거예요?
선우      (그제야 이성을 찾은) 아! …그게.

미서, 선우를 빤히 쳐다보고. 선우, 필사적으로 변명을 생각해
낸다.

선우      …재무제표!! 알려 주려고요. 잘 모르겠다고 했죠?

| 미서 | …네. |

## 2. 편의점 밖 테이블 / 밤

테이블에 앉아 있는 미서와 선우, 커피 하나씩 놓여 있다.

선우, 살짝 미간을 찡그린 채 미서가 뽑아 온 기업들의 재무제표를 보고 있다.

미서, 그런 선우의 모습을 물끄러미 본다.

| 미서 | …여자 친구는요? |
|---|---|
| 선우 | (자료만 보며) 미서 씨 덕분에 잘 헤어졌어요… |
| 미서 | 예?! 왜 헤어져요?!! |
| 선우 | 그 말하려고 갔던 거예요. 다시 만날 맘, 없었어요. |
| 미서 | 아… 뭐야… 선우 씨, 없는 형편에 괜히 생돈 썼네요. 옷까지 사고… |
| 선우 | 아니에요. 덕분에 마무리 잘했어요. |
| 미서 | … |
| 선우 | (재무제표 돌려주며) 재무제표는 간단히 말하자면 기업의 성적표에 요. 회사가 돈을 얼마만큼 벌었고 재산과 빚의 상태는 어떤지 알려 주는, 성적표. |
| 미서 | 음~ |

<몽타주>

재무제표에 대해 설명하는 선우의 옆에 둥실둥실 떠다니는 재

4부     빚 땀 눈물

무제표 용어들. (CG) '영업 이익' '당기 순이익' '유동 자산' '비유동 자산' '손익 계산서' 'PER' 'ROE'…

"영업 이익은 매출액에서 매출 원가를 빼고 얻은 매출 총이익에서 다시 일반 관리비와 판매비를 뺀 것이에요. 말 그대로 순수하게 영업을 통해 벌어들인 이익을 말하죠."

"당기 순이익은 일정 기간 동안 발생한 전체 수익에서 비용을 차감한 금액인데…"

조금 어렵지만 눈을 반짝이며 경청하는 미서.


| 선우 | 자, 미서 씨가 직접 체크해 봐요. (하며 콩콩미트 재무제표를 쥐어 준다) 먼저, 자산이 부채보다 큰지? |
|---|---|
| 미서 | (재무제표 보고… 끄덕) 커요. |
| 선우 | 영업 이익이 꾸준히 증가하고 있는지? |
| 미서 | (재무제표 보고… 끄덕) 증가하고 있어요. |
| 선우 | 그런 식으로 보면 돼요. 그렇게 어렵진 않죠? |
| 미서 | 네… 그래서 이거 사면 돼요? 콩콩미트? (자료 보며) 영업 이익이랑 당기 순이익도 계속 오르는 걸 보면 좋은 거잖아요? |
| 선우 | 그렇죠. |

선우, 자료 넘기다 LVNH 재무제표 자료를 보고 놀란다.

| 선우 | 와… 프랑스 주식 재무제표도 찾았어요? 어떻게… |
| 미서 | (거들먹) 이 정보화 시대에! 마음만 먹으면 다~ 찾을 수 있어요. |
| 선우 | 정보화 시대… 오랜만에 듣는 단어네요. |

| 미서 | (폰 보며) 근데 명품 회사는 주가가 너무 비싸네. 못 사, 못 사… (하다) 근데 선우 씨 관심 종목은 뭔데요? |
|---|---|

'관심 종목'이란 말에 말문이 막힌 선우.

| 미서 | 아까 찾았다면서요. |
|---|---|
| 선우 | …제 관심 종목은 (침 꼴깍) |
| 미서 | (눈 반짝이며) ?? |
| 선우 | …비밀인데요. |
| 미서 | 아 뭐야… 뭔 대단한 종목이길래… 근데… 이걸 언제 다 공부했어요? |
| 선우 | 네? |
| 미서 | 아니, 나한테 설명해 줄 정도면… |
| 선우(O.L) | 책도 보고… 유튜브도 보고… 뭐… (시계 보고) 저 폐기 좀 정리하고 올게요! |

선우, 편의점 안으로 들어가고.
미서, 의혹의 눈초리로 바라본다.

| 미서 | 뭐야… 저 사람 혹시… (의심하다가… 피식) 주식 영재네~ |
|---|---|

미서, 이내 핸드폰 들고 딴짓을 한다.
카톡 답장하고… 무심히 카톡 친구 목록을 보는 미서.
그러다 뭔가를 보고 충격에 빠진다.

그때, 밖으로 나와 미서 표정을 본 선우.

선우     왜 그래요?

미서     (심각) 오빠 프사가 바뀌었어요!!

선우     …근데요?

미서, 핸드폰 들이밀어 보여 주고.
선우, 순간 주식 창일까 봐 움찔했다가 보면, 커피숍에서 남이
찍어 준 진욱의 사진이다.

미서     (패닉) 원래 나랑 같이 먹은 양평 두물머리 핫도그 사진이었는
데… 갑자기 자기 사진으로 바뀌었어요. 이거… 날 지우겠다는
거잖아요?

선우     별 의미 없을 거예요.

미서     아니에요! 프사 자주 바꾸는 사람이 아닌데…

선우     (사진 슬쩍 보며)… 최 서방 씨… 이렇게 생겼구나…

선우, 진욱의 사진을 물끄러미 본다.
<타이틀>
- 빗 땀 눈물 -


#. 다가구 전경 / 낮


172 × 173

3. 옥탑방 / 낮

회원들 모두 모인 스터디 시간.
(CG) 각자의 원샷에 주식 수익률 표시.
새 표어 '공포에 사서 탐욕에 팔아라.'가 붙어 있다.
멤버들에게 인사하는 선우.


선우    (꾸벅) 안녕하세요. 저번에 잠깐 뵀죠? 최선우라고 합니다.

진배    웰컴!!!

예준    선우 회원님은 주식 많이 해보셨나요?

선우    …아뇨. 이제 시작해 보려고요. 앞으로 잘 부탁드립니다.


다들 박수 치고 행자, 미서에게 목소리 낮춰 묻는다.


행자    (속닥) 잘생겼다~ 둘이 그냥 아는 사이 아니지? 사귀지?

미서    (속닥) 진짜 아니에요…

행자    (속닥) 나 촉 좋아~ (낄낄) 분명 그렇고 그런 사인데? 한번 만나 봐~ 어차피 죽으면 썩어 문드러질 몸, 막 만나! 너무 재지 말고~ ('깔깔' 웃는)

예준    그럼 스터디 시작할까요? (오른손 들면)

선우    (얼결에 따라 손든다)…

일동    투신자판! 성투! 성투!

예준    오늘은 각자 투자를 결정한 관심 종목을 소개하고 그 이유를 발표해 보겠습니다. 먼저…

**CUT TO**

노트북 화면에는 '콩콩미트' 떠 있다.
미서, 자신감에 찬 말투로 발표를 시작하는…

미서　저는 메가트렌드로 급부상 중인 대체육에 주목해 봤습니다.

자막　대체육: 진짜 고기처럼 만든 인공 고기로, 크게 동물 세포를 배양해 만든 고기와 식물 성분을 사용한 고기로 나뉜다.

미서　채식 인구는 앞으로도 계속 늘어날 거고요. 그래서 대체육을 만드는 회사 중 매출이 가장 높은 콩콩미트의 재무제표를 확인해 봤습니다.

예준　(훌륭하군. 고개 끄덕이는) 재무제표…

미서　영업 이익도 해마다 조금씩 늘고 있고, 연구 개발에도 투자를 아끼지 않고 있고요. 그래서 저는 과감히 투자를 결정했습니다.

선우　(끄덕)

**CUT TO**

발표하러 나온 진배, 어쩐지 행자 의식하며 머쓱하고.

진배　(노트북 화면 넘기면 '제원식품') 네… 제가 투자한 종목은 제원식품입니다.

| 행자 | 어머, 뭐야. 석류식초? 저번에 내 말 듣고 따라 샀어요? |
|---|---|
| 진배 | (뜨끔) 따, 따라 사긴요! 저도 다 알아보고, 직접 마셔 보고 산 겁니다! 맛있더군요. 달콤한 것이… |
| 행자 | 그거 새콤한 건데… 따라 산 거 맞네! |
| 진배 | (버럭) 아니라니까요!! |

**CUT TO**

강산의 차례, 노트북 화면에는 아무것도 없다.

| 강산 | 어… 저는 고민은 많이 했는데 안 샀습니다. |
|---|---|
| 행자/진배 | 엥?? / 아니 왜? |
| 강산 | 시드도 많이 없고… 확신이 없어서요. |
| 예준 | 잘 하셨어요. |
| 일동 | (그 말에 놀라, 본다) ?? |
| 예준 | 종목으로 꽉꽉 채워 넣으려고 하는 것도 강박이죠. 예수금도 하나의 종목이라고 생각해 보세요. 좋은 종목이 좋은 가격에 나타날 때까지 기다리는 것도 현명하다고 생각해요 전. |

고개를 끄덕이는 일동. 진배, 수첩에 받아 적는다. '예수금도 하나의 종목…'

| 예준 | 이제 각자 일주일간의 수익률을 말씀해 보실까요? |
|---|---|

| 4부 | 빚 땀 눈물 |
|---|---|

| 행자 | 저는… 제원식품 마이너스 6프로. |
|---|---|
| 진배 | 큼… 나도 얼모스트 쎄임~ |
| 선우 | 전 아직 안 샀습니다. |
| 미서 | 전… 콩콩미트 플러스 4프로요. |

다들 유일하게 플러스인 미서의 수익률에 놀라고… 박수를 친다.

| 행자 | 플러스 났어? 그럼 얼마 벌었어. 미서 씨는? |
|---|---|
| 미서 | 예? (기어 들어가는 목소리로) 3천… 5백 원… |
| 행자 | 3천 5백 원?! 왜 그거 밖에 안 돼? |
| 미서 | 예수금이 별로 없어서… 일단 조금만 샀어요. |
| 진배 | 아이고, 애들 장난도 아니고… |
| 미서 | (머쓱하다) 다들… 시드머니가 어느 정도 되세요? |
| 진배 | 나는 뭐 소소하게 큰 거 2장? |
| 미서 | 이천?!… (살짝 놀란) |
| 행자 | 나는 한 3천 되나? |
| 미서 | !!!! |

다들 생각보다 시드머니가 많다.
충격 받은 표정의 미서, 그런 미서를 가만히 보는 선우.


4. 미서 오피스텔 / 밤

씻고 나온 미서, 수건으로 머리 닦으며 맥주 하나 따서 시원하게
마시는데 전화가 온다.
보면, '집주인'이다.

미서      (전화 받는) 여보세요.

집주인(F)  1410호죠? 이번 달 월세가 안 들어왔는데 최진욱 씨가 전화를
안 받아서요.

미서      아!… 죄송해요. 바로 입금해 드릴게요.

전화 끊고 서랍을 뒤져 보는 미서, 부동산 임대 계약서를 찾아
꺼낸다.

미서      (계약서 보는) 계좌번호…

하다 뭔가 발견한 듯 미간 찌푸리는 미서. 임대인의 주민 번호가
눈에 들어온다. 충격!

<인서트>
'임대인: 김이안 131006 - 30678xx'

미서      …건물주가 2013년생이야? 10살? (헛웃음 나는) 하하… 나는 서
른 넘어도 월세 사는데?

<시간 경과>

미서, 맥주를 들이킨다. 한 캔이 두 캔이 되고 세 캔이 되는…

미서    (취한) …열 살짜리가 건물주인데… 난 뭐하고 앉았냐… 아! 주식
       으로 3천 5백 원 벌었지~! 하하… (웃다가 한숨 나오는) 이래서 어느
       천년에 전세금을 벌어… 에이씨 드러운 세상…

침대에 기대앉은 미서, 술 취해 스르륵 잠든다.
쾅!!! 엄청 큰 대포 소리(E) 들리고…


5. 벌판 / 낮

       그 소리에 놀라 벌떡 일어나 보면 동학 농민 운동의 현장(1894년)
       미서, 허름한 흰색 두루마기에 머리에 흰 띠를 두른 채 상투를
       틀고 있다.
       언덕에 몸을 숨기고 적의 동태를 살피는 동지들.
       자세히 보니 그중에 구면인 사람이 있다. 강산이다.

미서    강산?!!!

       강산 쪽으로 다가간 미서, 몸을 숨긴다.
       어쩐지 '하오체'로 말하는 미서.

미서    어찌 된 일이오? (강산의 새총 보고) 이걸로 무얼 하겠다는 거요?
강산    총알이 없소. 그렇다고 이대로 당하고만 있소? 나가 싸워야

지요!

그때, 리더로 보이는 예준이 "돌격!!" 하고 외친다.
예준의 말에 튀어나간 강산, 새총을 적에게 겨누는데 몇 걸음 가지도 못해 총알받이가 되어 '두두두두두' 총을 맞고 장렬히 쓰러진다.

미서        (충격) 강산!!!!

미서도 적의 총탄을 피해 이리 구르고 저리 구르고 피하다가 죽은 병사가 손에 쥐고 있던 신식 권총을 발견한다.

미서        총이다!!! 이제 너흰 끝이다! 크크큭…

총을 쥔 미서, 멋지게 휙 돌아서 적에게 권총을 겨누고 '탕!!' 방아쇠를 당기는 순간…!
총알 대신 태극기가 펄럭~~!!

미서        이런 시팔!!! (권총 내던지는데)

순간 '두두두두두두──' 연발로 날아오는 총탄에 총알받이가 된 미서, 피를 흘리며 장렬히 쓰러진다.

미서        총알만… 있었으면… 으윽…!


4부       빛 땀 눈물

눈앞이 흐려져 가는데, 저 멀리서 흙먼지를 일으키며 떼로 달려
오는 누군가의 실루엣.
흐렸던 화면이 점차 초점이 맞는다. 그들은 바로 햇살머니 콩 캐
릭터들(인형 탈).

콩 캐릭터       괜찮으세요? (손 내미는)

햇살머니의 광고 송 '♪걱정 마요 걱정 마요 걱정 마요~' 울려 퍼
진다.


6. 미서 자취방 / 밤

꿈에서 깬 미서 눈을 뜨는데 켜져 있는 TV에서는 햇살머니 CF
가 나오고 있다. '10일간 이자 무료!!! 걱정 마요 걱정 마요 걱정
마요~ ♪' 현란하게 춤추고 있는 콩 캐릭터들.

미서       10일간… 이자… 무료? (뭔가 결심한 표정)


#. 햇살머니 전경 / 아침


7. 햇살머니 안 / 아침

번호표를 뽑고 강산이 앉아 있는 자리로 오는 미서.

강산은 여기저기 둘러보고…

| | |
|---|---|
| 강산 | 여긴 왜… |
| 미서 | 그쪽이랑 내가 제일 돈이 없잖아요. 주식할 시드머니. |
| 강산 | 근데요? |
| 미서 | '근데요'라니요? 전쟁 나가는데 총알이 없는 거라고요. 우리는! 그래서 젤 먼저 죽었어요. 어제! 그쪽이랑 내가!! |
| 강산 | 네?? |
| 미서 | 쥐꼬리만 한 시드로 언제까지 이삼천 원 벌 순 없잖아요. 그러는 사이에 집값은 이삼억씩 오른다고요! |
| 강산 | (심각) 그럼… 어떡해야 되죠? |
| 미서 | 총알이 없으면 구해야죠. 그래서 우리가 여기 온 거예요. |
| 강산 | (좀 생각하다가) 아, 대출받게요? 빚투? |

| | |
|---|---|
| 자막 | 빚투: '빚내서 투자'의 줄임말. |

| | |
|---|---|
| 미서 | 레버리지 투자죠. 지렛대 효과로 한 번에 큰 수익 보자고요! 빚이라고 다 나쁜 거 아니에요. 좋은 빚, 나쁜 빚이 있는데, 이건 좋은 빚이에요. 계획과 미래를 위한 좋은 빚! |
| 강산 | (듣더니 수긍) 듣고 보니 그렇네요. 그런데 이런 데는 이자 세지 않아요? |
| 미서 | (씩 미소) 여기 첫 대출이면 이자가 10일 무료래요! |

그때, '띵동!' 하고 알림 소리 들리고.

4부      빚 땀 눈물

미서      어? 우리 차례다!


8. 햇살머니 앞 / 낮

　　　　햇살머니 통장을 들고 나오는 미서와 강산.
　　　　강산, 통장을 보며 피식 웃는.


미서      그렇게 좋아요? 뭐, 이 은혜는… (하는데)
강산(O.L)  (해맑) 미서 씨 그거 알아요? 제가 어디서 들었는데 여기 마스코
　　　　　트가 콩이랑 팥이래요. (신장 쪽 짚으며) 콩…팥!
미서      콩팥…?
강산      (웃으며) 돈을 못 갚으면 콩팥을…
미서(O.L)  무슨 그런 재수 없는 소리를 해요!
강산      …미안합니다.
미서      이제 뭐에 투자할 거예요?
강산      글쎄요… 천천히 생각해 봐야죠.
미서      그래요, 서두를 거 없죠. 그럼, 전 총알 쏘러 이만…
강산      네, 가세요!
미서      (뒤돌아 가며 총알 쏘는 시늉) 총알, 신중하게 쏴요! 신중하게!


#. 리딩방 건물 전경 / 낮

## 9. 리딩방 사무실 / 낮

신중한 표정으로 앉아 있는 미서.
수십 대의 모니터와 '윙윙' 돌아가는 본체 소리가 들린다.
독기 품은 사람들이 각자 모니터 앞에 앉아 있다.
미서, 긴장한 표정인데 옆자리 남자가 넉살 좋게 말을 걸어온다.

남자     저기… 쫌 따셨어요?

미서     아…아뇨. 전 오늘 처음 와서.

남자     여기 장프로, 진짜 대박이에요~

미서     (화색) 아 그래요?


그때, 리딩방 회장 장프로가 들어온다.


장프로    반갑습니다, 여러분! 맛있는 주식방 회장 장프로입니다. 프로모
         션 기간 동안 특별가 100만 원으로 진행 중인 가입비는 다들 입
         금하셨나요?

일동     네!

장프로    이백만 원이 이백, 삼백이 되고… 천, 이천… 억이 되겠죠. 여러
         분은 황금알을 낳는 거위를 단돈 백만 원에 사신 겁니다. 정말,
         잘 오셨습니다!

일동     (기대하는 표정, 미서도 침을 꿀꺽 삼킨다)

장프로    오늘 말씀드릴 종목은 대선 테마주입니다. 'JO유통'이라고 아시
         는 분?

| 자막 | 테마주: 증권 시장에 큰 영향을 주는 일이 발생할 때 이에 따라 움직이는 종목군. |
|---|---|

아무도 모르는 분위기다.

| 장프로 | 모르실 거예요. 동전주라고 하죠? 주당 가격도 작고, 시총도 낮은 회사예요. |
|---|---|

| 자막 | 시총: '시가 총액'의 줄임말 시가 총액: 발행 주식 수 × 주가. 회사의 규모를 평가할 때 사용한다. |
|---|---|

| 남자 | 그런데… 왜 추천하시죠? |
|---|---|
| 장프로 | 이번 대선에서 유력한 후보가 누구죠? |
| 남자 | 김명석이요! |
| 미서 | 조남규요! |
| 장프로 | 빙고! 조남규는 순창 조씨 32대손입니다. JO유통 회장 조진영 씨도 순창 조씨고! |

사람들, "오오~" 하며 감탄하는 분위기인데 혼자 어리둥절한 미서.

| 미서(E) | 아니… 사촌도 아니고 같은 순창 조씨인 게 대단한 건가…? |
|---|---|
| 장프로 | 자… 시작합니다! JO유통 들어가시죠! 크게 한번 먹어 봅시다! |

회장의 리드에 사람들, 일사불란하게 주식 매수에 들어간다.
타다닥 자판 치는 소리와 마우스 소리만 웅장하게 들린다.
미서, 진지한 분위기에 휩쓸리고 점점 빠져든다.

<상상 인서트>

전쟁터. 미서, 달려가고 있다. 그때, 적군들이 뒤에서 따라오고…
미서, 주머니에서 기관총을 꺼내면서 광기 어린 얼굴로 총을 쏴
댄다.

미서   (희번덕거리는 눈) 나도 이제 총 있어!!!! 이 새끼들아!!! (두두두두두)

<다시 현재>

사람들과 미서, 주식장이 끝나고 녹초가 된 모습.

장프로  (박수 치며) 수고하셨습니다! 14% 올랐네요! 다들 수익을 말해 볼
     까요? 연지 님?
여자   250만 원 정도요!
미서   (놀라고) ?!!
장프로  좋습니다! 그럼 현동 님?
남자   전 500정도 됩니다!
장프로  호우! 자, 오늘 처음 오신 미서 님?
미서   (머쓱) 저는… 20만 원 정도요. 시드가 얼마 안 돼서.
장프로  괜찮습니다! 저와 함께라면 이제 그 시드가 점점 커질 거예요.
     자, 모두 축하의 박수를 칠까요? 다음엔 더 좋은 종목을 데리고

오겠습니다!

사람들, 다 같이 박수 치며 축하하는 분위기.
미서도 휩쓸려서 박수 치며 좋아한다.

미서(E)    대박… 하루만에 20만 원이라니! 역시 전문가는 달라…!


10. 옥탑방 / 낮

짜파구리 끓여서 옷소매로 잡고 후다닥 뛰어와 테이블에 내려
놓는 강산, 짜파구리 한 입 먹고 행복한 표정.
그러다 문득 생각났는지 MTS를 켠다. 관심 종목들이 쭉 보
이고…

강산    300으로 뭘 투자하지?… 콩팥 같은 귀한 돈이니까… 신중하
게… 그렇다면… 역시 삼전이지!


강산, 삼선전자 1주를 83,000원에 사는데…
그 사이 삼선전자가 200원 떨어져 82,800원이 되고…
"헉!!!" 손 덜덜 떨며 눈이 휘둥그레지는 강산, 바로 매도 버튼을
눌러 버린다.
그때, 갑자기 인기척이 들린다. 강산, 흠칫 놀라서 일어난다.
밖에서 진배의 팝송 콧노래 소리가 들린다.
강산, 순식간에 일어나서 짜파구리를 찬장에 넣어 버리고, 자기

가 먹었던 잔해물을 싹 쓸어서 신발장에 넣은 후, 진배가 문을 열려는 순간! 소파 밑으로 슬라이딩해서 들어가는…
진배, 방으로 들어오고… 바닥에 앉아 소파에 기댄다. 강산 코앞에 엉덩이가 있는.
진배, 노래 흥얼흥얼 부르다가… 어디론가 전화를 건다.
통화 소리가 하도 커서 강산에게까지 다 들린다.

| | |
|---|---|
| 진배 | 어, 상구야. 우리 내일 만나는 거 몇 시에 만날 거냐. (하다) 왜 영식이 목소리가 들려, 같이 있어? |
| 상구(F) | 어. 나 바이크 때문에 만났어. |
| 진배 | 바이크? 할리?! |
| 상구(F) | 어. 질려서 기변하려고 하는디… 영식이가 할리 자기한테 팔라고 해싸서. |
| 진배 | (!!) 어… 얼마에 팔려고? |
| 상구(F) | 친구한티 많이 받을 수도 없고 그래서… 한 천 받을라고. |
| 진배 | (!!) 천?!… 그… 그거 내가 살게! 영식이 말고 나한테 팔아! 내가 한 나흘 뒤에 들어올 돈이 있으니까…! 그때… |
| 상구(F) | 아이! 그럼 됐어! 지금 이거 사겠다는 사람 줄섰당께! |
| 진배 | 에헤이~! 알았어!! 내가 당장 돈 구해 볼게!… 어? 기다려! |
| 상구(F) | 그럼 내일까지 말해 주쇼잉! |

진배, 전화를 끊고… 하… 깊은 한숨을 쉰다.
소파 밑의 강산, 무슨 생각이 들었는지 눈동자가 또르르 돌아간다.

| 강산(E) | 10일 동안 무이자… 형님은 급전이 필요하고… |
| 진배 | 아유… 보자… 누구한테 돈을… (하다가) |

진배, 엉덩이 들고 '뿌왁!' 방귀를 뀐다.
강산, 아찔해진 표정으로 손으로 코를 막으며 생각한다.

| 강산(E) | 나흘 동안 아저씨한테 빌려주고 이자를 받으면… 개이득이잖아!! (스스로 감탄) 강산! 너는 다 계획이 있구나! |

진배, 다시 '부라라락!' 방귀를 뀌고… 강산, 눈을 하얗게 뒤집어 까는.

#. 편의점 전경 / 밤

11. 편의점 앞 / 밤

미서, 헬멧 쓴 채로 파라솔 자리에 앉아서 음료수 하나 따서 먹고. 바로 선우가 나와서 맞은편에 앉는다.

| 미서 | 음료수 하나 마실래요? 내가 살게요. |
| 선우 | 갑자기 왜요? 좋은 일 있어요? |
| 미서 | (배시시) 나 오늘 주식으로… 20만 원 벌었어요! |
| 선우 | 잘됐네요. 그 대체육 회사요? |

| | |
|---|---|
| 미서 | 아뇨. 사실은… 제가 전문가를 만났거든요. |
| 선우 | …? |
| 미서 | 부자가 되려면 자본, 전략, 시간이 필요한데… 나한테 제일 부족한 게 전략이더라고요. |
| 선우 | (미간 찌푸리며) 혹시 거기… (하는데) |
| 미서(O.L) | 선우 씨도 갈래요? 내일 강산 씨도 오라고 했는데. |
| 선우 | (한숨) 미서 씨, 그런데는… (하는데) |

선우, 미서에게 뭔가 말하려는데 손님이 들어간다.
선우, 할 수 없이 "어서 오세요." 인사하며 계산대로 가고, 선우가 일하러 간 사이 미서는 음료수 원샷하고 편의점을 떠난다.
계산을 마친 선우, 미서가 있던 쪽을 바라보는데 미서가 없고…
심각하게 뭔가를 생각하는 선우.


#. 리딩방 빌딩 전경 / 아침


12. 리딩방 사무실 / 아침

리딩방에 앉아 있는 미서, 시간은 8시 45분이다. 하지만 온다던 강산은 보이지 않는…


| | |
|---|---|
| 미서 | 아니… 강산 씨… 왜 안 와! |

그때, 미서에게 카톡이 온다.

<인서트> 강산의 카톡

강산(E)  저는 오늘 못 갈 것 같습니다. 다른 계획이 생겨서…

미서, 어이없어하며 휴대폰을 주머니에 넣다가 무심코 문 쪽을 보는데, 뭔가를 보고 "어?" 하고 놀란다.
보면, 선우가 문을 열고 막 들어서고 있다. 미서에게 성큼성큼 걸어오는 선우.

선우  일어나요.
미서  네? 여기 어떻게 알고 왔어요?
선우  일단 나가요.
미서  왜요?
선우  (한숨) 나가서 다 얘기해 줄게요.

그때, 장프로가 들어오고.

장프로  반갑습니다 여러분! 맛있는 주식방 회장 장프로입니다.
미서  …앉아요 일단. 나 가입비도 냈다고요.

할 수 없이 미서 옆 빈자리에 앉는 선우.

장프로  오늘도 새로운 회원들이 많이 오셨네요? 인사는 장 마감하고 나

|  |  |
|---|---|
| | 누고… 어제는 대한민국 대선 테마주였다면… 오늘은 좀 더 글로벌한 테마주를 소개하려고 합니다. |
| 일동 | 오~ |
| 장프로 | 바로… 우진어묵이라는 기업인데요. 아시는 분? |
| 일동 | (아무도 모르는 눈치) |
| 장프로 | (씨익 웃으며) 모르실 거예요. 부산의 자그마한 토착 어묵 회사로… 부산 사람 아니면 잘 알지 못하는 기업이니까… |
| 회원1 | 글로벌 테마주…라고 하셨잖아요. 부산 어묵은 왜… |
| 장프로 | 아무런 접점이 없어 보이죠? 하지만… 있습니다! (비장) 지금 미국 대통령이 누구죠? |
| 일동 | 바이든! |
| 장프로 | 그렇습니다. 바이든의 출신 학교를 아시는 분? 아마 없으실 겁니다. 시러큐스대학인데요… 우진어묵 ceo가… 바로 시러큐스대학 동문입니다. 이건 정말 극소수만 아는 고급 정보죠. 천기누설! |

선우, 미간을 찌푸리고…

|  |  |
|---|---|
| 장프로 | 자, 그럼… 오늘은 우진어묵으로 들어가 볼게… (하는데) |
| 선우(O.L) | 우진어묵 ceo랑 바이든 대통령은 나이가 서른 살 이상 차이가 납니다. |

모두 선우를 주목하고…

4부    빛 땀 눈물

| 선우 | 일면식도 없을 텐데 두 사람이 동문인 게 주가와 무슨 상관이 있죠? |
|---|---|
| 미서 | (선우 툭 치며) 왜 그래요… |
| 장프로 | (훗) 상관이 없다고 생각하는 바로 그 점이! 빈틈입니다. 니치마켓! 아무도 생각해 내지 못하는 부분을 파고들어 우리는 수익을 내는 겁니다. |
| 선우 | 그런 식으로 따지면 대통령과 같은 대학을 나온 사람의 회사는 다 주가가 올라야 되지 않나요? 몇 만 명, 아니 몇 십만 명이 될 텐데… |
| 장프로 | (기분 나쁘다)… 제 이야기를 믿지 않으실 거면… 왜 여기에 오셨죠? |
| 선우 | 이해가 돼야… 믿고 투자할 수 있지 않겠습니까? 바이든과 부산 어묵에 어떤 상관관계가 있어서 주가가 오를 거라고 생각하시는지 물어보는 겁니다. 두루뭉술하게 대답 피하지 마시고요. |
| 장프로 | 좀 불쾌하군요. 그럼 회원님은 더 좋은 종목을 갖고 계신가요? |
| 선우 | …최소한 우진어묵보다는 근거 있는 종목이 있을 것 같은데요? |
| 장프로 | (비릿하게 웃으며) …자신 있으세요? 저보다 높은 수익률 낼 수 있으시냐고요. |
| 선우 | 네. |
| 미서 | (꿀꺽) 선우 씨… 그러지 마요… |
| 장프로 | 좋습니다. 그럼 한번… 대결해 볼까요? 프로답게 딱 한 시간으로 결판내죠. |

선우와 장프로… 마치 눈싸움하듯 서로를 노려보고 있다.

중간에서 미서, 미칠 노릇이다.


13. 옥탑방 앞 / 낮

머리에 까치집 진 채로 기지개 펴는 강산.
그때, 누군가 올라오는 인기척이 들리자, 어쩔 줄 몰라 하다가,
계단에서 막 올라온 척하는.
진배, 올라오다가 강산을 보고…


진배    강산 군?

강산    안녕하세요!… 하하, 주식 공부 좀 하려고 왔습니다.

진배    (갸웃 하며) 열심히… 하네요.

강산    네… 하하 (하다가 뭔가 생각난 듯) 저기… 형님. 제가 여윳돈이 생겼
        는데… 어디다 투자해야 할지 모르겠더라고요. 그냥 갖고 있어
        야 되나 싶기도 하고.

진배    (!) 여윳돈이 얼마 정도…?

강산    삼백이요.

진배    (혼잣말) 삼백…

강산    (눈치 보며) 덜도 말고 더도 말고 딱 5% 수익만 났음 좋겠는데…
        어디에 투자하면 좋을까요?

진배    …저. 강산 군 괜찮으면 그거 나 좀 꿔 줄 수 있을까요?

강산    (활짝) 그럴까요, 그럼?

## 14. 리딩방 / 낮

각각 모니터 앞에 마주 앉아 있는 장프로와 선우…
미서를 제외한 회원들 다 장프로 뒤에 서 있고, 미서만 선우 뒤에 서 있다.

미서    (선우에게 속닥) 어쩌려고 그래요…

장프로  저를 믿으시는 분은 우진어묵을… 저를 못 믿으시는 분은… 뭐,
        저 분을 믿으시든가 하세요. 그럼 시작할까요?

선우    그러시죠.


전자시계, 9시 정각이 되고! <장프로 vs. 최선우> 화면 2분할되며 시작되는 단타 대결.
'타다닥! 타다닥!' 급한 자판 소리가 들린다.
선우, 포털사이트 주식 카테고리에 '거래량 급등주'를 살펴본다.
그래프와 숫자를 보니 시야가 흐릿해지고… 힘들어 하는 선우.

미서    왜 그래요?


선우, 정신을 부여잡고, 힘겹게 거래량 급등주 종목(EH바이오)을
확인하고 나서… 관련 뉴스를 검색하는 선우, 식은땀이 주르륵
흐른다.

선우(E)  EH바이오라면… 의료 기기가 주 종목인 기업… 아, 수호의료재
        단에서 인수한다는 기사가 떴어! 그렇다면 호재다…!

선우, HTS 로그인 화면을 튼다.
로그인을 하려고 아이디를 입력하려는데… 차마 입력하지 못하는 선우.

미서          선우 씨?

선우, 주먹을 불끈 쥐고… 정신 줄 붙잡고, 다시 로그인을 시도해 보려는데…
더 이상 참을 수 없는 구토감에 화장실로 뛰어가 버린다.


<시간 경과>
전자시계가 10시를 가리키고 있다.

장프로        (일어나며) 자… 저는 12.3%의 수익이네요. 신입 회원님은? 어디
              가셨죠?
미서          (괜히 민망하다) 화장실에…
장프로        어떤 종목 매수하셨는데요?
미서          그게… 아무것도 안 산 것 같던데요.
장프로        (피식 비웃는)

그때, 기력이 다 빠진 선우가 비틀거리며 화장실에서 나온다.

장프로        수익률 0% 맞나요?


4부          빛 땀 눈물

| 선우 | (끄덕) 네… 거래를 못 했으니까요. |
|---|---|
| 장프로 | 보십시오. 바로 이게 저를 믿지 못한 결과입니다. 여러분, 저는 여러분과 함께! 부자가 되고 싶은 마음에, 봉사하는 마음으로 이 리딩방을 열었습니다. 자꾸 이렇게 의심하시면 저는… 더 이상 여러분께 봉사할 생각이 없습니다. |
| 선우 | (숨 헐떡이며) 봉사하신다는 분이 가입비는 왜 받으시죠? 100만 원이나. |
| 미서 | 좀!… 가만히 있어요… (창피한) |
| 장프로 | 그럼… 제가 뭐… 사기꾼이라도 된다는 말입니까? |

순간 '쾅!!' 소리와 함께 열리는 문.
순식간에 우르르 사람들이 밀치고 들어선다.

| 사람들 | 장프로 이 사기꾼 새끼야!!!! / 내 돈 내 놔!! |
|---|---|

아수라장이 되는 리딩방. 회원들, 다 도망가는 장프로를 따라가
는데…
미서도 장프로를 잡으러 따라가려다가 선우가 바닥에 쓰러져
밟히고 있는 게 보인다.
미서, 화생방에서 동료를 구하듯 선우를 질질 끌어서 리딩방에
서 탈출하는…


15. 공터 일각 / 낮

할리데이비슨 인수하러 온 진배와 강산, 둘에게 아는 척하는
상구.

상구　　왔냐?! (강산 힐끔 보고) 누구시다냐?
진배　　으응… 아는 동생. (할리에 기스 없나 살펴보는)
상구　　아, 깨끗하당께~ 기스 하나 읎어.
진배　　고마워~ 잘 탈게. (폰으로 이체하는) 입금 완료! 확인해 봐.
상구　　(폰으로 확인) 오케이! 천만 냥 받았습니다요~


**CUT TO**


할리 앞에서 모델처럼 각양각색의 포즈 잡고 있는 진배. 컷컷.
'찰칵찰칵!' 강산, 길거리에서 받은 부채로 바람을 일으키며 여
러 각도에서 찍어 준다.
"위에서!", "약간 밑에서!", "최민수 스따일로!" 요구 사항 많은
진배.
수백 장 찍은 듯 이미 지친 강산.


강산　　(휴대폰 진배에게 돌려주며) 그럼, 전 이만 들어가 보겠습니다.


꾸벅 인사하고 뒤도는데 강산의 어깨를 '턱!' 잡는 진배.


진배　　웨어 아유 고잉?
강산　　예? 집에…

| 진배 | (침통한) 사실 나… 오도바이 면허가 없네. 그래서 말인데 내 할리 |
|---|---|
| | 좀 나 대신 몰고 가서 파킹 좀 해 줄 수 있나? 면허 있지? |
| 강산 | 있긴 하죠… 근데 면허도 없는데 오토바인 왜 사신 거예요? |
| 진배 | 라이센스야 차차 따면 되지. 아, 말 나온 김에 언제 시간 날 때 나 |
| | 오도바이 연수 좀 해 주게. 따로 연수비 줄 테니까. 오케이? |
| 강산 | 하하… 넵! 맡겨 주세요. 저 바이크 좀 탑니다. 형님. |
| 진배 | (화색) 아이고~ 이렇게 론도 해주시고 운전 연수도 해주시고~ 우 |
| | 리가 인연은 인연인가 봅니다. 고맙습니다, 선생님~ |
| 강산 | (웃는) 에이… 선생님은 무슨… 그럼 돈은 나흘 뒤에 주시는 거 |
| | 죠? 5% 쳐서? |
| 진배 | 오브 콜스! (주소 주며) 파킹은 여기다가. 잘 부탁하네. 강산 군! |

16. 여의도 공원 / 낮

벤치에 앉아 있는 초췌한 몰골의 선우.
미서, 다가와서 물을 따 주며 건넨다.

| 미서 | 괜찮아요? |
|---|---|
| 선우 | (물 마시고) 네… |
| 미서 | 이게 무슨 난리야… 그러니까 장프로 그 새끼가 사기꾼이라는 |
| | 거죠? |
| 선우 | (아직 힘겹다) 네… |
| 미서 | !!… 아, 맞다! 어제 산 JO유통!! |

미서, 얼른 MTS를 확인하는데… JO유통의 파란 그래프가 보인다.

나라 잃은 미서의 표정.


선우　　급락했죠?

미서　　네… 13프로 떨어졌어요! 내 돈! 장프로 이 개새끼!!

선우　　(식은땀 닦으며) 생각을 해 봐요. 진짜 전문가들은 여의도 제도권에서 연봉으로 몇 십억씩 받는데, 뭐 하러 백만 원 받고 리딩방 같은 걸 하겠어요?

미서　　근데… 수익난 사람도 있다던데…

선우　　그것도 그 사람들 수법이에요. 리딩방 여러 개 운영하면서 각자 다 다른 정보 주고… 망한 곳은 잠적하고… 성공한 곳으로만 굴리면서 이익 취하는 거예요.

미서　　(절망) 아… 진짜요? 그럼 어제 쫌 말해 주지…

선우　　어차피 제 말 안 들었을 거잖아요. 그래서 사기란 거 직접 보여주려 했는데… 이렇게 됐네요…

미서　　아아… 어떡해… 내 돈…! 가입비까지 120만원 날렸어요… 단 하루만에… 120이면… 배달이 몇 건이냐… 나 어떡해요?

선우　　어떡하긴요… 더 열심히 일해야지.

미서　　…MBTI T죠? 공감을 안 해 주네.

선우　　그게 뭔데요?

미서　　됐어요… 전 일이나 하러 갈 테니까 집엔 알아서 가요. 병원도 좀 가 보고요… 그렇게 몸이 약해서 어떻게 살아요.

미서, 터덜터덜 힘없이 걸어가고…

선우, 걱정스러운 눈으로 미서의 뒷모습을 바라본다.

심호흡 한 번 하고… 일어나려고 하는데, 누군가가 뒤에서 선우의 이름을 부른다.

석재(OFF)   최선우?!

돌아보면, 선우의 전 직장 동료 전석재(슈카)가 반가운 얼굴로 서 있다. 놀란 선우.

석재   아 맞네!! 최선우!! 야… 반갑다!! 여긴 웬일이야?

CUT TO

벤치에 앉은 두 사람.

선우   안 들어가 봐도 돼?

석재   (커피 '쭙' 마시며) 괜찮아. 장 끝났잖냐. (하다 아련하게) 여기 오니까 옛날 생각난다. 그때 기억나냐?

선우   (웃는) 당연히 기억나지. 너 그때 존나 비호감이었던 거 알지?

석재   지는! 너 나 존나 질투했잖아.

선우   (피식) 뭐래. 붕신…

선우, 오랜만에 옛 친구를 만나 한결 편안하고 자연스럽게 웃는다.


#. 증권사 본사 전경 (이하 과거 회상)


자막        5년 전


17. 증권사 복도 / 아침

        정장을 입은 선우, 긴장된 표정으로 안내하는 비서를 따라 복도
        를 걷고 있다.
        '프랍 운용 본부장' 문패가 보이고… '똑똑' 노크하는 비서.


비서        본부장님. 오늘부터 새로 출근하는 최선우 씨 오셨습니다.
본부장(OFF)  어. 들어와.


18. 본부장실 / 아침

        소파에 마주 앉은 선우와 본부장.
        본부장은 선우의 이력서를 보고 있고.
        선우, 긴장한 기색이 역력하다.


본부장      (이력서 읽는) 서울대 경제학과 졸업… 대학생 모의투자대회 1위…
        (날카롭게 쳐다보며) 펀드 매니저 출신이네? 몇 년 일했어?


4부        빛 땀 눈물

| 선우 | 네. SP자산운용사에서 3년간 일했습니다. |
| 본부장 | 흠… 질문 하나 하지. 프랍 트레이더가 뭐하는 사람인지 아나? |

| 자막 | 프랍 트레이더: 증권사의 자기 자본을 운용해 수익을 내는 사람. 시장 상황과 무관하게 목표치인 절대 수익을 추구한다. |

| 선우 | 증권사의 자기 자본을 운용해 수익을 내는 사람입니다. |
| 본부장 | 그것도 맞는 말이긴 한데 더 정확한 정답을 말해 주지. 프랍 트레이더는 여의도 선수들 중에서도 절대 고수. 군대로 치면 최전방 수색 부대야. 펀드 매니저가 벤치마크 대비 수익 좀 냈다고 칭찬 받는 상대 평가였다면 프랍은 피도 눈물도 없는 절대 평가지. 시장이 개박살 나도 우리는 수익을 내야 돼~ 세렝게티지. 세렝게티. 펀드 좀 굴렸다고 자만하면 6개월 안에 짐 싸게 될 거야. |
| 선우 | 네. 잘 알고 있습니다… |
| 본부장 | 이런… 내가 너무 겁줬나? 이 일이 힘들긴 해도 재밌어. 아주 짜릿해. 우선 2천 개쯤 (자막 – 2천 개: 2천억) 굴리게 될 거야. (어깨 두드리며) 기대가 커. 최선우 선수. |
| 선우 | 네! 열심히 하겠습니다. |

19. 증권사 딜링룸 / 아침

8개의 모니터가 둘러싸고 있는 선우의 책상.
각종 지수와 그래프로 어지러운 화면.

두근거리는 표정으로 자리에 앉아 모니터를 둘러보는 선우.

선우(E)   우와… 프랍은 책상도 좀 다르네… 우주선 같다.

선우, 옆 자리에 앉은 프랍 트레이더를 힐끔 보는데 바로 석재
다. 인상 쓴 채 신경질적으로 마우스를 클릭하고 있다. 인사할
분위기가 아닌.
주식 매매 창 열어 익숙하고 재빠른 손놀림으로 단축키와 마우
스로 매수, 매도하는 선우.
누적 실현 손익, 32,530,000 타이트 샷(shot)
"후우…" 상기된 표정의 선우, 얼굴이 밝다.

선우(NA)   내게도 주식을 좋아하던 시절이 있었다.

블룸버그 단말기를 열어 그래프와 정보를 확인하는 선우, 하다
뭔가 막히는 듯.

선우   (미간 찡긋. 중얼) 이거 왜 안 되지…

옆자리 석재와 눈 마주친 선우, 마침 잘 됐다 싶어 질문하려
한다.

선우   저기… 이거 좀 여쭤…
석재(O.L)   (까칠) 장중에는 말 걸지 마세요.

| 선우 | (머쓱) 아… 예… |
| 선우(NA) | 사람들은 모두 예민하고, 공기는 삭막했지만… 그럼에도 나는 그곳이 내 둥지라고 여겼었다. |

CUT TO

'우적우적' 과자를 씹어 먹으며 온갖 부스러기를 다 흘리고 있는 석재 옆에는 온갖 만화책이 쌓여 있다.

| 선우 | (짜증) 저기요… 장중엔 과자 좀 안 드시면 안 될까요? |
| 석재 | (입안에 과자 한가득. 정색하며) 이게 다 스트레스 관리를 위한 겁니다. 잘 모르시나본데… 프랍은, 이 스트레스 강도가 차원이 틀려요. 클릭 한 번엔 몇 십억씩 왔다 갔다 하고… 내 성과급이랑 일자리까지 달렸는데… 안 그래요? |
| 선우 | 그럼… 좀 부드러운 홈런볼 같은 걸로… 부탁드릴게요. |

CUT TO

| 석재 | (트와이스 'TT' 손동작 하며 귀여운 척) 수익률 너무해! 너무해!! |

그 옆에서 귀 막고 찡그리며 HTS 들여다보고 있는 선우.

| 선우(NA) | 프랍 트레이더의 스트레스 관리라는 명목하에 온갖 기행이 용납되는 곳. |

| 여직원(OFF) | 전 과장님~ |
|---|---|
| 석재 | (급 돌변. 멋진 목소리로 돌아보며) 네. 무슨 일이시죠? |
| 여직원1 | 저… 미국 주식 산 거 있는데 좀 봐주시면 안 돼용? (핸드폰 보여주며) 어제 주가 많이 빠졌던데… 더 사도 되나 해서요. |
| 석재 | 확인 좀 해볼게요. 티커가 어떻게 되죠? (넥타이 느슨하게 푸는) |

석재, 괜히 블룸버그 단말기 모니터 보면서 전문가 티내며 이곳 저곳 클릭클릭.
섹시하게 미간을 찌푸리며 셔츠의 소매를 접어 올리는 석재.

| 석재 | 오케이! 펀더도 그대로고 차트 좋으니까 걱정 말고 추가 매수하세요. |
|---|---|

| 자막 | 펀더멘탈: PBR, PER 등 기업의 기초 체력을 측정하는 지표들. |
|---|---|

| 여직원1 | 정말요? 감사합니다!! |
|---|---|
| 석재 | (씨익) 앞으로도 모르는 거 있으면 물어봐요. 언제든지! |

여직원, 총총 돌아가고 경악스런 표정으로 석재를 바라보는 선우.

| 석재 | (뻔뻔) 뭐?! 왜!! |
|---|---|
| 선우 | 여우 같은 놈… |
| 선우(NA) | 하지만 마냥 괴짜처럼 보였던 석재는… |

| 4부 | 빛 땀 눈물 |
|---|---|

**CUT TO**

딜링룸 안에 트레이더 10명이 둥그렇게 서 있고, 본부장이 석재를 칭찬한다.

본부장    (자료 보며) 자! 금주 수익률 1위도 우리 전석재 트레이텁니다!! 14
주 연속 1위! 올해 누적 수익 총 322억 4천! 정말 대단하지 않습
니까?! 자! 모두 전 과장… 아니 그냥 전 상무라고 부릅시다! 전
상무에게 박수!!!!

모두 박수치고 석재, 으쓱해 한다.
석재에게 박수를 보내는 선우.

선우(NA)    재능과 감을 타고난 상위 1%의 천재 프랍 트레이더였다.

**CUT TO**

얼음을 입안에서 오물대다가 머그컵에 뱉는 선우.
옆자리 석재, 그걸 보고 버럭 하는.

석재    에이씨… 드러워 죽겠네!! 맨날 왜 그러는 거야?
선우    (앞만 보며 클릭) 목은 마른데 물 마시면 화장실 가야 되니까…
석재    ('트레이딩에 진심이네…' 하며 보는) …
선우(NA)    평범한 노력형 트레이더였던 나는 두 배, 세 배 더 노력할 수밖

에 없었다.

<몽타주>

딜링룸. 샌드위치로 끼니를 때우며 화면에서 시선 떼지 않는 선우.

해고당해 박스에 짐 싸는 동료 프랍 트레이더 보는 착잡한 표정의 선우.

늦은 밤. 아무도 없는 사무실에서 야근하는 선우, 머리가 지끈지끈 아프다.

선우(NA)     그렇게 노력해도… 매일 목을 조여 오는 목표 수익률과… 내 자리가 없어질 수도 있다는 불안감에…

화장실, 변기 붙잡고 토하고 있는 선우.
"야, 괜찮나?" 등 두드려 주는 석재.

선우(NA)     나는 처음으로 주식이 괴로워졌다…


20. 여의도 공원 / 낮 (다시 현재)

두 사람, 정면을 멍하니 보고 있다.

석재     난 왠지 네가 다시 여의도로 돌아올 것 같아.

선우     (고개 절레절레) …


4부     빛 땀 눈물

| 석재 | 너, 좋아하잖아. 주식. |
| 선우 | …좋아했었지. 근데… 이젠 아니야. |
| 석재 | (답답) 왜! 그때 그 일 때문에? 그 일은… 이제 잊어! |
| 선우 | (O.L) (버럭) 나느은!!! |
| 선재 | (놀란) … |
| 선우 | 그 일이 없었어도… 다시는 주식 안 했을 거야. 내가 여의도로 돌아가는 일은 절대 없어. |

선우, 일어서서 자리를 뜬다.
그런 선우를 말없이 바라보는 석재.


21. 커피숍 / 낮

행자와 성당 아줌마들 모여서 부동산 투자에 대한 얘기를 하고 있다. 현숙(카트리나)이 분위기를 주도하고 있고 얘기에 못 끼고 가만히 듣고 있는 행자.
현숙은 은근히 행자를 무시하는.

| 현숙 | 그니까 평택이 요즘 핫하잖아. 용산 미군들도 곧 다 옮길 거고. |
| 행자 | 평택은 좀 별론 거 같은데… |
| 현숙 | 베로니카가 뭘 안다고? |
| 행자 | 제가 촉이 좀 좋아요~ 저번에 형님 아들 대학 떨어진 것도 내가 맞췄잖아~ |
| 현숙 | 큼… 그 얘기는 또 왜 해! |

| 아줌마1 | 아~ 그럼 형님, 일요일에 같이 가 봐요~ |
| 현숙 | 베로니카는 일요일에 못 가지? |
| 행자 | 예… 가게 문 열어야 돼서… |
| 현숙 | 아유~ 쉬지도 못하고… 그렇게 벌어서 뭐해? 몸 망가지고… 죽을 때 싸갈 것도 아니고… 버는 것만 능사가 아니야. 어떻게 굴릴지를 알아야지. |
| 행자 | …벌 수 있을 때 벌어야죠~ |
| 아줌마2 | 우리 그럼 다음 모임은 베로니카네 족발집에서 할까요? |
| 현숙 | 아으… 나 족발은 좀 그런데… 털도 있고… 그냥 브런치나 먹자~ (행자 보며) 좀 팔아 주고 싶었는데 미안… |
| 행자 | (얄밉다) …말씀이라도 고맙습니다~ 까탈레나 형님~ |
| 현숙 | (급정색) 까탈레나 아니고 카트리나. |
| 행자 | 어머머… 자꾸 까탈레나라고 그러네. 형님이 까탈스러워서 그런가봐~ 호호… |

그 말에 다들 웃고. 기분 상한 현숙, 행자를 찌릿 째려본다.
지지 않는 행자.


## 22. 커피숍 앞 / 낮

커피숍에서 나온 성당 멤버들.
현숙은 남편과 애교스러운 목소리로 통화하고 있다.

| 현숙 | 응~ 이제 끝났어. 금방 들어가요~ 네네~ (전화 끊는) |

| 아줌마3 | 어유~ 어련히 들어갈까… 뭘 그렇게 찾으신대~~ |
|---|---|
| 현숙 | 몰라~ 우리 해준 아빠는 아직도 이렇게 귀찮게 해~ 증말~ |

행자, 남편과 아직도 사이좋은 현숙이 은근히 부럽다.
괜히 풀 죽은 행자.

| 행자 | …그럼 들어가세요~ 미사 때 봬요. |
|---|---|

그때, '부당부당부당~' 굉음을 내며 행자 앞에 멈춰서는 할리.
행자와 일동, 어리둥절한데. 그때, 헬멧을 벗고 멋지게 머리를
터는 강산.
아줌마들, 심쿵한 표정으로 강산을 본다.

| 강산 | (씨익 웃으며) 베로니카!! |
|---|---|
| 행자 | 강산 씨! |
| 강산 | 어디 가세요? |
| 행자 | (놀라 벙찐) 가게에… |
| 현숙 | 어머 어머… (행자 보며) 누구셔? |
| 행자 | 아… 우리 주식 스터디 멤버에요. 강산 씨라고. |
| 현숙 | (의외다) 자기… 주식해? |
| 행자 | 뭐 쬐끔… 재미로. |
| 강산 | 타세요. 가는 길이니까. |
| 행자 | 괜찮아요~ 버스 타면… (하는데) |
| 강산 | (행자에게 '턱' 헬멧 씌워 주는) 에이… 길 막혀요. 얼른 타요~ |

얼떨결에 강산의 뒷자리에 탄 행자.

강산        출발합니다! 꽉 잡아요!

급출발에 강산의 허리를 꽉 껴안는 행자.
오토바이를 탄 행자와 강산, 저 멀리 사라지고. 남은 아줌마들의
표정, 허망하다.

현숙        (풀 죽은) 갑시다… 아저씨 밥해 줘야지…
아줌마들    (풀 죽은) 예에…


23. 도로 위 일각 / 낮

노을 진 도로. 이글거리는 아스팔트 위, 할리를 타고 질주하는
강산과 행자.
행자, 괜히 가슴이 두근두근하다.

행자(E)    이 기분은… 뭐지? 이런 기분 정말 오랜만이다. 이대로… 멈추
        고 싶지 않아!
강산        베로니카! 여기서 좌회전이죠?
행자        (용기 내)… 아뇨. 이대로… 쭉 직진!
강산        아니에요~ 좌회전이 맞아요~

강산, 행자 마음도 모르고 '부웅~' 좌회전해서 달린다.


4부        빛 땀 눈물

아쉬운 행자.

가게 앞에 오토바이를 세우는 강산.

행자, 아쉬운 얼굴로 내린다.


행자     (시무룩) 그럼 조심히 가요.


행자, 헬멧 버클을 푸는데 잘 안 벗겨지자 강산이 벗겨 준다.


강산     좌회전한 건, 미안해요.

행자     (놀라 보는) ?!!!

강산     족발집은… 저녁 장사니까… 직진은 다음에…! (씨익 웃는)

행자     !!!


강산, 멋지게 오토바이 타고 떠나고…

행자, 그 뒷모습을 아련히 보는…

진배, 쇼핑한 듯 머리 두건과 가죽장갑을 끼고 있다.

집 앞에서 두건 벗고 가죽 장갑을 쇼핑백에 넣는데, 집의 옥탑방을 보고 멈칫한다.

커튼 사이로 보이는 희미한 불빛.

진배         이 시간에… 누가…


26. 옥탑방 (강산 진배 교차) / 밤

강산, 흥얼거리며 샤워하고 있다. 머리에 거품이 잔뜩 묻었는데 인기척이 나자 멈칫한다.
'띠띠띠띠' 비밀번호 누르는 소리, '끼익'… 문이 열린다.
들어오는 진배.

진배         (긴장) 누구… 있어요?


어두운 방을 천천히 뒤져 보는 진배, 긴장감 넘치는 공포 영화 BGM이 흐르고…
핸드폰 플래시를 켜고 소파 밑을 훑어보는 진배의 얼굴, 괜히 괴기스럽다.
일어나서 벽을 더듬어 스위치를 찾는 진배, 손에 스위치가 느껴지고 '팟!' 불이 켜지는데! 예상외로 방 안은 사람의 흔적 없이 너무나 깨끗하다.

진배         (갸웃) 내가 잘못 봤나…


진배, 불을 끄고 나가려는데 욕실에서 '탕!' 뭔가 소리가 난다. 멈추는 진배의 발.
옆에 놓인 막대 걸레 집어 들고, 벌컥 욕실 문을 여는데!… 아무
도 없는 컴컴한 욕실.
문 뒤에 납작하게 숨어 숨 참고 있는 강산.
다시 문이 스르륵 닫히고…
"갔구나…" 눈 감고 안도의 한숨 내쉬는데 눈 뜨면 눈앞에 귀신
처럼 서 있는 진배.

| 강산 | 까아아아아아아~~~~~ |
| 진배 | 으아아아아아아~~~~~ |

달 밝은 밤하늘에 울려 퍼지는 강산과 진배의 비명 소리.

**CUT TO**

강산, 머리에 거품을 가득 묻히고 아랫도리에 수건을 두른 채 무
릎 꿇고 있다.
진배, 강산을 훑어보다 팔 문신에 시선이 멈춘다.

| 강산 | 놀라게 해드려서 정말 죄송합니다. 형님. |
| 진배 | 형님? 내가 왜 자네 브라더야! 강산 군… 그렇게 안 봤는데 남의 집에서 몰래 먹고 자고… (기가 차다) 이게 뭔가? 응?!! |
| 강산 | (쭈굴) …자유롭게 쓰라고 하셔서… |
| 진배 | 아니 누가, 몰래 들어와서 자유롭게 살림을 차리라고 했나?!! |

| 강산 | 죄송합니다. 제가 지금 사정이 좀… 많이 힘들어서… |
|---|---|
| 진배 | 아무리 사정이 힘들어도 그렇지! 이거는 주거 침입죄야! 어?! |
| 강산 | 죄송합니다! 저… 제 돈 돌려주시면 형님께 보증금으로 일부 드리겠습니다. 샤워도 3일에 한 번만 하고… 전기도 아껴 쓸게요. 제발… |
| 진배 | (절레절레) 곤란하네… |
| 강산 | 그럼… 이건 어때요? 제가 기타 좀 치는데 형님 좋아하시는 팝송을 매일 불러 드리는 거예요! (근엄한 진배 얼굴 살피며) 안 되겠죠? |
| 진배 | 안 되지. |
| 강산 | 아, 그럼 제가 그림도 잘 그리는데… 저 미대 나왔거든요! 몽마르뜨 언덕에서 한 장에 10유로씩 받던 건데… 형님 초상화를 그려 드리면!! |
| 진배(O.L) | 어림도 없지. |

실망한 강산, 두뇌를 풀가동한다.

| 강산 | 그럼… 이건 어때요? 여기 살게 해 주시면 바이크 운전 연수 20회 무료 제공. |
|---|---|
| 진배 | (솔깃) …바이크 연수? |
| 강산 | 네. 상상해 보세요. 이글거리는 아스팔트. 그리고 바람을 가르는 라이더. 레니게이드 뺨치는 자유로운 형님의 모습을요. |

아련한 표정으로 멋지게 달리는 달콤한 상상을 하는 진배.

4부   빚 땀 눈물

| | |
|---|---|
| 진배 | (비장) 콜. 대신 안 걸리게 조심해… |
| 강산 | 감사합니다, 형님! 물이랑 전기, 아껴 쓸게요! 기타랑 초상화도 얼른… |
| 진배 | 건 필요 없고. 해 떨어지면 무조건 소등! 항시 층간 소음 유의하고! 깨금발로 다녀! |
| 강산 | 넵! |
| 진배 | 우리 마누라한테 걸리면 나도 못 막아 줘. 그날로 체크아웃이야. 유 노 왓 암 생? |
| 강산 | 그럼요~ (햇살머니 CM송) '걱정 마요~ 걱정 마요 걱정 마요~♪' |

27. 편의점 앞 / 밤

미서, 테이블에 앉아 휴대폰으로 새로운 알바자리를 알아보는 중이다.
그러다 땅이 꺼져라 한숨 쉬면서 팩 소주를 쭉 들이킨다.
선우, 다가와서 육포 하나를 미서에게 건넨다.

| | |
|---|---|
| 선우 | 알바를 더 하려고요? |
| 미서 | 그럼 어떡해요… 돈이 빵꾸가 났는데… |
| 선우 | 기운 내요. 그냥… 남의 돈이다~ 생각하고… |
| 미서(O.L) | (울먹) 진짜 남의 돈이라서 그래요… |
| 선우 | 예? |
| 미서 | 햇살머니에서 빌린 돈이라고요… 이제 어떡해요… 내 콩팥… |
| 선우 | 하… 무슨 겁도 없이 사채를 써요. 이자가 얼마나 센데… |

| | |
|---|---|
| 미서 | 10일간 무료라고 해서… 레버리진가 뭔가 그거 해 보려고… |
| 선우 | 레버리지도 나름이죠. 이자가 낮으면 모르겠지만 무턱대고 빚 투하다가 진짜 큰일나요. |
| 미서(O.L) | 아 몰라요! 망했어. 난 뭘 해도 안 될 년이야… |
| 선우 | … |

선우, 핸드폰으로 뭔가 하더니, 이내 알림 울리는 미서의 폰.
미서, 확인해 보고 눈 휘둥그레진다.


&lt;인서트&gt;

폰 화면, '최선우 님이 유미서 님에게 3,000,000원을 보냈습니다.'


| | |
|---|---|
| 미서 | (놀라) 뭐예요 이게…? 이 돈을 왜… |
| 선우 | 주는 거 아니고 빌려주는 거예요. 햇살머니부터 빨리 갚아요. |
| 미서 | 그니까… 날 뭘 믿고 빌려줘요? |
| 선우 | … |
| 미서(E) | 뭐야… 혹시 나… 좋아하나? 삼백이면… 사랑인데! |
| 선우 | 싫으면 햇살머니 계속 쓰던가요. |
| 미서 | (다급) 아뇨, 아뇨! 근데… 나 120이면 되는데… |
| 선우 | …시드 없다면서요. |
| 미서 | (글썽. 감동이다) 고마워요… 나 이 돈 꼭 갚을게요! |

싱글벙글 기뻐하는 미서의 모습.
그때, 테이블에 올려놓은 미서의 폰이 울린다. 발신자는 '우리

자기'

미서       (놀랍고 기쁜) 어?… 오빠다…!

미서, 폰 들고 일어나려는 그 순간, 미서의 손을 탁 잡는 선우.
미서와 선우, 서로 마주 보고 서 있다. 잠시 시간이 멈춘 듯한 둘
의 모습…
미서, 놀란 얼굴로 선우를 쳐다보는 데서…

<4부 끝>

**EPILOGUE**

**4**

# 빛낸 주식 남녀들

## #남돈내투의 세계

#1. 숙가 유튜브 전용방 / 밤

숙가, 개인 방송 화면이 보이는 방구석 한편에서.

숙가  상한가로 숙가! 숙가 채널의 숙가입니다! 오늘도 소중한 시간 저와 함께 해 주셔서 감사합니다.

#2. 강산 옥탑방, 책상 위 & 숙가 유튜브 전용방 / 밤 (교차 편집, 화면 분할)

옥탑방에서 모니터 화면을 보고 있는 강산, 모니터 화면에 시선 멈춰 있고.

숙가  며칠 전 장문의 메일을 받았어요. 그런데 메일 내용이 참 마음 아픕니다. 안타깝고 속상해서 여러분과 함께 공유해 보겠습니다.

> 저는 주식 2년차 동학 개미입니다. 500만 원으로 처음 주식을 시작했어요. 흔히 초심자의 행운이라고 하죠. 공매도 금지와 함께 상승하는 주식 판에서 바이오주로 100% 먹고, 이거다 싶어서 아내 몰래 마통을 팠습니다. 당시만 해도 금리가 3%였기 때문에 4천을 당겨 시드를 무려 5천으로 만들어서 하루에 5천 원씩만 먹어도 '이자 따위는 문제가 아니지.'라고 생각했습니다.

강산  대출 이자보다 수익률 좋으면 이자 부담 없고~ 시드 키워서 잘 굴리면 대박이지!

그러다가 그만… 하락장을 만났습니다. 2주 만에 5천만 원은 3천만 원이 됐고, '바이오 3상 성공 발표' 이런 기사가 나오면서 제 마음이 심쿵심쿵 뛰니까 신용 거래로 무려 5천 만원을 더 당겨서 몰빵을 했습니다.

댓글 '와, 저런 사람 많을 듯! ㅋㅋㅋ큐ㅠ 그래요… 그게 바로 나 예요… 나 어떡해 ㅜㅠ', '나도 마통 뚫어서 주식하려다가 금리 올라서 포기했음 ㅜㅜ', '될 놈 될 안 될 놈 안'

숙가          (사연에 다시 한번 놀란다) 이분 이거 야수의 심장이네~ 너무한다!

기대감으로 날아가던 주가는 임상 실패 기사와 함께 나락으로 가게 됐고 또 반대 매매까지 들어오면서 하루아침에 계좌가 반 토막이 났습니다. 금리 인상과 더불어 마이너스 통장 이자까지 올랐어요. 이제는 아내한테 말도 못 하고 있고, 저 진짜 사는 게 사는 게 아닙니다. 희망이 안 보여… 이거 어떻게 해야 될까요.

강산          젊은 사람이 삶의 의욕을 잃어버렸겠네…

강산, 영상 시청하다가 채팅창에 질문을 적는다.
별명 [우리강산푸르게]

| 강산 | ㉣ 숙가 님은 투자에서 가장 어려운 게 뭐라고 생각하세요? |
|---|---|
| 숙가 | 우리강산푸르게 님~ 제가 여러 번 얘기 드렸지만 투자에서 가장 어려운 게 무엇일까요? 앞으로 미래가 어떻게 바뀔지 아는 것? 종목 선택? 시장 공부? **저는 내 마음을 다스리는 일이라고 생각합니다.** 내 마음을 컨트롤할 수 없다면 성공적인 투자가 안 되는 것은 너무나 당연한 일이겠죠. 그렇기 때문에 우리는 탐욕을 버리고 공포에 있을 때는 조금 더 관심을 갖는 것 너무 당연한 길이라고 할 수 있습니다. |
| 강산 | 맞아!! 지금에 충실해야 하는데… 자꾸 욕심나서 큰 일 ㅜㅜ |
| 숙가 | 그런데 우리는 욕심이 생깁니다. 자신이 가진 돈보다 더 많이 투자하고 싶은 '레버리지 투자'에 빠지고, 파생 상품 시장으로 뛰어드는 개미들이 많이 보입니다. '레버리지'라는 것은 내가 가지고 있는 게 1이라면 2나 3의 투자 효과를 가질 수 있는 상품을 사서 더 많은 리스크와 더 많은 수익률을 동시에 가져가는 것을 의미합니다. 이런 레버리지 투자는 쭉 올라가는 (상승)장이라면 정말 큰돈을 벌 수도 있겠지만, 쭉쭉 내려가는 (하락)장이라면 엄청난 손실을 볼 수도 있습니다. 그렇다면 레버리지 투자를 하는 이유가 뭘까요? |

○ ● ●

**레버리지(Leverage) 투자란?**
외부 자금을 빌려 지렛대(Lever) 삼아,
더 큰 투자 수익을 올리는 투자 방법

댓글 '먹고 살기 힘들다', '인생 한 방', '한탕주의'

당연하겠지만, 짧은 시간에 큰돈을 벌자고 하는 내 욕심 때문이겠죠. 이쯤에서 여러분이 많이 하는 신용 거래, 미수 거래에 대한 얘기를 나눠 보도록 하겠습니다.

결국 둘 다 돈을 빌려 주식을 사는 거래이기 때문에 사실상 별로 다를 건 없습니다. 신용 거래는 증권사에서 돈을 빌려서, 미수 거래는 내가 가지고 있는 것보다 더 많은 주식을 사겠다는 얘기가 되겠죠.

> ○●●
>
> ### 신용 거래 & 미수 거래
>
> -신용 거래: 자금 또는 주식을 빌려 매매하는 거래
> -미수 거래: 일정 비율의 증거금을 납입하여
>  　　　　　매수하는 거래

그러면 신용 거래와 미수 거래, 가장 안 좋은 점이 무엇일까요? 빠질 때 위험?? 물론 그것도 있겠죠. 그러나 더 안 좋은 점은… '시간이 내 편이 아니게 된다.'는 점입니다.

시간이 내 친구여도 주식 시장에서 돈 벌기 쉽지 않습니다. 근데 신용 거래와 미수 거래를 하면 시간은 내 적이 됩니다. 시간이 갈수록 이자 비용이 늘어나요.

심지어 시간이 갈수록 주가가 하락했을 때 증권사에서 내 계좌에 있는 주식을 강제로 청산하게 됩니다. 한마디로 시간이 갈수록 나는 점점 더 불리한 상황에 빠지는 거죠. 그러면 나는 몇 년간 신용 거래와 미수 거래를 한 대가인 이자 비용을 계속적으로 지불하게 됩니다. 마이너스만 쌓이는 거죠.

항상 시간을 내 친구로 둬야 투자해서 유리하겠죠. 우리는 **투자를 할 때 가장 중요하게 생각할 게 돈을 잃지 않는 겁니다.**

강산 ⠀⠀잃지 않는 투자가 가능하긴 한 거냐고…

숙가 ⠀⠀잃지 않는 투자를 위해서 우리는 흔히 '포트폴리오'라는 걸 짜고 내 자산 전체를 자산 배분이라는 것을 하게 됩니다. 내가 100이라는 재산이 있다면 그 100 전체를 위험 자산, 우리가 흔히 말하는 주식 같은 데 투자하는 분들은 거의 안 계십니다. 많이 계시다고요…? 그러면 안 됩니다!

그런데 레버리지 투자라는 것은 내가 100을 갖고 있으면 남들은 100 중에서 50, 30 조금 공격적인 분들은 70까지 투자를 하는데, 나는 100이 아니라 200, 300 심지어 400까지 투자한다는 이야기지 않겠습니까? 당연히 위험 관리가 될 리가 없습니다.

레버리지 투자를 한다면 여러분이 할 수 있는 건 딱 하나가 있습니다. 바로… 기도하는 겁니다. 오르기만을 기도하고 오르지 않으면 큰 손실을 볼 수 있는 이런 투자! 이건 정말 투자가 아니라 투기라고 할 수 있겠죠.

그래서 주식 시장에서 주식 투자할 때 가장 중요한 건 뭐다?! 내 **멘털 관리!** 그리고 내가 나 자신을 아는 것! 정말 당연하면서도 가장 어려운 일이 아닐까 생각합니다.

투자는 단 한 번의 베팅으로 큰돈을 벌면 좋겠지만 정말 쉽지 않은 일이죠. 내 경제적 자유를 위해, 내 노후를 위해, 평생 같이 가야 할 친구와 같은 존재입니다. 자산을 유지해 간다는 관점으로, 투자가 우리의 친구라는 관점으로 가게 된다면 투자는 여러분의 가장 든든한 조력자가 될 것입니다.

욕심내면 숙~ 가! 갈 수가 있습니다. 원칙을 지키며 나 자신을 다스리는 투자~ 여러분도 할 수 있습니다. 숙가는 여기까지였습니다. 안녕~

강산        원칙!!


방송 종료되는 화면 효과.

# 5부

# 방구석
# 아메리칸 드림

1. 편의점 앞 / 밤

그때, 테이블에 올려놓은 미서의 폰이 울린다. 발신자는 '우리 자기'

순간 웃음기 싹 사라지는 선우.

미서　　　(놀랍고 기쁜) 어?… 오빠다…!

미서, 폰 들고 나가려는 그 순간, 미서의 손을 탁 잡는 선우.
깜짝 놀란 미서와 비장하기까지 한 선우의 얼굴.

선우　　　이자는 7.5%, 상환일은 매달 1일. 연체되면 이자 올려요?
미서　　　아… 알겠어요. 이거 좀 놔줘요.

선우, 그제야 꽉 잡은 미서의 손을 놓는다.
미서, 자리 옮기며 전화를 받는다.

| 미서 | (전화 받고) 오빠! |
|---|---|
| 진욱(F) | 어… 미서야. 집에 있어? 나 가져갈 게 있어서… |
| 미서 | 집?! 집에 왔어?! 나 얼른 갈게! |
| 진욱(F) | 비번 바꿨어? |
| 미서 | 비…번? (얼른 머리 굴리고) 어! 당연히 바꿨지! 기다려! 나 금방 가!! |

부리나케 집으로 달려가는 미서를 보는 쓸쓸한 선우.


2. 미서 집 현관 / 밤

'삑삑삑' 도어록 비밀번호 누르는 소리가 급하게 들리고, 문이
벌컥! 열린다.
뛰어왔는지 헉헉 숨을 가쁘게 내쉬는 미서.

| 미서 | (급하게 신발 벗으며) 오빠!!? |
|---|---|

불은 켜져 있는데 고요한 집. 인기척이 느껴지지 않는다.

| 미서 | (진욱이 없음을 직감하고) 뭐야… 좀만 기다리지. 그냥 가냐… |
|---|---|

터덜터덜 집 안으로 들어가는 미서.


3. 미서 집 / 밤

침대에 기대앉은 미서, 손톱 뜯으며 고민하고 있다.

한참 망설이다 카톡으로 "오빠 자?" 보내는 미서.

'1'이 지워지지 않자 "기다리지 그랬어. 보고 싶었는데…" 또 보내는 미서.

여전히 확인도 하지 않는 진욱.

미서　(울상) 뭐야… 안읽씹… 너무하네… (갑자기 표정 돌변) 이런다고 내가 포기할 거 같아?

최후의 방법. 카뱅으로 진욱에게 5만 원 송금하는데… 드디어 1이 지워졌다.

미서　어? 봤다! (침 꿀꺽)

잔뜩 기대하며 기다리는데 진욱의 답장이 돌아온다.

"술 좀 줄여. 방 환기 좀 하고… 그리고 비번 바꾸고."

미서　(두근) 이거 나 걱정하는 거지? 화 좀 풀렸나? …오빠~!!!

미서, 벅차오르는 마음에 진욱에게 달려가려고 겉옷 집는데 카톡 '띠링!'

"찾아오진 말고. 늦었다. 잘자." 미서를 꿰뚫고 있는 진욱.

김샌 미서, 조용히 다시 옷을 걸고…

시무룩한 얼굴로 매트리스에 미끄러지듯 엎드려 눕는다.

&lt;타이틀&gt;
- 방구석 아메리칸 드림 -


#. 옥탑방 전경 / 낮


4. 옥탑방 / 낮

옥탑방에 새로 바뀐 표어 '주식과 사랑에 빠지지 말고 썸을 타라'에서 카메라 빠지면.
모두 오른손을 들고 구호를 외치고 있다.


(CG) 각자의 원샷에 주식 수익률 표시.


일동      투신자판! 성투! 성투!


예준, 화이트보드에 'American dream'이라 쓴다. 집중하는 일동.


미서      아메리칸… 드림?
예준      여러분. 전 세계 증시에서 한국 전체 시가 총액이 차지하는 비율이 몇 퍼센트인지 혹시 아시나요?
강산      한… 5%?
예준      (절레절레) 놀랍게도 단 1.8%입니다. 2%가 안 되죠.

선우 빼고 모두 놀라워하는데…
예준, 테이블 밑에서 작은 공룡과 큰 공룡 피규어를 꺼내 든다.


예준      (작은 공룡 들며) 이 귀여운 프로토케라톱스가 한국 시장이라면…
(큰 공룡 들며) 이 거대한 티라노사우르스는 미국 시장이라고 할
수 있죠. 미국의 시총 비율은 무려 42%. 게다가 그 비중은 해마
다 증가하고 있죠. (큰 공룡이 작은 공룡을 공격하며) 크앙~~!

일동      (진지하게 끄덕끄덕)

행자      …예준 회장도 공룡 갖고 노는구나?

예준      아, 제 동생 겁니다. 오해는 마시고요. 아무튼, 미국에는 전 세계
적으로 크고 우량한 탑티어 기업들이 수백, 수천 개 있습니다.
이제는 한국에서도 실시간으로 미국 주식을 매매할 수 있고요.

진배      오… 방구석에서 외화벌이가 가능하다?

행자      근데 나는 영어도 잘 모르고… 그냥 익숙한 한국 주식만 하는
게 낫지 않나?

예준      으음~ 아니죠. 영어와 상관없이 우리는 이미 미국 기업들을 아
주 잘 알고 있습니다.


        <인서트>

        강산, 옥탑방에서 아이폰으로 유튜브를 보면서 낄낄대고.
        예준, 예준 방에서 맥도날드 햄버거를 크게 한 입 먹는다.
        미서, 백화점 옥상에서 스타벅스 아아를 '쪽' 마신다.


예준      우리는 아이폰을 쓰며 그걸로 유튜브를 봅니다. 또 맥도날드 햄

버거를 먹고 스타벅스 커피를 마시죠.

일동　(격하게 끄덕이는)

예준　그리고 미국 주식은 한국 주식보다 배당을 잘 줘요.

진배　배당?

예준　네. 배당은 기업이 벌어들인 이윤을 주주들에게 나눠 주는 건데요.

자막　배당: 주식을 가지고 있는 사람들에게 그 소유 지분에 따라 기업이 이윤을 분배하는 것.

예준　배당률도 웬만한 예·적금 금리보다 높고, 분기마다 혹은 매달 주는 기업도 있죠.

행자　(솔깃) 매달?

예준　네. 잘 찾아보면 5% 이상 배당을 주는 기업도 많이 있어요.

미서　5프로? 에이… 뭐 단타 치면 하루에도 버는데.

선우　…못 벌잖아요.

미서　(찌릿! 째려본다)

예준　혹시… 최근에 눈여겨 본 미국 기업 있으신 분?

일동　…

선우　(자기도 모르게 혼잣말) 티슬라?

일동　(선우를 주목하고)

강산　뭐라구요, 선우 씨?

선우, 사람들의 시선이 약간 부담스럽지만 용기 내 말을 이어간다.

| 선우 | …티슬라요. 올해 많이 올랐지만 추가 상승 여력이 있다고 봐요. |
| 진배 | 오… 왜지? |
| 선우 | 음. 지금 전기 차의 시장 침투율이 전 세계적으로 10%가 안 돼요. 애플즈는 스마트폰 침투율이 10%를 넘고 본격적으로 주가가 크게 올랐거든요. |
| 일동 | (다들 끄덕이는) 아아… |
| 선우 | 아, 그냥 제 개인적인 의견입니다. |
| 행자 | 근데 선우 씨 말 잘 하네~? 깜짝 놀랐어. |
| 선우 | 하하… |
| 미서 | ('제법인데?' 선우를 보는) |
| 예준 | 자, 다른 회원님들도 선우 회원님처럼 자신만의 인사이트를 갖고 좋은 미국 기업을 찾아 투자해 보세요. 미국은, 기회의 땅이니까요! |

이글이글 타오르는 멤버들의 눈빛… 뒤로 펄럭이는 성조기가 오버랩 된다.

| 미서(NA) | 어메뤼컨 쥬림! 기다려라. 기회의 땅, 미국!! |

5. 족발집 / 저녁

행자, 손님 계산하고 '안녕히 가세요~' 인사하는데, 가방 메고 들어오는 딸 예림.

예림     엄마! 나 삼만 원만!

보면, 레깅스를 입고 있는 예림.
예림의 등짝을 찰싹 때리는 행자.

행자     이게 미쳤나!
예림     아! 왜 때려!
행자     너 궁댕이 다 보여! 너 그 쫄바지 입고 학교 갔다 온 거야?
예림     쫄바지 아니거든요? 레깅스거든요? 내 친구들도 학교에 다 레
         깅스 입고 다녀~ (옆태를 자랑하며) 그리고 이건, 그냥 레깅스가 아
         니야. 레깅스계의 샤넬. 랄라레몬이라고!!
행자     (힐끔 보며) 얼만데? 비싸?
예림     …쪼끔 비싸… 십만 원…
행자     뭐어?!! 십~만 원? (또 등짝 때리는) 십만 원이면 족발 몇 개 팔아야
         되는지 알아? 어?!!
예림     아아아~~ 몰라 몰라. 빨리 삼만 원만 줘~ 친구들 기다린단 말
         이야…
행자     (눈 흘기며 계산대에서 삼만 원 꺼내 주며) 일찍 들어와!
예림     넹~ 다녀올게요!

멀어지는 예림의 엉덩이를 보던 행자, 이내 와락 눈물이 터진다.

| 행자 | (눈물 참으며, 천장 보며 손부채질) 어머 나 또 왜 이래… |
|---|---|
| 용선 | (다가와서) 이번엔 또 와 우는데? |
| 행자 | 엉덩이… |
| 용선 | 엉덩이?? |
| 행자 | 나도 우리 딸처럼 엉덩이가 '탱탱!' 하던 시절이 있었는데… 지금은 다 쳐져가지고… 아우, 야속하다. 세월이… |
| 용선 | …울 일도 많다. 정 사장 아직 괘안타~! |
| 행자 | (훌쩍. 언제 울었냐는 듯 방긋) …그래? 나 괜찮아? (엉덩이 '팡!' 때리는) |


6. 편의점 안 / 밤

미서, 라면 먹으며 핸드폰으로 MTS를 뚫어져라 보느라 사시가 되어 있다.

물건 채우던 선우, 그런 미서를 보고.


| 선우 | 미국 주식 사게요? 티슬라? |
|---|---|
| 미서 | (보지도 않고) 네… 갚아야 될 빚이 있어서… 이자가 무려 7.5프로. |
| 선우 | (피식) 꼭 성투하시길! |
| 미서 | (핸드폰 보며) 근데 미장은 도대체 몇 시에 시작하는 거예요? 책에서 10시 반이라고 그래서 엄청 기다렸는데… 시작을 안 하네… |
| 선우 | 서머 타임이 끝나서 그래요. 서머 타임이 끝나는 11월 둘째 주부터 3월 첫째 주까지는 밤 11시 반에 장이 시작돼서 아침 6시에 끝나요. |
| 미서 | 오~ 역시 주식 영재! 무슨 책으로 공부해요? |

| 선우 | (둘러대는) 뭐… 이것저것 봐요. (손님 들어오자) 어서 오세요! |
|---|---|

20대 여자 손님, 음료수 두 개를 집어 들더니 쭈뼛거리며 카운
터로 온다.
바코드 찍고 계산해 주는 선우.

| 선우 | 봉투에 담아 드릴까요? |
|---|---|
| 여자 손님 | 아…아니요. (음료 하나 내밀며) 이거 하나 드세요. |
| 선우 | …감사합니다. |
| 여자 손님 | (수줍은) 저… 번호 좀 알려 주실 수 있을까요? 제 스탈이셔서… |
| 선우 | 아… |

선우, 곤란해 하며 힐끗 미서를 쳐다보는데, 미서와 눈이 마주
친다.
'후루룩' 라면 먹으며 번호 따는 현장을 힐끔힐끔 쳐다보는
미서.

| 선우 | 죄송합니다. 번호는 좀… |
|---|---|
| 여자 손님 | (민망) 아! 여자 친구 있으시구나… 죄송해요! |

'꾸벅' 인사하고 쪽팔림에 도망치듯 가게를 나가는 여자 손님.
심호흡 한 번 하고 다시 물건 정리하는 선우.

| 미서 | 되게 민망했겠다… 번호 왜 안 줬어요? |
|---|---|

| 선우 | (물건 채워 넣으며) 지금은 그럴 처지도 아니고… |
|---|---|
| 미서 | 왜요? 선우 씨 처지가 어때서요? 성실하고! 키도 크고! 얼굴도 잘생겼지! |
| 선우 | …좋게 봐줘서 고마워요. |
| 미서 | 맞잖아요! 정규직은 아니지만 일도 하고 있고… 뭐 범죄자도 아니고!! 자신감을 가져요! 가슴 펴고! 당당하게!! |
| 선우 | (씁쓸하게 웃는) |

7. 선우 집 / 밤

집에 돌아온 선우, 많이 지친 듯 소파에 털썩 앉아 생각에 잠긴다.

<플래시백>

4화 #20.

| 석재 | 난 왠지 네가 다시 여의도로 돌아올 것 같아. |
|---|---|

3화 #24.

| 미서 | 주식 같이 하면 재밌을 것 같은데! |
|---|---|

4화 #14.

리딩방. HTS 화면 로그인 못하고 힘겨워하던 선우 모습.

<다시 현재>

뭔가를 결심한 듯 숙였던 고개를 드는 선우.

선우      계속 이렇게 살 순 없으니까…

**CUT TO**

노트북에 띄워진 HTS 로그인 화면 창.
선우, 테이블에 앉아 노트북 화면을 바라보다가 비장하게 아이디와 패스워드를 입력하고 엔터를 치려다가 멈칫하는 손.
다시 엔터키에 손을 가져가다가 과호흡이 오는 선우… 이내 노트북을 닫아 버린다.


8. 등산로 / 아침

행자가 자주 가는 동네 뒷산 둘레길.
알록달록한 등산복을 입은 행자와 용선, 진주, 앞뒤로 박수 치며 산을 오르고 있다.
그때, 뒤에서 오던 레깅스를 입은 스타일리시한 젊은 여자 무리, 행자네를 지나쳐 간다.
일제히 레깅스를 입은 여자의 엉덩이에 시선이 꽂힌 행자와 찬모들.

용선      아이고, 세상에… 남사시러버라… 저래 궁디가 다 보이구로.
행자      쯧쯧… (하다) 하기사 우리 예림이도 저거 입고 학교 가드라.

진주        학교를요? 히익…

인상 찌푸리다가 다시 산길을 올라가는 세 사람.

행자        (갸웃) 근데… 저 쫄때기 같은 거 입고 산 타면 안 불편하나…?
용선        의외로 편하다 카던데…
행자        저걸 뭐라더라? 레깅스…라고 하던가?
여자1      잠시만요~

또다시 레깅스를 입고 산을 오르는 젊은 여자 무리가 앞서간다.
곧이어 위에서 내려오는 여자들도 레깅스를 입고 있다. 레깅스
로 향하는 셋의 시선.
자신들의 알록달록한 등산 바지가 갑자기 눈에 거슬리는 셋.

용선        (눈 끔뻑) 우리만 이렇게…
행자        (눈 끔뻑끔뻑) 버스럭거리는 등산 바지를…
진주        입었네요…?
용선        우리도 하나씩 사 입을까? 레깅스?

그 말에 '깔깔깔' 웃음 터진 세 사람.
'하하하'… 웃는데 자꾸만 젊은 여자들의 레깅스에 눈이 가는
행자.

#. 옥탑방 전경 / 낮


9. 옥탑방 안 / 낮

> 미서는 핸드폰으로 애런 머스크를 찾아보고 있고, 진배는 노트북으로 '스페이스A' 관련 기사를 보고 있다.

미서  (폰 보며) 아저씨도 티슬라 사셨어요?

진배  샀지! 조사를 좀 해봤는데… 그 CEO말이야. 애런 머스크. 알면 알수록 참 남다른 인물이더군.

미서  (말이 통한다) 그쵸? 뭐랄까… 천재적인 괴짜…? 티슬라 말고 애런 머스크가 운영하는 스페이스A, 유인 우주선 성공한 기사 혹시 보셨어요?

진배  응! 봤지, 봤지!

미서  (감탄) 화성을 간다는 건 SF영화에서나 나오는 얘긴 줄 알았는데… 대단해요.

진배  애런 머스크는 보통 CEO들과는 달라! 펀하고… 쿨하고… 섹시하달까? 모쪼록 티슬라가 쭉쭉 올라야 할 텐데…

미서  더 오를 거예요! 주식은 꿈을 먹고 자란다는 말도 있잖아요.

진배  유 아 롸잇! 렛츠 고 투 마스! 화성 갈끄니까~!!

미서  갈끄니까~!!!


> 신나서 '껄껄' 웃는 진배와 미서.

행자, 들어오는데 뱀 허물처럼 벗어놓은 예림의 옷이 보인다. 레깅스 뒤집으며 투덜대는.

행자      어휴… 어지르는 놈 따로 있고 치우는 놈 따로 있지~ 지겨워… 지겨워… (하다 문득) …!!

**CUT TO**

레깅스를 입은 행자, 옆으로 누워 역동적인 자세로 발끝을 포인한 채로 스트레칭하고 있다.

행자(E)      편하다! 마치 안 입은 것 같다! 쭉쭉 늘어나는 이 자유로움! 레깅스 한 장에 한껏 치솟는 섹슈얼 텐션!

여러 자세로 다리를 쫙쫙 벌려 보던 행자, 문득 예림의 말이 떠오른다.

예림(E)      그리고 이건, 그냥 레깅스가 아니야. 레깅스계의 샤넬. 랄라레몬 이라고!!
행자      랄라레몬…!

핸드폰으로 '랄라레몬'을 검색해 보는 행자, 스크롤 내리다가 주가가 보이고.

행자                (보는) 아… 미국 주식이네?

홈피에 들어가 '브랜드 스토리'를 읽는.

행자(E)            랄라레몬의 시작은 작은 요가 스튜디오에서 시작됐죠.

요가 고양이 자세로 엎드린 채 핸드폰을 보고 있는 행자.

행자(E)            아름다운 디자인은 물론 기능, 소재, 핏, 느낌.

요가 비둘기 자세하며 핸드폰 보고 있는 행자.

행자(E)            가능성으로 가득한 삶과 건강한 라이프 스타일을 위한 브랜드!

행자, 브랜드 스토리를 다 읽을 때쯤 거의 요가 강사급의 유연함
을 보여 준다.
레깅스에 대만족한 듯 천천히 고개를 끄덕이는 행자, 확신의 눈
빛이다.
쟁기 자세 유지한 채로 랄라레몬 '매수'를 누르는 행자.


11. 편의점 / 밤
카운터 앞에선 미서, 핸드폰으로 선우에게 빌린 돈의 이자를 송
금한다.

| 미서 | 보냈어요. 확인해 봐요. 연이율 7.5프로… 나누기 12! |
| --- | --- |
| 선우 | (핸드폰 확인하는) 네. 만팔천칠백오십 원. 정확히 들어왔네요. |
| 미서 | 자, 여기 사인해요. (종이 내미는) |

'채권자 최선우는 채무자 유미서에게 1회차 이자를 받았음을 정히 영수함'이라고 쓰여 있다.

| 선우 | 본격적이네요. (사인하는) |
| --- | --- |
| 미서 | (영수증 챙기며) 그럼 전 가 볼게요. 수고해요! (가려는데) |
| 선우 | 아, 미서 씨. 이거 (붙이는 핫팩 건네는) |
| 미서 | …(받으며) 이럴 거면 이자를 깎아주지… |

구시렁거리더니 그 자리에서 핫 팩을 '촥!' 뜯어, 겉옷을 걷어 히트텍 위, 배에 '턱!' 붙이는 미서.

| 미서 | 고마워요! 그럼 갈게요! |
| --- | --- |

미서의 호탕한 모습에 피식 웃음이 나는 선우.


#. 행자 집 전경 / 아침


12. 행자 집 / 아침

행자, MTS를 확인하는데 어제 매수한 랄라레몬이 3% 상승했다.
흐뭇하게 웃는 행자.
카메라 빠지면, 식탁에 차려 놓은 아메리칸 브렉퍼스트가 보인다.

예림      (식탁에 앉으며) …이게 뭐야? 밥은?

행자      오늘부터 우리 집 조식은 아메리칸… (이름 안 떠오르고) 퍼스트.

예림      …아메리칸 브렉퍼스트겠지.

행자      (찌릿) 큼… 그래 네 똥 굵다! (폰 보며) 어제 나스닥이 많이 상승했네? 다우지수는 좀 떨어졌고.

예림      (빵 먹으며) 아이고… 워렌 버핏인 줄~

행자      …그게 누군데?

예림      …엄마는 참~ 당당한 게 매력이야.

행자      예림아. 너도 이참에 옷 그만 사고 미국 우량주에 투자를 한번 해 봐. 세계 경제 돌아가는 것도 좀 공부하고.

예림      내가 그런 거 알아서 뭐해.

행자      (답답) 답답아, 나는 네 나이에 그런 거 모르고 살아서 지금 천추의 한이다, 한! (아메리카노 한 입 마시고) 음~ 역시! 커피는 아메리카노!

예림      언제는 사약 같다면서… (피식)


그때, 용선에게 전화오고, 전화 받는 행자.


행자      어~ 언니, 왜.

| 용선(F) | (다짜고짜) 정 사장, 겉절이 얼마큼 하까? 한 열 포기 하까? |
| 행자 | 아냐, 아냐 하지 마! 오늘은 샤따 내릴 거니까 쉬어. 유급 휴가. |
| 용선(F) | 뭔 유급 휴가? 쉬는데 돈도 준다꼬? |
| 행자 | 그럼~ 우리 조옥당 임직원도 좀 세상을 넓게 보고 재충전을 해야지! 쉬어! |
| 용선(F) | 정 사장, 어디 갈낀데? |
| 행자 | 나? (당황. 어디 갈지 모르겠다) …갈 데는 뭐 많지~! |

### 13. 등산로 / 낮

결국 늘 가던 동네 뒷산에 온 행자. 달라진 게 있다면 레깅스를 입고 왔다는 것.
맞은편에서 레깅스를 입은 젊은 여자 무리가 걸어오는데, 행자, 지지 않고 당당하게 엉덩이를 실룩거리며 걸어간다.
그때, 들려오는 청아한 풀피리 소리.

| 행자 | 이게 무슨 소리지…? |

신비로운 소리에 이끌려 산속 깊은 곳으로 발걸음을 옮기는 행자.

### 14. 산속 깊은 곳 / 낮

행자, 우거진 나뭇가지를 치우고 풀피리 소리가 나는 곳으로 한

걸음 내딛는데.

한 남자가 바위에 앉아 풀피리를 불고 있다. '필리리… 필릴리…'

바로 강산이다. (롱 패딩)

행자 강산… 씨?

강산 (풀피리 불다 말고) 어…? 베로니카?? 내 풀피리 소리가 베로니카를 여기로 안내했구나? (씨익 웃는)

15. 등산로 / 낮

함께 산을 오르는 행자와 강산, 도란도란 얘기를 나누며 올라

간다.

강산 미국 주식은 좀 사셨어요?

행자 예~ 그 레깅스 만드는 회사, 랄라레몬 샀어요.

강산 아~ 랄라레몬? 알죠. 그거 외국에서 진짜 많이 입는데… 나도 한 주 사 봐야겠다~

행자 딸랑 한 주? 조막손이네, 조막손… 그래 갖고 외화벌이하겠어 요?!

강산 하하… 조막손이라기보단 분산 투자죠. (행자의 레깅스 보고) 아! 그 래서 오늘…

행자 (점퍼 끌어내리며) 큼… 편하다 하길래 입었는데 영… 이상해요?

강산 아뇨~ 멋진데요? 잘 어울려요. (먼저 올라가다) 아, 여기 돌 조심해 요. (행자에게 손 내미는) 자!

행자, 잠시 멈칫하다 강산의 손을 잡는다.
강산, 행자를 끌어올려 주는.


16. 등산로 운동 기구 존 / 낮

어느새 운동 기구들이 모여 있는 곳까지 올라온 행자와 강산.
제법 땀이 나는 강산, 운동 기구들을 흥미롭게 본다.

강산    베로니카, 우리 웨이트 트레이닝 좀 해 볼까요?
행자    좋죠~
강산    잠시만요. 좀 덥네요.


강산, 입고 있던 롱 패딩을 벗는데… 무심결에 보다가 눈이 휘둥
그레지는 행자!
롱 패딩을 벗은 강산, 레깅스를 입고 있다!
시선 둘 곳을 모르는 행자.

행자(E)    (당황했지만 애써) 정행자… 너 촌스럽게 왜 이래… 우…운동할 때
         입는 거야. 그래… 의식하지 말고, 자연스럽게…!
강산      베로니카!
행자      …에?
강산      산을 오른다는 건 정말 좋은 거 같아요. (숨을 크게 들이쉬고) 하…
         이 냄새… 온도… 습도… 완벽해요. 게다가 이런 무료 헬스장도
         있고!


248 × 249

강산, 허리 돌리기 운동부터 시작한다.

강산 　　베로니카도 해 봐요!! 웃차!

행자 　　(민망함에 먼 산 보며) 예에…

체스트 프레스, 거꾸로 매달리기 등…
그의 도드라지는 하체에 행자, 시선을 황급히 돌리며 자신의 운
동에 집중하려 한다.
그때, 저 멀리 할아버지가 할머니를 부축하며 산책하는 다정한
노부부가 보인다.

강산 　　(아련하게 보며) 베로니카, 저분들 정말 보기 좋지 않아요?

행자 　　그르게요… 정말 보기 좋네요…

강산 　　저도 저렇게 늙어 가고 싶어요. (하다) 이제 내려가죠!

하산하려는데… 멀리서 들리는 '(E) 애용애용~' 사이렌 소리.
강산과 행자, 의아하게 보는데…

17. 파출소 / 낮

파출소에 앉아 있는 강산과 행자.
옆에는 윗 씬의 노부부가 노발대발 화를 내고 있다.

할아버지 　　당장 저놈 새끼 처넣어!! 당장!!

| 경찰 | (난감) 어르신… 불쾌하신 건 아는데 이게 범죄는 아니에요. |
|---|---|
| 할아버지 | 이게 범죄가 아니면 뭐야?! 저놈 때문에 우리 할멈이 죽을 뻔했는데! |
| 할머니 | (심장 움켜쥐고) 심장이… 지금도 벌렁벌렁 혀… |

&lt;플래시백&gt;

반대편, 평화로운 한때를 보내던 노부부, 강산의 레깅스를 보며 얼굴이 붉으락푸르락해진다.

체스트 프레스, 허리 돌리기, 원형 핸들 돌리기, 거꾸로 매달리기 등을 하는 강산.

노부부의 시선으로 보이는 강산의 하체 컷.

할머니, 심장을 움켜쥐고 휘청하자… 얼른 부축하는 할아버지.

&lt;다시 현재&gt;

노발대발하는 할아버지.

| 할아버지 | 입은 것도 아니고 벗은 것도 아니고! 아주 남자 망신 다 시키고!! |
|---|---|
| 경찰 | 아… 그… 특정 신체 부위가 과도하게 노출되거나 수치심을 줄 경우 경범죄에 해당할 수 있지만… 저분이 노출을 한 건 아니니까… 그냥 합의하시죠. |
| 할아버지 | 나는 수치심을 느꼈다고~오! 야, 인마!! |

참다 할아버지에 맞서 한마디 하는 행자.

| 행자 | 아니, 뭐 운동복 입고 운동한 게 죄예요? 이거 운동복이에요. 어르신! |
|---|---|
| 할아버지 | 뭐? 운동복? 거시기를 다 내놓은 게 운동복이야? |
| 강산 | (쭈굴…) 거시기를 내놓진 않았는데… |
| 행자 | 요즘은 다 이런 거 입어요! 막말로 뭐가 불쾌감을 줍니까? 뭐가 보인다고! 보세요!! (강산의 하체 가리키며) 뭐 뵈지도 않는구먼!! |
| 할아버지 | 그러니까! 썩 자랑할 것도 없는데 왜 내놓고 다니냐는 말이야!! |
| 행자 | 아! 본인이 안 내났다는 데 왜 억지를 부리세요. 진짜~ (다른 경찰들에게) 여기 와서 다들 좀 보세요! 이게 어디가 불쾌감을 준다고! |

다른 경찰들, "무슨 일이지?" 얼굴을 빼꼼 내밀고.

| 강산 | 오…오지 마세요. 일들 보세요. |

강산 편을 들어주며 큰소리 내는 행자와 지지 않는 할아버지.
그럴수록 더 수치스럽고 슬퍼지는 강산, 말없이 아랫도리를 쳐다본다.
강산, 점점 티셔츠를 끌어내려 어느새 딥 브이넥이 된다.

| 강산 | (거의 울 것 같은 목소리) 베로니카! 그만, 그만!… (노부부에게 고개 숙이고) 어르신 죄송합니다. 레깅스 다신 안 입겠습니다… |

고개 숙인 강산, 눈물 한 줄기가 주르륵 흐른다.

서울 도심 야경을 내려다보는 드론 샷(shot).

드론, 도심 속을 팔로우하다가 한 건물을 비추면, 그 안에 진배가 비장한 얼굴로 주식 창을 보고 있다.

11시 29분을 가리키는 시계, 역동적인 BGM이 흐르고.

미국 월가의 바쁜 증권 맨들 (영화 '더 울프 오브 월스트리트' 느낌 자료 화면과 교차 편집)

정장을 입고 있는 진배, 그때, 연자가 문 열고 보더니 "안 자? 웬 양복?" 하고 나가고.

검정 셔츠 입은 미서, 뿔테안경을 올린다. 눈빛만큼은 펀드 매니저 캐시 우드와 똑같다.

노트북에 뉴욕, 서울, 도쿄, 상하이, 베를린 등 세계 주요 도시 시계가 띄워져 있다.

이내 11시 30분이 되고, 눈빛이 예리하게 빛나기 시작하는 미서와 진배.

| | |
|---|---|
| 미서NA | 밤 11시 30분. 우리에겐 두 번째 하루가 시작된다. |

블루투스 이어폰을 낀 진지한 미서와 진배, 2분할로 보인다.

| | |
|---|---|
| 진배 | 선수 입장~!! |
| 미서 | 오늘도 우리가 우아~하게 월스트리트를 한번 흔들어 봅시다~!! |

전문 증권 맨처럼 달러 환율을 예의 주시하는 진배와 미서. (교차)

| 미서 | (급박) 환율 1180.6원! 아! 1180원으로 떨어졌어요! 지금이에요!! |
|---|---|
| 진배 | (역시 급박) 환전!! |

떨어진 환율을 보고 고개를 끄덕이더니… 티슬라 10주 매수를 클릭하는 진배.
미서의 바쁜 손가락. 진지한 얼굴로 티슬라 1주를 매수했다.
미서와 진배, 서로에게 엄지손가락을 치켜세우며 웃고.

| 미서NA | 우리는 방구석 외화벌이의 꿈으로 가슴이 웅장해졌다. |
|---|---|

괜히 노트북 앞에서 시간에 쫓기는 듯 샌드위치를 우걱우걱 먹는 미서.
(날 바뀜) 노트북 화면을 보던 진배, 이내 표정을 굳더니 마른세수를 한다.
(날 바뀜) 초조한 얼굴로 주식 창을 여는 미서,
눈 질끈 감고… 이내 슥 떠서 보면… 헉!!! 주가가 올랐다!
환희의 표정으로 책상 위의 종이 더미를 공중으로 날리는 미서.
떨어지는 종이 속 미서, 세상을 다 가진 것만 같다.

| 미서NA | 때론 울고… 때론 웃으며… |
|---|---|

흘러가는 시계 바늘. 어느덧 아침 6시다. 진배, 넥타이를 거칠게 풀어헤치고 피곤한 얼굴.
미서, 머리를 풀어헤치고 뿔테안경을 벗고. 창밖으로 떠오르는

해를 바라보며 와인을 마신다.

미서NA　　미국 주식과 함께 달리고 있노라면 우린 워렌 버핏도 캐시 우드
　　　　　도 부럽지 않았다…


19. 진배 집 거실 / 낮

다크서클이 짙게 내려온 진배, 소파에 웅크려 '드르렁' 코 골며
자고 있다.
청소기 밀며 거실로 나온 연자, 그런 진배 보고 다가와 등짝 후
려친다.

진배　　　아악!
연자　　　이 양반이 시간이 몇 신데 이러고 있어!! 일어나!
진배　　　어어… (일어난다)
연자　　　가서 찌개 좀 데워. 말 안 해도 좀 알아서 해!
진배　　　알았어, 알았어…


20. 진배 집 주방 / 낮

진배, 주방으로 와 가스레인지 위 냄비에 불을 붙이고 식탁에 앉
는다.
'보글보글' 끓기 시작하는 냄비.
이내 다시 꾸벅꾸벅 졸기 시작하는 진배.

21. 진배 집 거실 / 낮

청소기를 돌리고 있던 연자, 어쩐지 이상한 냄새를 맡는다.

연자        (킁킁…) 이게 뭔 냄새야? (이내 번뜩!) 여보!!!!!!!


22. 진배 집 주방 / 낮

주방으로 얼른 달려온 연자, 보면 가스레인지 위 냄비가 한참을
끓다 타고 있다!
그것도 모르고 졸고 있는 진배.
연자, 연기 '풀풀' 나는 냄비 불을 얼른 끈다.

연자        어머, 어머 어떡해!!! 여보!!! 다 탔잖아!!!!!
진배        (그제야 눈을 팍 뜨고) !!!


#. 백화점 전경

연자(E)     (쩌렁쩌렁) 나가!!!!!


23. 백화점 화장실 안 / 낮

변기에 앉아서 졸고 있는 미서의 고개가 확 꺾이며 눈을 뜬다.
"어우…" 침을 슥 닦고.

미서NA      하지만 미국 주식에 빠진 우리는 지독한 수면 부족에 시달렸고…


24. 백화점 명품 매장 안 / 낮

다크서클이 턱까지 내려온 퀭한 미서.

영혼 없이 서 있는데, 그때 화려한 20대 여자 손님이 들어온다.


손님       저기요~

미서       (영혼 없는) 네, 고객님…

손님       이거 미디엄 사이즈로 보여 주세요.

미서       네… (자기도 모르게 혼잣말) 그 돈이면 야마존 두 주나 살 수 있
          는데…

손님       네…?

미서       아! 그게… 이거보단 좀 작은 걸로 하시고 그 돈으로 야마존을
          사는 건 어떠세요?

손님       야마존이 뭔데요? 신상이에요?

미서       (눈 희번덕) 미국 주식… 모르세요? 이런 가방보다는 미국 주
          식이…

손님       (기분 나쁜) 뭐야…


그 모습을 보고 놀라 눈이 휘둥그레지는 점장.


점장       미서 씨!!! (복화술로) 뭐하는 거야…

미서       (정신 차리고) 아! 그게… 죄송합니다.

| 점장 | (손님에게) 고객님, 제가 응대해 드리겠습니다~ |
|---|---|

점장, 미서를 째려보고 손님을 데리고 이동한다.

| 미서NA | 일상이 무너지는… 이른바 현망진창 상태가 되었다. |
|---|---|

**25. 편의점 + 옥탑방 (교차) / 밤**

미서와 진배, 둘 다 눈이 퀭한 채 전화 통화를 하고 있다.
연신 하품하는 진배.

| 자막 | <무수면 48시간째> |
|---|---|

| 미서 | 그래서요? 총 수익은요? |
|---|---|
| 진배 | 5불… |
| 미서 | 오… |
| 진배 | 근데 5불 벌고 와이프가 아끼는 40만 원짜리 냄비를 태워 먹었지… 잠을 못 잤거든… 지금 쫓겨나서 옥탑방이야. (헛웃음) 허허허… 미서 양은? |
| 미서 | 전 오늘 실언해서 천만 원짜리 VIP 손님 놓쳤어요… 허허… 주식 때문에 본진이 흔들리면 안 된다던데… 쉽지가 않네요. (이내 시계 보고) 오케이! 장 열리면 한 번만 딱 보고 이제 배달 일에 집중할 거예요! |
| 진배 | 좋아! 정신 차리고 힘냅시다! 티슬라 주가는 화성 갈끄니까. |

| 미서 | 화성 갈끄니까! *(시계 보고)* 어! 장 시작했다! 그럼 끊을게요! 파이팅! |
|---|---|
| 진배 | 응. 미서 양도 파이팅! |

전화 끊은 두 사람, 장 시작 직후 빠르게 떨어지는 티슬라 주가 보고 놀란다.

| 진배 | 이… 이게 왜 떨어지는 거지? / |
|---|---|
| 미서 | 뭐야!! 뭔 일이야… 왜 이렇게 떨어져!! |

미서, 혹시나 하는 마음에 애런의 트위터를 열어 보는데… 방금 올린 트윗이 보인다.
'That said, Teesla do seem high lol' (티슬라 주가 좀 비싼 듯)

| 미서 | 댓 쌔드… 씨이… 뭐라는 거야… |
|---|---|

옆에서 물건 진열하던 선우, 미서의 핸드폰을 빼꼼 들여다본다.

| 선우 | *(해석하는)* 티슬라… 주식 좀 비싼 듯…? 이라는데요? |
|---|---|
| 미서 | *(힐끔)* 직독직해… 돼요? *(하다)* 아니 가만, 지금 자기네 주식 비싸다고 깐 거예요? 와… 이 인간이 미쳤나!!! / |
| 진배 | *(핸드폰 보며 버럭)* 왓 더 개소리!!! |
| 미서NA | 하지만 믿었던 괴짜 CEO의 트윗 하나에 티슬라 주가는 요동쳤다. |

## 26. 진배 집 안 / 낮

다음 날. 현관 맞은편에 달린 거울을 떼어 내는 진배.
이내 커다란 해바라기 그림 액자를 그 자리에 건다.

진배　　현관 맞은편 거울 제거… 오케이. 돈 들어오는 해바라기… 오
　　　　케이!

진지하게 폰을 보고 있는 진배.
[클래식 음악 들려주면 쑥쑥! 고품격 재배법] [양파를 살리는 말,
죽이는 말] ["사랑해" 하면 성장 – 말의 힘] 기사들.
티슬라 주식 창을 띄워 놓은 폰을 신줏단지 모시듯 식탁 위에
올려놓고. 이내 라디오 재생 버튼을 누르면, 클래식 음악이 흐
른다.

진배　　(좀 멋쩍지만 용기 내 주식 창 보며) 큼… 우리 이쁜 슬라야. 너는 이천
　　　　슬라 갈 수 있단다… 올라라~ 올라라~ 사랑한다, 슬라야~!
미서NA　다급해진 우리는 지푸라기라도 잡는 심정으로 각종 비방을 쓰
　　　　기 시작했고…

## 27. 백화점 명품 매장 앞 / 낮

점심 먹으러 가려고 모여서 온 미서의 동료 직원들.

유나　　(미서 보며 작게) 판매왕~ 밥.

| | |
|---|---|
| 미서 | 어… 나 오늘 배가 안 고파서… 맛있게 먹어~!! |

밥 먹으러 가는 동료들의 뒷모습을 바라보는 미서, 배에서 '꼬르륵…' 소리가 난다.

| | |
|---|---|
| 미서 | (배 부여잡고) 스테이크 사 먹었다 치지 뭐! |
| 미서NA | 급기야… 정신 승리를 하기 시작했다. |


### 28. 길거리 버스 정류장 / 밤

백화점 일 끝나고 나온 미서, 버스 잡으러 뛰는데… 출발해 버린다.
허탈하게 멈춰 서는 미서, 전광판엔 다음 버스 '25분 뒤 도착'이라고 뜬다.

| | |
|---|---|
| 미서 | …뭐, 택시 탔다고 쳐! |

힘차게 걸어가는 미서.


### 29. 편의점 안 / 밤

선우는 물류 정리를 하고 있고, 미서는 바에 앉아서 컵라면이 익기를 기다리고 있다.
미서, 조심스럽게… 티슬라 주식 창을 열어 보는데… "아씨!"

손실 금액이 43달러다. 초조함에 손톱을 물어뜯는 미서.

미서    43달러면… 오만 원?!… (하다) 괜찮아! 핸드폰 잃어버렸는데 어떤 분이 찾아주신 거야. 그래서 감사하는 마음에 소정의 사례금 드렸다고 쳐!

선우    안 잃어버렸잖아요.

미서    (무섭게 째려보며) 잃어버렸다 친다고요!!!

선우    (깨갱) …


**CUT TO**


컵라면 다 먹은 미서, 슬쩍 또 주식 창을 보는데… "하…" 깊은 한숨. 손실 금액 총 60달러다. 당황스러움에 눈만 끔뻑거리는 미서.

미서    …칠만 원…?!

선우    (피식) 이번엔 또 뭘 잃어버린 건데요?

미서    (생각하다… 희번덕거리는 눈으로) 그래…! 내가 편의점 알바를 때렸다고 쳐.

선우    !!! (섬뜩)

미서    (반 돌은 눈) 근데 칠만 원이면 합의를 해 준다네? 그래서 합의를 했다고 쳐!!

점점 정신 승리를 하며 무서워지는 미서의 표정.

선우, 그런 미서의 모습이 재밌다.

미서          (끝까지 정신 승리) 안 팔면 안 잃은 거야아아…!!!


30. 옥탑방 / 밤

강산, 검정색 걸레로 방바닥을 열심히 닦고 있다.

다 닦은 걸레를 탁탁 털면… 산에 갈 때 입었던 그 레깅스다.

그때, 인기척과 함께 옥탑방으로 들어오는 미서와 진배.


미서          어? 강산 씨도 계셨네요?

강산          아 네~ (넉살 좋게 '꾸벅' 인사) 오셨어요~


미서와 진배, 테이블에 앉아 비장하게 머리를 맞대고 대책 회의를 한다.


미서          (한숨 푹) 하… 제발 트윗 좀 그만해야 할 텐데…

진배          그 트윗 계정을 해킹할 방법은 없는 건가…? 해커라도 고용해서… (하는데)

미서(O.L)     악!!!! 또 올렸어!!!


미서, 애런의 트위터를 보고 분노한다. 진배도 보고 같이 분노하고.

'What does the future hodl?' (앞으로 어떻게 될까?)

| | |
|---|---|
| 진배 | 이게 또 무슨 소리야? '앞으로 어떻게 될까'라니! |
| 미서 | 또 무슨 짓을 하려고!! |
| 강산 | 왜 그러세요, 여러분… 진정하세요… |
| 미서 | 진정이 되겠어요? 애런 머스크 트윗 하나에 내 피 같은 자산이 날아가게 생겼는데! |
| 진배 | 이 실없는 놈! 얼빠진 놈! 왜 개소리를 해대서 주가를 떨어뜨리냐고!!! |
| 강산 | (갸웃) 애런 머스크면… 내 친군데…? |
| 미서 | (힐끔 보고 무시. 진배에게) 그냥 팔까요?? |
| 강산 | (휴대폰으로 애런 머스크 사진 보여 주며) 이 사람 말하는 거죠? |
| 미서 | (대충) 네~ 맞아여. |
| 강산 | 내 친구 맞네! 제가 트윗 그만하라고 할까요? |
| 미서 | (무시) 아~ 네네~ |
| 진배 | (강산 말 무시하고) 일단 좀 더 사서 물타기를 해보자고. |
| | |
| 자막 | 물타기: 하락한 주식을 추가로 매입하여 평균 매입 단가를 낮추는 행위. |
| | |
| 미서 | 그러는 게 낫겠죠? |

강산 무시하고 진지한 대화 이어가는 미서와 진배.
강산은 입 삐죽 나와 쳐다만 보고…

병실 안. 텔레비전에서 뉴스가 나오고 있다.

앵커(E)  애런 머스크의 스페이스A의 우주선이 화성 착륙에 또다시 실패
했습니다. 이로 인해 티슬라 주가는 장 중 5.5% 하락했고, 주주
들은 패닉에 빠졌습니다.

그 뉴스를 보고 있는 사람… 보면, 요양 침대에 기대앉아 있는
90대 백발노인이 된 진배다.
참담한 얼굴을 한 진배 옆에는 요양사가 식사를 돕고 있다.

진배  (떨리는 목소리지만 아직 희망이 있는) 티…티슬라… 화성 갈끄니까…
요양사  (익숙하다는 듯) 또 이러신다. (수저 입에 넣어 주며) 드셔 드셔…

요양사, 진배에게 밥을 먹여 준다.
그때, 병실 밖에서.

미서(E)  **아저씨!!!!**

보행 보조기를 끌고 진배 병실 안으로 들어오는 건… 70대 노인
미서다.

미서  좋은 소식 갖고 왔어요… 애런 머스크가 트윗 그만하기로 했대
요…!!

진배, 그 말에 너무 기뻐서 웃다가 숨이 넘어가려고 한다.
숨을 헐떡이며 심장을 부여잡는 진배.
미서, 놀라서 진배를 붙잡고.

미서       아저씨!! 정신 차리세요! (울컥) 화성 갈 때까지 존버하기로 했잖
         아요…!
진배       화성… 갈끄으…

결국 숨을 거두는 진배.
프레임 점점 빠지면… 건물 간판이 '화성 요양원'이다.


32. 진배 집 서재 / 밤 (다시 현실)

"으아!!" 악몽에서 깬 듯 소리 지르며 꿈에서 깬 진배.
책상에 엎드려 자고 있던 진배, 식은땀으로 흠뻑 젖었다.
처참한 미래를 본 진배, 두려운 얼굴로 고개를 절레절레 젓는다.

진배(E)     화성 가는 거 기다리다가 내가 지구를 먼저 떠나겠어…

주식 창을 열더니… 티슬라 전액 매도 버튼을 누른다.
씁쓸하면서도 후련한 듯한 진배의 얼굴.


33. 편의점 앞 / 밤

미서, 소주 병뚜껑에 소주 따라서 홀짝 마셔 댄다. 이미 좀 취했고.

청소하러 나온 선우, 걱정스러운 듯 다가온다.

선우  (시계 보더니) 많이 늦었는데 집에 안 들어가요?

미서  (마시다가 폰 보고 놀라는) 에이씨… 또 뭐야!

선우도 미서의 휴대폰을 쳐다본다. 애런 머스크의 트윗이 보인다.

I propose selling 10% of my Teesla stock. Do you support this?
(내 티슬라 주식 10%를 파는 것을 제안합니다. 지지하나요?)

[투표 결과: Yes 57.9% No 42.1%]

선우  주식 팔라고 하는 사람들이 더 많네요?

미서  (머리 헝클어뜨리며) 으아악!! 이딴 투표를 왜 하는 거야~~!! 대주주가 주식을 왜 팔아! 트윗 좀 그만하라고!!! (가운데 손가락 올리며, 격한 목소리로) 셧 업!! 셧 더 마우스!!!

미서, "으아아!!" 비명 지르고 소주를 병나발째로 마시다가 테이블에 쓰러지고 만다.

선우, 놀라 "미서 씨? 정신 차려요!!" 흔들어 깨워 보지만 반응 없고, 어쩔 줄 몰라 한다.

## 34. 미서 집 앞 / 밤

선우, 낑낑대며 미서를 업고 미서 집 앞까지 왔다.

선우      1410호… 여기 맞죠?

미서      …오빠…

선우      …저 그 오빠 아니라니까요.

미서      오빠… 잘못해서…

선우      (일단 받아 주는) …그래, 그래…

미서      나는… 오빠랑 더 행복하게 살고 싶어서… 그래서 그래써… 미안해…

선우      그래. 미서야… 근데 비번이 뭐라고?

미서      …응? 잊어버렸어? (훌쩍대다가) …나도 잊어버려쒀~

선우      (한숨 푹) 하…

선우, 땅 꺼져라 한숨 쉬며 그대로 발길을 돌린다.

## 35. 옥탑방 / 밤

강산, 불 끄고 이불에 누워 있다. 하품하며 어디론가 메시지를 보내는 강산.
곧 전화가 울린다. 강산, 졸린 듯 눈 비비며 전화 받는.

강산      여보세… 오우 헤이 버디~ 롱 타임 노씨. 으흠~ 으흠~ (사이) 플리즈 노 모어 트윗. 오케이? 오케이… 땡큐.

## 36. 진배 집 안방 / 새벽

진배, 잠옷 차림으로 침대에 눕는다.

진배        아유… 후련하다. 진작 손절할 걸… 이렇게 맘이 편한데.

진배, 자려고 눈을 감았다가… 어쩐지 음산한 기분이 들어 눈을
뜬다. 진배, 베갯머리 쪽에 둔 휴대폰에 시선을 가져간다.
어쩐지 쎄한 느낌…

진배        (휴대폰 확인하고 소스라치게 놀라는) 이게 뭐야!!
연자        (비몽사몽) 아우 왜 그래…

진배, 두 눈을 의심하듯 눈을 비비고 다시 휴대폰을 본다.
애런 머스크가 올린 트윗이 보인다.
'Off Twitter for a while.'
(트위터를 잠시 중단할게요.)

진배        아이! 다 팔았다더니!! 왜 안 한대! 왜! 와이! 아유 키딩? 으아~~~

아이처럼 드러누워서 발버둥 치는 진배.


## 37. 태국 숲길 일각 / 낮 - 15년 전

20대의 강산, 긴 머리에 두건을 쓴 히피 복장으로 커다란 백팩

을 메고 트래킹 중이다.

'흐음~' 허밍하며 올라가는 중에… 웅성거리는 소리가 들리고, 저 앞에 외국인 무리가 "헬프!" 외치고 있다.

강산, 곧바로 뛰어간다. 보면, 백인1이 다리에 피를 흘리며 쓰러져 있고, (다리만 보이는 상태) 뱀에 다리를 물린 듯 이빨 자국이 나 있다.

강산, 그걸 보더니 망설이지 않고 달려들어, 백인1의 다리를 붙잡고 독을 빨아들이기 시작한다.

**CUT TO**

바위에 나란히 앉은 백인1(얼굴 보이지 않는 상태)과 강산.

백인1의 다리에 강산의 두건이 칭칭 묶여 있다.

강산, 맥가이버칼로 망고를 '쓱쓱' 썰어서 건넨다. 망고를 받아 가는 백인1의 손.

| | |
|---|---|
| 백인1 | (영어) 당신은 내 생명의 은인이에요. 정말 고마워요. 이름이 뭐예요? |
| 강산 | 마이 네임 이즈 강산. |

백인1, 내려놓았던 배낭을 들어 올리고 일어난다.

| | |
|---|---|
| 백인1 | (영어) 부탁할 게 있으면 언제든 연락 줘요. 강산. |

백인1, 연락처가 적힌 쪽지를 내민다.

강산, 받고 고개를 끄덕이자, 돌아서 가는데… 그때, 강산이 "헤이!" 그를 멈춰 세운다.

강산        왓 츄어 네임?

백인1, 천천히 뒤돌아서는데… 역광인 탓에 얼굴이 보이지 않는다.

백인1       (비장) 아임… 애런 머스크.

어둡게 보이는 얼굴에 미소를 띠는 애런 머스크, 순간 치아가 반짝인다.

### 38. 옥탑방 / 새벽

강산, 젊은 애런과 자신이 어깨동무하고 찍은 사진을 흐뭇하게 바라본다.

### 39. 선우 집 안방 / 새벽

불 꺼진 어둑한 방. 선우가 미서를 업고 들어온다.

미서를 침대에 조심히 눕히고 옆에 앉는 선우.

미서, 잠에서 깬 듯 살짝 눈을 뜬다. 어슴푸레 보이는 선우의 격정스런 얼굴.

선우          좀 괜찮아요?

미서          (게슴츠레한 눈으로 선우를 본다) …

선우          미서 씨 집 비밀번호 몰라서 여기로 왔어요… 좀… 자요.


선우, 일어서려고 하는데 미서, 선우를 확 잡아 끌어당긴다.
선우와 미서, 두 사람의 얼굴이 닿을 듯 가깝고…


미서          우리…

선우          …

미서          할래요?


놀라는 선우 표정에서…


<5부 끝>

주식 성공투자의 지름길

상한가로 숙가

EPILOGUE

5

# 해외 주식 직구 시대

#우리는 왜 미국 주식에 열광하는가

#1. 진배 집, 서재 안 / 밤

　　　　서재에서 모니터 화면을 보고 있는 진배.

　　　　입술이 바짝바짝 마르고, 결의에 찬 눈빛으로 화면 보고 집중해
　　　　있다.


진배　　　3.2.1.


#2. 숙가 유튜브 전용방 & 진배 집, 서재 안 / 밤 (교차 편집, 화면 분할)

　　　　숙가, 개인 방송 화면이 보이는 방구석 한편에서.

　　　　* 초록색 트레이닝복 입고 등장.

　　　　[주식은 육십부터 님이 입장하셨습니다] 등의 입장 댓글 올라
　　　　가고.


숙가　　　여러분, 오늘도 안녕하세요. 상한가로 숙가의 숙가입니다. 오늘
　　　　도 힘차게 방송 시작해 보겠습니다. 요즘은 누가 뭐래도 해외 주
　　　　식 직구 시대죠. 마치 해외 쇼핑을 하듯 주식도 해외 주식을 마
　　　　음껏 살 수 있는 시대가 열렸습니다. 특히 미국 주식에 대한 투
　　　　자~ 이미 대세로 자리 잡았죠. 미국 주식의 상승색이 바로 이 초
　　　　록색입니다.

　　　　댓글, '형 요즘 끼부리네', '어차피 패션의 완성은 츄리닝 ㅋㅋ'


숙가　　　방송에 어울리는 복장을 맞춰 입고 왔다고 생각해 주면 좋을 것

같습니다. 자, 우리 한번 생각해 봅시다. 미국 주식을 다들 많이 보유하고 미국 주식을 좀 많이 사는 이유가 뭘까요?

일단 친숙한 기업들이 굉장히 많죠. 또 요즘 IT 기술의 발달로 스마트폰에서 국내 주식과 별다른 차이 없이 거래할 수 있게 되니까 편리성도 늘어나고 특히 미국 주식의 성과가 국내 주식보다 한동안 좋았던 기간이 있었기 때문에 아마 많이 몰리지 않았나 생각합니다.

진배    우리 예준 회장이 얘기하던 것과 비슷하네 뭐~

댓글 '내꺼 빼고 다 올라' '미국 주식이면 그냥 존버가 승리한다!', '슉가 형님도 미국 주식 하심?'

슉가    그럼 미국 주식… 할 만할까요?? 물론 미국 주식 시장은 세계에서 가장 큰 시장입니다. 워낙 많은 글로벌 투자자들이 있기 때문에 어떤 루머보다는 실적 베이스로 움직이는 경우가 상대적으로 많다 라고 보면 될 것 같습니다. 게다가 100년에 가까운 기간 동안에 미국 주식 시장은 꾸준하게 우상향을 해왔습니다.

(CG) '다우 지수, S&P 지수, 나스닥 그래프' 최근 10년간 그래프 (별첨1) 발생

슉가    '100년간 올랐는데 내가 살 때 빠지진 않겠지.'라는 생각으로 우리는 미국 시장에 접근을 합니다. 또 결정적으로 미국 주식을 투자했을 때 유리한 점이 있습니다. 잘 생각해 보면 부동산, 주식,

## 미국 주식 투자의 장점
## 달러 투자 = 분산 투자

채권, 예금 다 마찬가지예요. 우리는 원화만 들고 있어요. 그 말 인즉슨, 원화 가격이 떨어지면 글로벌 입장에서 봤을 때 우리는 앉아서 손해를 볼 수가 있습니다. 그랬을 때 해외 자산을 산다는 것. 특히 미국 주식을 사면 달러에 투자한 것과 비슷한 효과를 가져옵니다. 분산 투자가 되는 거죠.

## 미국 주식 투자 시 주의할 점 1

- 국내 주식: ±30% 상·하한가
- 해외 주식(미국, 영국, 독일, 홍콩, 뉴질랜드 등):
  상·하한가 X

*각 나라별로 가격제한폭이 다르니 투자 전 꼭 확인하시기 바랍니다.

그런데 여기서 주의해야 할 점도 있습니다. 한국 주식 시장은 위로 30% 상한가, 아래로 30% 하한가가 있습니다. 그럼 전 세계의 모든 나라들이 30% 상하한가를 가지고 있느냐? 그렇지 않습니다. 일반적으로 선진화된 시장, 특히 미국 시장은 상한가 하한가가 없습니다. 오르는 날은 300% 오를 수 있고요, 빠지는 날은 99% 빠질 수 있습니다. 잘 생각해 보면 상하한가가 있는 게 위험한가? 없는 게 위험한가?

근데 이런 상하한가가 없다면 오히려 가격이 자유스럽게 움직이면서 매수 매도가 자유롭게 일어날 수 있기 때문에 사람들의 마음이 좀 더 안정이 되고 그렇기 때문에 덜 위험하다고 주장하는 사람도 있습니다.

## 미국 주식 투자 시 주의할 점 2
### - 수수료 부담이 높다(환율 수수료 + 세금)

또 주의할 점은 이런 것들이 있습니다. 미국 주식은 수수료 부담이 당연히 높습니다. 해외 주식을 사려면 달러를 사야겠죠? 그렇기 때문에 한 번 더 환율을 바꾸는 환율 수수료까지 있습니다. 또 마지막으로 미국 주식은 수익이 날 경우 세금도 부과되니까 역시 고려해야겠죠. 그러면 지금부터 미국 주식 Q&A를 한번 시작해 보도록 하겠습니다. 궁금한 거 있으면 많이 물어봐 주시고~ 그럼, 첫 번째 질문.

진배, 영상 시청하다가 채팅창에 질문을 적는다.

진배 ㈜ 수익 나면 세금 내야한다고 했잖아요. 자세히 이야기 좀 해 줘 봐요.

숙가 주식은 육십부터 님~ 좋은 질문 주셨네요~ 세금 문제, 돈 문제 역시 아주 중요합니다. 우리가 피할 수 없는 게 두 가지가 있다고 하는데, 하나가 죽음이고요, 하나가 세금이죠. 그래서 Death & Taxes라고 그래요. 해외 주식, 미국·일본·중국 주식 등은 수익이 250만 원 이상이면 양도 소득세를 내야 합니다. 말씀드린 대로 발생한 차액이 250만 원을 넘어 가게 되면 차익의 22%에 해당하는 금액을 국세청에 신고한 뒤 납부해야 됩니다. 예를 한 번 보도록 하겠습니다.

(CG) 수식으로 정리해서 멘트 타이밍에 발생

## 해외 주식에 대한 세금

해외 주식은 매매 차익에서 250만 원을 공제하고
남은 금액에 대해 양도세 22%

A종목   +600만 원 이익
B종목   -200만 원 손실
———————
400만 원
- 250만 원 (기본 공제)
———————
150만 원
× 22% (양도 소득세 20% + 지방 소득세 2%)
———————
세금 33만 원 부과

숙가

예를 보면 1년 동안 해외 주식 A 종목에서 600만 원 이익이 났고요, B 종목에서는 200만 원 손실이 났습니다. 그럼 600만 원 이익이 난 것에 대해서 22%의 세금이 있냐? 그렇게 되면 너무 억울하겠죠. 그래서 합산을 해 줍니다. 600만 원에서 마이너스 200만 원 하면, 여러분의 1년 순이익은 400만 원이 되겠고요, 400만 원에서 250만 원 공제 해 준다고 했습니다. 기본 공제죠. 250만 원을 뺀 금액은 150만 원입니다. 따라서 양도 소득세 20%와 지방 소득세 2%를 합치면 22%의 세율이 되고요. 150만 원에서 22%의 세금이 나가니까 33만 원의 세금이 나가게 되겠습니다.

진배 아이고 머리야!

숙가 저는 솔직히 3억 3천만 원도 낼 수 있습니다. 벌었다면… 내도 좋으니까 그만큼 버는 날이 왔으면 좋겠습니다.

(CG) '유튜브 댓글 질문' (별첨2) 발생

숙가 다음 질문입니다. 미국 주식 시장 휴장일은 언제입니까? 우리나라 주식 시장도 빨간 날은 쉬죠. 미국 주식 시장도 마찬가지입니다. 다만 미국은 빨간 날이 우리나라하고 다릅니다. 미국 같은 경우는, 예를 들면 11월 넷째 주 목요일은 추수감사절. 칠면조 좀 먹어야죠~ 이런 날은 좀 쉬기도 하고요.

특히 미국은 우리나라하고 다르게 날짜를 꼭 정하지 않고 '몇 번째 주, 무슨 요일' 이렇게 정하는 경우가 굉장히 많습니다. 그래서 매년 날짜가 달라지는 경우가 생기기 때문에 휴장일을 꼭 체크해 보는 게 좋습니다.

> ○●●
>
> ### 미국 주식시장 휴장일
> **미국은 한국처럼 정해진 날짜가 아니라 매년 달라진다. 그러므로 미리 휴장일 체크 필수!**
>
> *현재 미국 주식시장 거래 시간 22시 30분~05시
> 2022.03.13.~11.06 서머타임 적용(서머타임에 따라 시간 다르게 적용)

또 이제 해외 주식, 특히 미국 주식의 최대 단점인데요. 시차로 인해서 새벽에 거래를 합니다. 국내 주식 하느라고 낮에 눈 벌

겆게 했는데, 밤 11시 반, 12시 반, 새벽 1시에 장이 열리니 이거 도대체 잠을 잘 수가 없습니다.

진배     요 며칠 잠도 못자고, 돈도 못 벌고!! 그 티슬라 때문에 내가!

(CG) '유튜브 댓글 질문' (별첨3) 발생

숙가     다음 질문, 다우 지수, S&P 지수, 나스닥 지수의 차이점이 뭔가 요? 라는 질문을 주셨네요. 미국 주식이 어려운 점 중 하나가 이 겁니다. 코스피는 코스피고, 코스닥이면 코스닥이지! 이 나라는 뭐 이렇게 종류가 많아~ 다우도 있고, S&P도 있고, 나스닥도 있 고… 심지어 러셀이라는 것도 있고 정신이 하나도 없습니다. 그 럼 미국 시장은 왜 이렇게 지수가 많냐! 이유는 간단합니다.
우리나라 거래 시장은 단일 거래소가 운영합니다. 그럼 모든 나 라에서 거래소가 하나냐? 가장 대표적으로 미국은 큰 도시마다 거래소가 있는 경우가 있습니다. 이렇다 보니 거래소별로 지수 가 다르게 나오는 경우가 있고요.
우리나라 지수는 보통 한국 거래소가 산출해서 보여 주지만 미 국 같은 경우는 신용평가 회사들이 자체적으로 모아서 보여 주 기도 합니다. S&P 500은 Standard & Poor's가 뽑은 500개 종목 으로 지수를 만든 겁니다. 이 500개 종목이면 미국 지수 대부분 을 알 수 있다고 판단해서 S&P 500이라고 부르는 거죠.
반면에 어떤 기업은 그렇게 생각하지 않습니다. 미국의 대표 기 업 30개만 알면 되지~ 그러면 이제 다우 지수, 다우 30이 되는 거고요. 어떤 곳은 이렇게 얘기합니다. 'S&P, 뉴욕 시장은 올드

한 기업들만 있어. 요즘 잘 나가는 IT기업, 잘 나가는 기업들 위주로 좀 하면 안 되겠냐는 생각으로 만들어진 지수가 일종의 나스닥 지수라고 할 수 있습니다. 물론 나스닥 지수라고 전부 다 IT기업만으로 이루어진 건 아닙니다. 다른 기업들도 있지만 IT기업이 중점적으로 들어 있다고 보면 되고요.

---

### 다우지수/S&P 지수/나스닥 지수 등 왜 이리 많아?

- 국내 거래 시장: 단일(한국거래소) 운영
- 미국 거래 시장: 뉴욕 증권(NYSE), 나스닥(NASDAQ),
  아메리카 증권(AMEX) 등
  → 거래소/신용평가 회사가 자체적으로 평가

- S&P 500지수
  미국 대표 지수로 총 11개 섹터, 500개 종목으로 구성

- 다우 30지수
  널리 사용되는 증시 지수, 30종목의 초유량 기업으로 구성

- 나스닥 100지수
  나스닥 시장 상장 종목 중 시가 총액이 크고 거래량이
  많은 100개 비금융업종대표기업으로 이루어진 지수

---

그럼 다우 지수, S&P 지수, 나스닥 지수가 모두 다 각각 배타적이면서 다른 지수냐?! 아닙니다. 대부분이 겹쳐 있습니다. 각 거래소에 있는 시장들의 기업을 모은 다음에 거기서 자신들의 입맛에 맞춰서 뽑았기 때문에 기준이 다르다고 생각하면 될 것 같습니다. 지금까지 쭉 살펴봤는데요.

미국 주식 시장은 세계에서 가장 큰 기업들이 속해 있는 시장입니다. 요즘은 글로벌 시장으로 우리가 미국 기업에 대해서 너무 잘 알고 있고, 미국 기업들에 대한 리포트가 정말 많이 나오고 있습니다. 달러를 투자할 수 있는 장점도 있죠. 그래서 사실은 요즘 같은 시기에 글로벌 분산 투자는 상당히 좋은 투자 방법이라고 생각됩니다.

물론 거래 시간이 새벽이라는 시간의 장벽, 또 언어의 장벽 등이 있기 때문에 공부와 투자가 쉽지 않은 분들도 많을 거라 생각됩니다. 그렇기 때문에 본업에 피해를 받을 수 있는 분들은 안 하는 것도 일종의 방법이 될 수 있습니다. 다만 직접 투자가 어려운 분들을 위해서 국내 펀드나 수수료가 낮은 ETF 등~ 추가적인 방법도 있으니까 참고하면 도움이 될 것 같습니다. 오늘은 여기까지 하고, 저는 이만 슉~ 사라지겠습니다. 안녕~

방송 종료되는 화면 효과.

# 6부

# 공모주,
# 따상과 울상
# 사이

1. 선우 집 안방 / 아침

침대에서 자고 있던 미서, 눈을 뜬다. 낯선 천장이 보이고…

미서    (이마 잡고) 아, 머리야…

하다, 문득 이불 속을 확인하는데 자신이 속옷 차림인 걸 확인한다.

미서    (갑자기 술 확 깨는) 아이씨! 뭐야…!

그제야 침대 밑에 아무렇게나 벗어 놓은 옷들이 눈에 들어온다. 이불을 싸매고 벌떡 일어나는 미서. 이리저리 살펴보다, 벽에 걸린 서울대 정문에서 찍은 졸업 사진을 발견한다.
한참 쳐다보다 사진의 주인공을 알아본 미서.

미서    (놀란) 선우 씨…?

그때, '파바박!' 지난밤의 기억이 떠오르는.

<플래시백> 5화 #38
미서와 선우, 얼굴이 닿을 듯한 거리.
게슴츠레한 눈으로 선우의 눈을 바라보는 미서.

미서          우리… 할래요?

<다시 현재>
미서, 놀라서 입이 떡 벌어져 있다.

미서          에이… 설마… 아닐 거야…

하지만 불안함에 동공이 흔들리는 미서.


2. 선우 집 주방 / 아침

옷을 챙겨 입은 미서, 방에서 슬쩍 나오는데…
주방에서 햇살을 맞으며, 아침 식사 준비를 하는 선우의 뒷모습
이 보인다.
기분 좋게 콧노래를 부르는 선우를 보고 절망하는 미서.

미서          (혼잣말) 아, 씨… 했네… 했어.
선우          (돌아보며) 일어났어요?

| | |
|---|---|
| 미서 | (애매한 미소) 아, 예에… |
| 선우 | 앉아요. 콩나물국 끓였어요. |
| 미서 | 아뇨… 전 그냥 집에… |
| 선우(O.L) | 다 했어요. 앉아요. |

이미 다 차려져 있는 밥상. 미서, 하는 수 없이 앉고.
선우, 국을 떠 온다.

| | |
|---|---|
| 선우 | 맛있게 먹어요. |
| 미서 | 네… |

미서, 밥을 먹는데 코로 들어가는지 입으로 들어가는지 모르겠
다. 의심의 눈초리로 선우를 힐끔힐끔 쳐다보며.

| | |
|---|---|
| 미서(E) | 분명… 잔 거 같은데… 이게 기억이 안 날 수가 있나? |

그때, 하품하던 선우와 눈이 마주친다.

| | |
|---|---|
| 선우 | (하품 가리며 웃는) 잠을 제대로 못 자서 그런가… 좀 피곤하네요. |
| 미서 | (사레 걸리는) 커헉… |

선우, 당황한 미서를 보고 피식 웃는다.

| | |
|---|---|
| 선우 | (물 따라 주며) 오늘 스터디 있죠? 얼른 먹고 가죠. |

미서        (물 마시는) …


<타이틀>
- 공모주, 따상과 울상 사이 -


#. 옥탑방 전경 / 낮


3. 옥탑방 / 낮

스터디 시작 전, 모든 멤버들이 앉아 있다. 웅성웅성 떠들썩한
분위기.
미서는 맞은편에 앉은 선우를 힐끗 보며 혼자 고민에 빠져 있다.

(CG) 각자의 원샷에 주식 수익률 표시


미서(E)     했나? 아니야… 기억이 전혀 없어…
행자        (미서를 툭 치며 속닥) 미서 씨… 선우 씨랑 뭐 있었지?
미서        (뜨끔) 아…아니에요~
행자        근데 왜 오늘 같이 왔어? 나 촉 좋아~
미서        (목소리 커진) 가…같이 온 거 아닌데요!!

모두 잠시 미서를 주목하고.

| | |
|---|---|
| 선우 | (피식 웃는) 요 앞에서 만났어요. |
| 미서 | 네! 맞아요! |
| 행자 | 그래…? (갸웃하다 MTS 켠다) 참, 미서 씨 티슬라 산 건 어떻게 됐어? 내 랄라레몬은 떡상했다~! |
| 진배 | (못마땅) …티슬라 올랐습니다. 애런 멜론 씨가 간밤에 트위터 안 하겠다고 선언했거든요. (중얼) 얼마나 가겠어… 개가 똥을 끊지… |
| 행자 | 진배 회원님, 그새 팔았어요? |
| 진배 | (참담한, 끄덕끄덕) 예… 손절. |
| 행자 | (귓속말로 미서에게) 아저씨 팔았다니까 미서 씨 더 사 더 사~ 오를 것 같아. |

**CUT TO**

스터디 진행 중인 예준, 노트북을 클릭한다.

| | |
|---|---|
| 예준 | 오늘의 주제는 공모주입니다. 기업이 커져서 주식 시장이라는 큰 무대에 데뷔하는 걸 상장한다고 하는데요, 상장 전에 일반인으로부터 청약을 받아 주식을 배정하는 것을 공모주 청약이라고 해요. |
| 강산 | 근데 공모주는 청약하면 뭐가 좋은 거예요? |
| 예준 | 아시는 분? (일동 대답 없자) …선우 회원님? |
| 선우 | 아… 일반적으로 상장 후에는 공모가보다 높게 거래되기 때문에 그 프리미엄을 노릴 수 있어요. |

| 진배 | 아~ 막 따상 간다 따따상 간다~ 이러던데… |
|---|---|
| 행자 | 따따상… 한 번 해 보고 싶네~ |
| 예준 | 그래서 오늘은 여러분들께 출격 대기 중인 IPO 대어 두 곳을 소개해 드리려고 합니다. |
| 일동 | 오오오!! |
| 예준 | 하지만 주의하실 점은 공모주도 결국은 주식이라는 점입니다. 평소처럼 꼼꼼히 기업을 분석하시고 투자를 결정하시기 바랍니다. |
| 미서 | 그래서 뭔데!! 그 대어가!! |
| 예준 | (비장하게 클릭) 바로 인기 MMORPG게임 제작사 '존앤잼게임즈'와 트로트 프린스 나태주의 소속사 '플라잉엔터'입니다! |
| 행자 | 어머! 나태주? 나 진짜 팬인데! |
| 강산 | 존앤잼게임즈 알지… 알지… |
| 예준 | 이번에는 두 팀으로 나눠서 기업 분석을 해 볼까 하는데, 어떻게 나누는 게 좋을까요? 아, 저도 이번엔 같이 공부해 볼까 합니다. |
| 행자 | (손들며) 나는 나태주! 플라잉엔터! |
| 미서 | 저도 그럼 플라잉엔터 할게요! 게임은 잘 모르니까. |
| 강산 | 전 존앤잼게임즈. 제가 한때는 동네 피시방에서 날아다녔거든요. 스타크래프트로. 예준이도 삼촌이랑 게임 회사 공부하자! |
| 예준 | 좋아요! |
| 진배 | (눈치 보다) 나도 그럼 게임을… 난 노래는 팝송만 들어서 트로트는 영… |
| 행자 | (쳇' 비웃는) 팝송은 무슨… 이 심금을 울리는 트로트가 진정한 노래지… |

| 예준 | 그럼 선우 회원님은요? |
| 선우 | 저도 플라잉엔터 하겠습니다. |
| 행자 | (실실 웃으며) 어머~ 의외다~ 왜~? |
| 선우 | …나태주 씨 노래 좋아해서요. |
| 예준 | 그럼 세 명씩 나눠서 해 보죠! 오늘은 여기까지 할까요? |

다들, 인사하며 나가려고 하는데, 행자가 미서 옆구리를 쿡 찌른다.

| 행자 | (소근) 이래도 발뺌할래? |
| 미서 | 뭐…뭐가요. |
| 행자 | 선우 씨말야… 미서 씨랑 같이 하려고 플라잉엔터 한다는 거잖아. |
| 미서 | 에이… |
| 행자 | 아니라고? 미서 씨가 보기엔 선우 씨가 진짜 나태주 좋아서 그러는 거 같아? |

4. 거리 일각 / 낮

미서와 선우, 집으로 돌아가는 길. 어쩐지 좀 어색하다.

| 선우 | 미서 씨. |
| 미서 | (놀라서) 네?! |
| 선우 | 플라잉엔터 조사를 해서 만나야 할 것 같은데, 어떻게 할까요? |

| 미서 | …네… 해야죠… (하다) 근데요… 진짜 나태주 좋아해요? |
|---|---|
| 선우 | 네. |
| 미서 | 아… (E) 거짓말… |
| 선우 | 아까 행자 회원님이 밤에 식당에서 보자고 하셨는데, 미서 씨 시간 돼요? |
| 미서 | 네. 돼요… |
| 선우 | 그럼 그때까지 간단하게라도 조사해서 봐요. |
| 미서 | 저기… |
| 미서(E) | 물어봐야 하나? 우리 잤냐고? |
| 선우 | 할 말 있어요? |
| 미서 | 아…아니에요. |

선우, 미서에게 가깝게 다가오더니 손을 뻗어 미서의 머리카락을 만진다.

| 미서 | (두근) !!!! |
|---|---|
| 선우 | (먼지 떼 주며) 뭐가 붙었네요… 그럼 들어가서 쉬어요. 피곤할 텐데. |

선우, 웃으며 다른 방향으로 걸어가고.
미서, 혼란스런 얼굴이다.

| 미서 | (패닉) 피곤할 텐데…? 왜…? 뭐가?? |
|---|---|

## 5. 피시방 안 / 낮

나란히 앉아서 존앤잼게임즈의 MMORPG 게임에 접속 중인
강산과 예준.
예준, 초딩답게 신난 얼굴인데 뒷자리 진배는 영 못마땅한 얼굴
이다.

진배    아니, 하라는 투자 공부는 안하고 피시방~?! 자네 정신이 있는
        건가?

강산    에이~ 형님, 제가 여기 게임만 하러 왔겠습니까? 존앤잼게임즈
        청약 전에 직접 게임을 한번 해 봐야죠. 해 보면 감이 와요. 뜰지
        안 뜰지.

진배    큼⋯ 핑계 좋다!

강산과 예준은 게임에 접속을 하는데⋯ 진배는 지뢰 찾기를 하
고 있다. 그것도 되게 못하는.
피시방에 적응 안 되는 진배. 이내 일어나 카운터로 간다.

진배    (알바생에게) 여기 라면 하나요.

알바    ?⋯ 자리에서 하시면 돼요.

'큼'⋯ 할 수 없이 진배, 다시 자리로 돌아와서. 알바생을 향해 손
들고.

진배    여기 주문!! 라면 하나요!

292 × 293

알바생 어이없고… 진배, 더 크게 "주문!!" 외치는 뒤로… 화면에 보이는 주문 시스템.

CUT TO

진배 앞에 짜파구리, 소떡소떡, 핫바, 콜팝 등 피시방 메뉴 잔뜩 놓여 있다.

진배  이런 불량식품을 애들 먹으라고… 쯧쯧… (소떡소떡 한 입 먹더니 눈 커지는) 맛있다… (크게 한 입 더 먹는)

게임 중인 강산과 예준.
강산, 화려한 아이템들로 척척 깨부수고 무적이다.
현실과 달리 사이버 세계에서는 인기인에 부자인 강산을 존경의 눈빛으로 보는 예준.
그때, 예준의 핸드폰이 울린다. 발신자는 '엄마'다. 예준, 일부러 받지 않는.
이때 예준을 알아보고 다가오는 초등학생 무리.

초딩1  어? 임예준!
예준  (소리에 돌아보고) 어어… 안녕.
초딩2  여긴 웬일이야? 너 맨날 학원만 가잖아.
예준  아… 그게…
초딩1  (모니터 보고) 오~ 임예준, 너 게임도 해?

예준, 창피한데… 그때, 옆자리 강산 pc에서 '쿠쾅쾅!!' 대단한 소리가 난다.

예준과 초딩들 모두 쳐다보면, 강산이 적 소대를 몰살시켰다.

강산, 시크한 표정으로 고수의 면모를 뽐내고 있고.

초딩들, 강산에게 뻑갔다.


| | |
|---|---|
| 초딩1 | 우와… 아저씨 개멋있다! |
| 초딩2 | 아저씨, 제 거 렙업 좀 해 주세요!! |
| 초딩들 | 저두요!! / 저두요!! |
| 초딩1 | (예준에게) 야. 너네 삼촌이야? |
| 예준 | (머뭇) … |
| 강산 | 어~ 나 예준이 삼촌이야. 너희 우리 예준이랑 사이좋게 지내야 된다~? |
| 친구들 | 네에!!!! / 임예준 좋겠다!! / 부러워! |


친구들 반응에 으쓱한 예준, 존경심 가득한 눈으로 강산을 우러러본다.

한편 그런 예준과 강산이 못마땅한 진배, 벌떡 일어서더니.


| | |
|---|---|
| 진배 | 난 먼저 가겠네! (아련하게) 예준아~ 도서관에서 기다리마… |


하지만 진배 말 귓등으로도 안 듣고 게임에 빠진 예준.

진배, 애인 뺏긴 남자 마냥 쓸쓸하게 발걸음을 뗀다.

#. 족발집 외경 / 밤

　　행자네 가게에서 나오는 트로트 노래가 밖까지 흘러나온다.


6. 족발집 안 / 밤

　　가게 마감 시간. 텔레비전에는 나태주의 무대가 나오고 있다.
　　용선과 아줌마들(아줌마1,2: 60대, 아줌마3: 70대), 나태주 보면서 난
　　리가 났다. 행자도 테이블 치우면서 눈은 텔레비전에 향해 있다.
　　그때, 가게 안으로 들어온 미서.

미서　　　행자 이모~ 저 왔어요.

행자　　　어어, 미서 씨 왔어? 저~기 앉아 있어~ (소근) 선우 씨 오자마자
　　　　　미서 씨부터 찾더라니까 글쎄~ 흥흥…

　　보면, 선우, 미리 와 있었는지 온돌방에서 니트릴 장갑을 끼고
　　마늘을 까고 있다.
　　미서, 어색하게 다가가서 선우 맞은편에 앉는다.


선우　　　왔어요?

미서　　　네… (마늘 집는데)

선우　　　(미서 거 뺏으며) 미서 씨는 하지 마요. 거의 다 했어요.

미서　　　아 네… (E) 갑자기 왜 이렇게 친절해… 친절하지 마~

　　미서, 선우 쪽을 물끄러미 보다 말한다.

| 미서 | 저기… 물어볼 게 있는데요. |
|---|---|
| 선우 | 네. |
| 미서 | 우리… |
| 선우 | (고개 들어 쳐다보는) |
| 미서 | (차마 못 물어보겠다) 우…우리! 서로 나태주 얼마나 알고 있나 테스트해 볼까요? 나태주가 예선에서 부른 노래가 뭐 게~요?! |
| 선우 | … |
| 미서(E) | 모르네. 역시 나 때문에 나태주 팬인 척… |
| 선우(O.L) | 예선 영상이요, 아님 100인 예선 때요? |
| 미서 | 네…? |
| 선우 | 예선 영상은 남진의 둥지고, 100인 예선 때는 박상철의 무조건을 불러서… |
| 미서(E) | (대혼란) …진짜 팬이었어? |

7. 도서관 / 밤

진배, 진지한 얼굴로 책을 읽고 있다. 보면, 제목 《유희의 인간 호모 루덴스》

| 진배(E) | 유희하는 인간, 호모 루덴스! 인간은 원래 유희의 동물이지. 석기 시대 동굴 속의 벽화… 동굴 속의 불 피우기… 게임… 모두 유희다! |
|---|---|

진배, 이번에는 두꺼운 고서 느낌의 《게임의 역사》 책을 읽고

있다.

진배(E)  게임의 역사는 과거 고대 인류로 거슬러 올라간다. 게임은 모든 문화의 중요한 부분이며 인간 사회 소통의 가장 오래된 형태.

시간 경과. 진배,《초보자를 위한 C언어》책을 읽고 있다.
옆에는《게임 프로그래밍 입문》,《손쉬운 게임 코딩》,《게임의 경제학》등 17권의 책이 쌓여 있다.

진배(E)  (책을 탁 덮고, 진지한) …장장 다섯 시간 동안 연구한 내 결론은! 게임은… 좋은 것! (쌍따봉)

대단한 진리를 발견한 듯 뿌듯해 하는 진배.

8. 족발집 / 밤
다 치운 식당. 여전히 텔레비전을 보고 있는 아줌마들.
행자, 미서, 선우, 테이블에 앉아 플라잉엔터에 대해 대화를 나눈다.

선우  기사 찾아보니까 플라잉엔터가 기업 가치, 3조로 평가 받았다고 하네요.
행자  3조면 엄청난 거지?
미서  그쵸! 근데… 나태주 하나로 롱런할 수 있을까요?

| 행자 | 나도 나름대로 분석을 해 봤는데… 일단 펀더멘털이 좋아. |
| --- | --- |
| 미서 | 왜요? |
| 행자 | 우리 태주 관상에 도화살이 있잖아. |
| 미서 | (어이없는) …이모도 진배 아저씨처럼 관상 보시는 거예요? |
| 행자 | 들어봐 봐. 도화살이란 게… 사람 끄는 살인데… |

행자, 갑자기 또 눈물 터지는.

| 행자 | 크흡… (천장 보며 손부채질) 어머, 나 또 왜 이래… |
| --- | --- |
| 미서 | …우세요 또? |
| 행자 | 내가 또 도화살이 있잖아… 과부가 눈웃음 살살 친다고 욕 많이 먹었어… 옆집에 박 씨 아저씨라고 있었는데… 지 혼자 오해하고… 그 마누라가 내 머리채 잡고… 아우 눈웃음이 죄냐고… 나 진짜 속상해서… |

미서, 선우 난감한 TMI에 서로 바라보며 눈만 끔벅이는.

| 행자 | (눈물 닦고 돌변) 암튼 연예인한테 도화살 있는 건 좋은 거야. 호재야, 호재. |
| --- | --- |

그때, 말 엿듣던 아줌마들.
미서와 선우에게 관심 갖고 다가온다.

| 아줌마1 | 자기들도 태주날개야? 우리 태주한테 관심 많아 보이네. |
| --- | --- |

| 미서 | 아… 그게… |
|---|---|
| 용선 | (능글맞게 윙크하며) 자기야~ 우리 부탁 하나만 해도 되까? 우리도 저거 방송 보러 가고 싶은데… 도와주면 안 되나? |
| 아줌마2 | 좀 도와줘~ 우리 태주 한번 보는 게 소원이야 소원~! |
| 선우 | 나태주 씨 곧 팬미팅 하던데… |
| 아줌마들 | (O.L) (눈 반짝) 팬미팅?? / 그거 좋다!!!! / 어떻게 가는 건데?!! |
| 미서 | 그거 티켓팅하는 것도 힘들고… 너무 기대하진 마세요. |
| 아줌마3 | (실망) 그래… 우리는 태주 한번 못 보고 죽는구나… |
| 용선 | 다음 생에 만나 태주… |
| 미서 | 티…티켓팅은 한번 해 볼게요! |
| 용선 | 어머, 진짜? 고마워~ (능글맞게 윙크하며) 근데 자기야~ 우리 부탁 하나 더 해도 되까? 뭐 조공해야 된다던데 조공 어떻게 하는 건지 갈쳐도~ |
| 아줌마2 | 내가 들었는데 쌀로 조공한다던데? |
| 용선 | 맞나? 카면 고시히카리로 하까? |
| 행자 | 에이~ 이천 햅쌀이 좋지! 윤기가 자르르르~ |
| 미서 | 저…저기… |
| 아줌마1 | 쌀보다는 도시락 조공을 해야 가수들 기가 산대! |
| 아줌마3 | 도시락? 찬 하나씩만 맡아. 그럼 도시락 뚝딱이지! |
| 용선 | 카면 내가 갈비찜하께. 언니야들이 잡채랑 밑반찬 좀 해라. 정 사장은? |
| 행자 | 그러면 내가 배도라지차 좀 끓일까? 큰 마호병에 담아서… |
| 용선 | 아, 아니제! 그거보다 그 응원할 때 쓰는 거… 그거를 만들어야 되는데… |

행자          아~ 플래카드?

순간… 일제히 미서를 쳐다보는 아줌마들.


## 9. 진배 집 앞 일각 / 밤

진배, 팝송을 흥얼거리며 집으로 향하고 있는데 계단으로 올라가는 연자가 보인다.

진배         (다급) 여보!! 여보!! 김연자!!!
연자         (소리 나는 곳 보는) 당신, 이제 와?
진배         거…거기 가만있어! (뛰어가는)


## 10. 다가구 계단 / 밤

진배, 헐레벌떡 뛰어 올라오고.

진배         왜!!… 왜 올라가! 무슨 일인데!
연자         아니~ 텔레비전 보는데 자꾸 위에서 '쿵쿵' 하는 거야. 지금 이 시간에 이상하잖아. 한번 가 볼라고.
진배         이…이츠 투 덴져러스! 당신은 여기 있어… 내가 가 볼게.
연자         (진배 밀쳐 내며) 벌레 새끼 하나 못 잡으면서 뭘. (올라가고)
진배         오우… 노우!!

진배, 혼신의 힘을 다해 연자를 앞질러 옥상으로 먼저 올라간다.

연자    저 냥반 왜 저래…


11. 옥탑방 / 밤

옥탑방 안으로 들어온 진배, 게임하고 있다가 헤드폰을 내려놓고 놀라는 강산.

진배    (다짜고짜) 뛰어내려! 창문으로!
강산    네?!
진배    진돗개 하나 발령! 마누라 마누라!

강산, 즉시 상황 파악하고 옥탑방 창문을 열고 올라가는데 밑을 보고 뛰어내릴 엄두가 안 나는 눈치.

진배    빨리!! 빨리!!!

빗자루 든 연자가 문을 열려고 하고. (슬로우)
강산, 눈 질끈 감고 창문 밖으로 뛰어내린다.
창문은 고작 1m 높이. 옥상 위로 떨어지는 강산, 그 와중에 발목을 접질렸다.
진배, 강산의 신발을 창밖으로 던져 주고 곧바로 연자가 들어온다.

| 연자 | 뭐야? 이게?… |
|---|---|

보면, 노트북에 게임이 켜져 있다.

| 진배 | 내…내가 요즘 취미로 게임을 시작했는데! 아까 하다가 안 끄고 나갔나 봐~ |
|---|---|
| 연자 | …게임? 당신 요새 왜 안하던 짓을 해… (의심스럽게 둘러보다 창문으로 향한다) |
| 진배 | (잽싸게 창문 닫으며) 어유~ 추워라~ 얼른 내려갑시다요. 마님~ |
| 연자 | (찜찜) 자물쇠로 문을 꽁꽁 잠가 놓든지 해야겠어. |

### 12. 편의점 안 / 새벽

편의점 테이블. 미서, 꾸벅꾸벅 졸고 있다.
손에는 가위를 들고 나태주 응원 플래카드 '날개달자 태주', '마이 태권맨 나태주'를 만들고 있는 중.
졸면서 위태로운 가위질을 하고 있다.

| 선우 | (그 모습을 보다가 가위 뺏어 내려놓으며) 미서 씨. 그만 들어가요. |
|---|---|
| 미서 | (잠 깨려고 노력하며) 안 돼여… 돈도 받았는데. (다시 가위 잡고) |
| 선우 | (어이없는 웃음) 이모님들이 얼마 주셨는데요? |
| 미서 | 뭐… 쪼금… 거마비 정도? (한숨) 푼돈 좀 벌겠다고 고딩 때도 안하던 가수 덕질을 하게 됐네요. |
| 선우 | 근데… 돈 받고 하는 거 치고 너무 못하는 거 아니에요? 줘 봐요. |

머쓱하게 가위를 넘겨주는 미서.
선우, 앉아서 플래카드를 자르기 시작한다.

미서          …아! 찾아보니까 플라잉엔터 NFT 전문 회사도 인수했대요.

자막          NFT(Non-Fungible Token): 교환과 복제가 불가능하여 저마다 고유
성과 희소성을 지니는 블록체인 기반의 토큰.

선우          (만들며) 아… 그래요? 공부 많이 했네요?
미서          이거 호재겠죠? NFT로 연예인들 사인 같은 걸 팔면 매출이 늘
테니까.
선우          그렇죠.
미서          아~ 따상가면 어떡하지? 좀 부담스러운데~

선우, 김칫국 마시는 미서를 물끄러미 바라보다 묻는다.

선우          근데… 미서 씬 주식 왜 이렇게 열심히 해요? 잘 하지도 못하
면서…
미서          허! 말이 좀 심하시네. 왜요, 주식 못하면 하면 안 돼요?
선우          그건 아니지만…
미서          못한다고 그냥 가만있어요? 뭐라도 해 봐야지. 땅 파 봐요, 십 원
한 장 나오나! 그럼 주식 영재 씨는 뭘 사서, 얼마나 벌었는데요?
선우          아직… 안 샀는데.
미서          거 봐… 아무것도 안 했으면서! 일단 뭘 해야 되든지, 말든지 하

지. 우리 엄마가 그랬어요. 방귀가 잦으면 똥이 나온다고! 나는
계속 방귀를 '뿡뿡' 껴서 결국 똥을 쌀 거고! 선우 씨는 그런 식
으로 가다간 얼굴만 누렇게 뜰 거예요!

선우     …무슨 말을… 그렇게 드럽게 해요.

미서     선우 씨가 먼저 시비 걸었잖아요. 뿡이다, 뿡!

강산(OFF)  선…선우 회원님!

고개를 돌려 보면, 겉옷 없이 다리를 절뚝거리며 들어오는 강산
이 보인다.

강산     제…제가 오늘 갈 데가 없어서 그런데… 하룻밤만 재워 주시면
안 될까요?

미서와 선우, 황당한 표정이다.

## 13. 선우 차 안 / 새벽

업무 끝내고, 집으로 돌아가는 선우의 차 안. 선우는 운전 중이
고, 조수석에 타 있는 강산, 신나서 이것저것 만져 보고 있다.

강산     안에도 되게 좋다. 선우 씨 차 좋아하나 봐요?

선우     예전에는…

강산     이런 차는 얼마쯤 해요? 한 이삼억 하죠?

선우     아뇨. 그렇게까진…

| 강산 | 나도 여행만 가지 말고 돈 모아서 차나 살걸! 그럼 집 없어도 차에서 자면 되잖아요. 필 받으면 바다도 보러 가고! 아, 말 나온 김에 우리 정동진으로 해돋이 보러 갈래요? |
|---|---|
| 선우 | 아뇨. |
| 강산 | (시무룩) 그쵸… 해돋이는 좀 그렇죠… |
| 선우 | 내일 일이 있어서… |

## 14. 선우 집 / 새벽

주방 테이블에 앉아 있는 선우. 생각에 잠겨 있다.

&lt;플래시백&gt; #12.

| 미서 | 거 봐… 아무것도 안 했으면서! 일단 뭘 해야 되든지 말든지 하지. 우리 엄마가 그랬어요. 방귀가 잦으면 똥이 나온다고! 나는 계속 방귀를 '뿡뿡' 껴서 결국 똥을 쌀 거고! 선우 씨는 그런 식으로 가다간 얼굴만 누렇게 뜰 거예요! |
|---|---|

미서의 말에 자극받은 선우, 굳은 결심을 하고 노트북을 켠다.
HTS 로그인을 시도하는 선우, 심각하고 진지한 표정이다.

| 선우(E) | 그래. 계속 이렇게 살 순 없어… 미서 씨 말대로 일단. |
|---|---|
| 방귀 소리(E) | 뿡~ |
| 선우 | (의아) 음? (놀라 소리 나는 곳을 보면) |

욕실에서 씻고 나오던 강산이 방귀를 뀌었다.

강산    하하… 죄송… 속이 안 좋아서…

선우    (짜증 확 올라오는) …

강산    (선우에게 다가가며) 근데 뭐해요, 선우 씨? 미국 주식?

선우, 코 막고 신경질적으로 노트북을 '팍' 닫는다.

선우    몰라도 돼요!


#. 다가구 전경 / 낮


15. 옥탑방 / 낮

진배, 존앤잼게임즈 공모주 경쟁률을 보고 있다. 1000.92 : 1 이다.

진배    (놀란) 경쟁률이 1000 대 1? (하다) 가만, 경쟁률이 높다는 건 다들
       존앤잼게임즈를 좋게 평가한다는 거잖아. 사? 말아?

진배, 혼자 깊은 고민에 빠진다.


16. 술집 / 저녁 - 회상 몽타주

1992년. 제1차 기회

30대의 진배와 상구, 같이 술을 마시고 있다.
허름한 복장의 상구와 말끔한 셔츠 차림의 진배.


진배     공장 일, 많이 고되지? 그래도 봉급 따박따박 모으다 보면 작은
        전세방 하나 못 구하겠냐? 힘내라. (소주 따라 주는)
상구     아따… 이래 갖고 언제 다 모은대… 징하다 징해… 그래서 말
        인디…


        상구, 가방에서 뭔가를 꺼낸다. 삼선전자 종이 증권이다.


상구     나 삼선전자 주식 샀다잉.
진배     주식?
상구     1주에 14,350원인데… 이게 금처럼 값이 오르면 큰돈 벌 수 있
        단디?
진배     (혼내는 톤) 쉽! 상구 너 인마. 이제 애도 있고… 이런 생각하면 안
        되지! 쓸데없는 요행 바라지 말고 돈은 땀 흘려서 벌어야지! 그
        런 종이 쪼가리가 값이 오르긴 뭘 올라!… 넌 아직도 그렇게 철
        이 없냐?


        시무룩한 상구의 표정과 나무라는 진배.


        **CUT TO**

　　　　1996년, 제7차 기회

똑같은 장소, 옷차림만 달라진 진배와 상구.

상구　　　　너… SKC텔레콤 알제? 휴대폰 회사. 내가 볼 땐 앞으로는 1인 1 휴대폰 할 시대가 온다고 본다. 니도 여기 주식 사브러, 진배야.

진배　　　　(콧방귀) 아니, 공중전화가 지천에 널렸고, 삐삐에 시티폰도 있는데 그 벽돌만한 걸 누가 들고 다닌다고! 넌 참… 생각이 있냐 없냐.

**CUT TO**

자막　　　　2002년, 제14차 기회

40대의 진배와 상구, 이번엔 상구가 진배에게 술을 따라 준다.

진배　　　　에휴… 그때 살 걸.

상구　　　　긍께 내 말 듣지… (하다) 아 글믄 니, 네이바라는 회사 알제? 이제 인터넷 없으면 못 사는 세상이 될 거여! 곧 상장한단디.

진배　　　　야, 야호도 있고, 나이코스도 있고, 앞으로도 그런 검색 포탈이 우후죽순 생겨날 텐데 그게 돈이 되겠냐… (절레절레)

진배(NA)　　나는 수많은 기회를 놓쳐버렸고 '그때 살 걸…', '한 주 라도 살 걸…' 껄… 껄… 우는 껄무새가 되었다.

## 17. 옥탑방 / 낮 - 다시 현재

상구(E)   카카우톡이라고 무료 문잔디… / 아몰래퍼시픽이라고 중국에
         서…/ 조선주가… / 2차전지가… / 태양광이… /

진배를 괴롭히는 지나간 투자 기회들.
진배, 눈물이 그렁한 눈으로 MTS를 바라보고 있다.
진배, 무언가를 결심한 듯 입을 앙다문다.

진배(E)   그래! 어쩌면 마지막 찬스일지도! 이번에는 놓치지 않아!

그때, 전화가 온다. 발신자는 강산이다.

## 18. 공터 주차장 / 낮

가죽 재킷에 선글라스 낀, 멋을 잔뜩 낸 진배.
이미 충분히 반짝반짝한 할리를 융으로 정성스럽게 닦고 있다.
옆에는 강산이 서 있다.

진배   (하- 입김 불고 닦는) 일단 며칠간은 어디 가서 좀 숨어 있어.
강산   예… 아! 형님께 말씀드릴 거 있는데, 제가 연구를 좀 해 봤는
       데요.
진배   (힐끗 보고 비웃는) 게임하면서 뭘 연구했는데?

강산, 배낭에서 꾸깃꾸깃한 종이들을 꺼낸다.

종이에 각 아이템의 획득처와 사용 방법, 과금 유무, 뽑을 확률 등을 정리한 표가 있다.

강산　　게임 유저들은 과도한 과금BM을 피하게 돼 있거든요. 이번에 제가 존앤잼게임즈의 신작 게임을 좀 분석해 봤는데요, 일단 전형적인 pay to win 구조예요.

진배　　돈을 써야 이긴다?

강산　　그죠. 현질해야 살 수 있는 아이템 의존도가 높은 편이에요. 게다가 수동 컨텐츠도 현저히 적어서… 매력이 떨어지죠.

진배　　뭔 소린지 하나도 모르겠네.

강산　　게다가 중국에서 청소년 게임을 금지했잖아요. 중국 게임 시장이 얼마나 큰데… 여러모로 악재가 많아요.

진배　　그러니까… 강산 군은 청약 안 넣겠단 말을 이렇게 길게 한 거지?

강산　　네… 형님은 하시게요?

진배　　해야지. (다 닦았다) 됐다! 그럼 시작합시다!

강산　　예? 뭘요…

진배　　아, 바이크 연수 해 준다며!!


19. 오락실 / 낮

'부왕~~' 선글라스 끼고 오토바이 게임기 안장에 앉아 스피드를 즐기고 있는 진배.

| 진배 | 이게 뭔 연수야! (하지만 표정은 재밌는) |
| 강산 | 아~ 형님은 일단 이걸로 감을 좀 익히셔야 돼요. |
| 진배 | (신난다) 유후~~~ |
| 강산 | 형님 근데 진짜 청약 하실 거예요?… 좀 더 고민해 보시죠. |
| 진배 | (단호) 내가 고민만 하다가 놓친 기회가 몇 번인지 알아?! |

그 순간, 게임 속 진배의 오토바이가 멋지게 피니시 라인에 들어온다.

| 진배 | (강산 보면서 선글라스 벗으며) 이제 더 고민할 시간도 없어. 돈 스탑 미. |

터프하게 MTS 켜서 청약 신청 버튼을 누른다.


20. 거리 일각 / 저녁

선우, 엄마와 통화하며 걸어가고 있다. 손에는 장본 비닐봉지가 들려 있는.

| 선우 | 네… 요새 집밥도 자주 먹어요. (사이) 저 잘 지내고 있으니까 걱정 마세요. 들어가세요. 끊어요~ |

전화 끊고 다시 나태주 영상을 보면서 걸어가는 선우.
한편 반대편, 진배와 연자, 장보고 돌아오는 길.


공모주, 따상과 울상 사이

가죽 재킷 입은 진배, 한기가 느껴지는지 '부르르' 떨자 핀잔주
는 연자.

연자    아, 그러니까 왜 그런 걸 입어서! 멋 내다 얼어 죽어 당신!
진배    하나도 안 추운데 뭐.

연자, 그때 뭔가를 본 듯 '어머, 어머' 거린다.

연자    저기 옥선 언니 아들 아냐?

진배, 맞은편을 보니 멀리서 선우가 걸어가는 게 보인다.
진배, 최선우 씨? 혼자 중얼거리는데…

연자    우리 성당 형님 하나 있는데 그 아들내미거든? 잘 나갔어~ 서울
          대 나오고.
진배    (놀라) 서울…내셔널유니버시티?
연자    그래~ 근데… 뭔 일을 저질렀는지 글쎄… 감빵을 갔대~
진배    감빵?!
연자    응. 그래서 그 형님, 남편이랑 도망치듯 제주도로 내려갔잖아.
          보니까 이제 출소했나 보네. 어휴… 멀쩡히 생겨서…
진배    그게 진짜야?
연자    어~ 우리 성당 사람들은 다 아는 얘기야.

진배, 충격에 휩싸인 얼굴이다.

### 21. 족발집 / 밤

미서, 용선, 아줌마들, 족발 뼈를 응원봉 삼아 들고 왼쪽 오른쪽
흔들고 있다.
그 앞에 행자, 족발 뼈를 손으로 치면서 '할마에'처럼 카리스마
있게 응원법 강의 중.

행자      (불호령) 다시!! 빠입, 씩스, 세븐, 에잇! 사랑해요 나태주! 출구 없
어 나태주! 무덤까지 나태주!

행자의 구령에 맞춰 족발 뼈 흔들며 구호 외치는 아줌마들.
그러나 제각각 족발 뼈도 다르게 흔들고, 응원 구호도 다른 속도
로 외치는 아줌마들.

행자      스톱!!! 엉망이야 엉망! 목숨 걸고 하란 말이야!! 다시! 빠입, 씩스,
세븐, 에잇!! 사랑해요 나태주! 목소리 봐라!! 응원에 미쳐 버리는
거야!

미서와 아줌마들, 행자의 카리스마에 박자 맞춰서 구호를 외
친다.

### 22. 선우 집 / 밤

선우, 집에 들어왔는데, '미끌~' 넘어질 뻔한다. 보면, 바닥이 반
짝반짝 빛나고.

| 강산(OFF) | 왔어요? 빨래했는데… |
|---|---|

보면, 강산, 앞치마 입고 해맑게 선우의 사각 팬티를 '팡팡!' 털어 널고 있다.

| 선우 | (짜증. 팬티 뺏으며) 어제 하루만 계신다고 하지 않았나요? |
|---|---|
| 강산 | 그게… 사정이 생겨서 하룻밤만 더… 하하… 저녁은? |
| 선우 | 먹었어요. 웬만하면 빨리 거처 구하셨으면 좋겠습니다. |
| 강산 | 네… |

선우, 방으로 들어가고.
강산의 전화가 울린다.

| 강산 | (받으며) 여보세요? 네 맞아요. (사이) 아 면접이요?? 지…지금 가능합니다! 네네! |
|---|---|

### 23. 카페 / 밤

20대 중반의 앳된 여자 사장이 카운터를 보고 있고, 문 열고 들어와 두리번거리는 강산.

| 강산 | 안녕하세요. 저… 여기 사장님은 어디 계신가요? |
|---|---|
| 카페 사장 | (뾰루퉁) 전데요. |
| 강산 | 아!!! 아~ 사장님이시구나~ 아우 죄송합니다… |

| 카페 사장 | 면접 보러 오셨어요? 강산… 씨? |
|---|---|
| 강산 | 네. 맞습니다. |
| 카페 사장 | (갸웃) 근데… 나이가 어떻게 되세요? |
| 강산 | 마흔 살입니다. |
| 카페 사장 | (난감. 잠시 생각하다) …죄송한데 알바 이미 구했어요. |
| 강산 | 예?! 아니… |
| 카페 사장 | 죄송함다~ |
| 강산 | (속상한) … |


24. 선우 집 주방 / 밤

캄캄한 집. 식탁에 앉아있는 선우, 노트북 화면에서만 빛이 새어
나온다.
보면, 노트북 화면에 HTS 로그인 창이 띄워져 있다.
선우, 잠시 생각하더니 로그인 창에 아이디와 비밀번호를 입력
한다.
심호흡 하고 잠시 망설이다 엔터키를 치는 선우의 손.
시야가 흐려진다. 구토가 나올 것 같아 급히 화장실로 뛰어가는
선우.


25. 선우 집 화장실 / 밤

선우, 세면대에서 얼굴을 씻는다.
그러더니 거울을 보고… 만감이 교차하는 표정.

선우          하아… 했다…


26. 선우 집 선우 방 / 밤

     화장실에서 나와 비틀비틀 침대에 쓰러지듯 눕는 선우, 눈을 감
     는다.


27. 선우 집 주방 / 밤

(E)         도어 록 누르는 소리.

            면접 갔다가 돌아온 강산, 조심스레 들어오는데…
            주방을 지나치다 켜져 있는 선우의 노트북을 보게 된다.

강산         (보다가 깜짝 놀라) 이게… 뭐야?!

            선우의 HTS 총 자산 2,045,200,000원.

강산         (세 보는) 일…십…백…천… 20억??!…

            강산, 다리가 풀려 털썩 주저앉는다.

#. 도서관 외경 / 낮

28. 도서관 복도 / 낮

    진배, MTS를 확인 중이다. 놀라서 두 눈을 비비고 다시 보는…
    옆에 있는 예준은 빵을 우물우물 먹고 있다.

| | |
|---|---|
| 진배 | 이게 뭐야… 참나… |
| 예준 | (빵 먹으며) 왜 그러시는데요? |
| 진배 | 아니… 존앤잼게임즈 청약 넣었거든. 2000주 신청했는데 꼴랑 2주 배정 받았다. 어이가 없어서… |
| 예준 | 아~ 원래 인기 공모주가 그래요. |
| 진배 | 음… 이거 배정된 거 빼고 나머지 돈은 돌려주는 거지? |
| 예준 | 네. 나머지 증거금은 환급 돼요. |
| 진배 | 다행이다. (하다) 이제 피시방 안 가고 다시 도서관 나오기로 한 게냐? |
| 예준 | 네. 강산 삼촌이랑 이제 안 놀라구요. 삼촌이 피시방비 없다고 5천 원도 꿔줬는데… 전화도 안 받고… |
| 진배 | 뭐? 애 코 묻은 돈을 떼먹어…? (지갑에서 만 원짜리 꺼내서 준다) 자. |
| 예준 | 오천 원인데요. |
| 진배 | 됐으니까, 이제 게임 같은 거 하지 말고 여기 와서 매일 책 읽어라. 응? 너 나사에서 일 안 할 거야? |
| 예준 | 할 거예요! 그리고 어차피 이제 학원 하나 더 가야 돼서 피시방 못 가요… |

| 진배 | (짠하다. 머리 쓰다듬어 주며) 빵 좀 더 사 줄까? |
|---|---|
| 예준 | 네~! |
| 진배 | 너… 할아버지는 괜찮지만… 누가 빵 사 준다고 홀랑 따라가고 그럼 안 된다~ |
| 예준 | 어떤 사람이요? |
| 진배 | …이를테면 최선우 회원… 같은 선한 얼굴이라도… (번뜩 정신 차리면서) 아니다… 내가 무슨 말… 암튼 아무나 막 따라가면 안 돼요~ |
| 예준 | 네… |

진배, 예준이 손잡고 매점으로 향하는…


### 29. 팬 미팅장 앞 (실내) / 낮

컵, 인형, 우산, 티셔츠 등 나태주 굿즈를 잔뜩 사 들고 신난 아줌마들.
연령대 높은 팬들 사이에 젊은 미서와 선우가 튄다.

| 미서 | ('저렇게 좋을까' 물끄러미 바라보다) …그렇게 나태주가 좋으세요? |
|---|---|
| 아줌마1 | 그럼~! 내가 태주 때문에 우울증도 없어지고 요즘 살 맛 난다니까~ |
| 미서 | 혹시… 이렇게 덕질하는 거… 가족 분들이 싫어하진 않으세요? |
| 용선 | 오히려 좋아하제~ 생각해 봐라. 미서 씨 부모님이 사이비, 집회, 덕질. 이 중에 뭐에 빠지는 게 좋겠노? |

| 미서 | (!! 한방에 이해) 덕질이요…!! |
|---|---|
| 아줌마2 | 그치? 우리 딸내미도 "향숙이 하고 싶은 거 다 해~" 하면서 응원해 준다니까? |

그때, 저 멀리 나태주 등신대 옆자리 맡은 행자, 아줌마들을 부른다.

| 행자 | 여기!! 여기! 와서 태주랑 사진들 찍어요! |
|---|---|

등신대 쪽으로 우르르 몰려가는 아줌마들.
밝은 얼굴로 사진 찍는 모습을 보며 미서, 결심한다.

| 미서 | 반짝반짝하네요. |
|---|---|
| 선우 | 뭐가요? |
| 미서 | 어머니들의 저 눈빛이요. 완전 진심이네… 게다가 저 재력. 아주 논밭까지 팔 기세야!… 이거 분명 따상 갈 것 같아요. |
| 선우 | (끄덕) 네… 잘 될 것 같아요. |
| 미서 | 따따상 가는 거 아냐~? |

그때, 아줌마들이 둘을 부른다.

| 용선 | 선우 씨! 미서 씨! 와서 사진 찍어라. '퍼뜩!!' |
|---|---|
| 미서 | 아, 저는 괜찮… (하며 옆을 보는데) |

이미 걸어가고 있는 선우, 나태주 등신대 옆에 서서 무표정하게
셀카를 찍는다.

미서          뭐야… 진짜…

그때, 행자, 음흉하게 웃으며 미서에게 다가온다.

행자          아우~ 미서 씨. 선우 씨 마음 좀 받아 줘어~
미서          진짜 아니라니까요! 저기 사진 찍는 거 봐요.
행자          저건 그냥 찍는 거지. 훼이크. 훼이크. 남자는 마음 없는 여자한
             테는 절~대 시간과 돈 안 써.
미서          …
행자          왜? 선우 씨가 시간과 돈을 좀 썼나 보지?
미서          (침 꿀꺽) 그런 거 아닌데요!
행자          (피식) 내가 볼 때 선우 씨는 나태주 팬이 아니라 미서 씨 팬이야~
             보니까 계속 미서 씨만 쳐다보더만.
미서          …절요?
행자          응~ 아주 눈이…
스탭(OFF)     입장하실게요~!


30. 공연장 안 / 낮
             무대에서 나태주가 '인생 열차' 노래를 부르고 있다.
             그 노래를 따라 부르며 환호하고 있는 행자와 아줌마들.

| 태주 | (노래) 오늘이란 역에서 내일이란 역으로 쉬지 않고 달려가는 인생 열차 쉬지 않고 달려가는 인생 열차~♪ |

그리고 그 사이에 영혼 없이 응원봉 흔들고 있는 미서.
힐끗 선우를 보는데… 선우, 미서를 보고 있었다.
눈 마주치고 화들짝 놀라는 미서.

| 선우 | 응원봉 불 안 켜졌는데요. |
| 미서 | !!… 아 네…! (응원봉 불 켜고) |
| 미서(E) | 나태주를 안 보고 날 보고 있었어…! |
| 행자 | (흥분해서 일어나며) 나태주~~! 너무 잘생겼따아~!! 오빠~!! |

나태주, 눈썹을 씰룩거리며 행자 쪽을 바라보며 웃는다.

| 태주 | (능글) 오빠 여깄다~ 너도 이뻐~ 우리 이쁜이들~ |

행자와 주변 아줌마들, "꺄악" 소리 지르며 녹아내리고…
행자에게 배운 대로 "사랑해요 나태주! 출구 없어 나태주! 무덤까지 나태주!" 응원한다.
다시 노래 시작하는 나태주, 트레이드마크인 태권 트로트로 매력을 뽐낸다.
그의 돌려차기 한 번에 "꺄악!!!!" 소리 지르는 아줌마들. 그의 공중돌기에 거의 쓰러지고…
미서 양옆의 아줌마들, 미서 손을 잡고 같이 위로 흔들어 대는데…

미서는 선우만 쳐다보며 고민하는 얼굴이다.


| 태주 | 우리 예쁜이들이 좋아하는 선물 타임! |
| 아줌마들 | 꺄아아아!! |
| 태주 | 내 노래에 맞춰 멋진 춤을 춘 예쁜이에게 태주가 선물 쏩니다! |

나랑 같이 춤출 사람 없나요~ (선우를 발견하고) 어! 거기 남자 분!

귀한 남자 팬!!

선우      (손으로 자기 가리키는) ??

태주      네. 거기 잘생긴 남자 분! 올라오세요!


아줌마들에게 등 떠밀려 선우가 무대로 올라가고… '무조건' 노래의 전주가 흘러나온다. 노래에 맞춰 태권 안무하는 나태주.

선우, 쭈뼛거리다가 나태주가 같이 하자고 재차 권하자 눈 딱 감고 멋지게 정권 지르기, 막기, 발차기 한다. (슬로우)


미서      (내가 뭘 본 거지?) !!!!

행자      미서 씨… 미안해. 이제 보니까… 선우 씨 태주한테 진심이네…

팬 맞네.


미서, 무대에서 눈을 떼지 못하는…


31. 미서 집 앞 거리 / 밤

선우, 경품으로 받은 온수 매트를 들고 미서와 걷고 있다.


미서       선우 씨 태권도 잘 하던데요?

선우       뭐 별로 잘하진 않았는데.

미서       (또 생각나서 웃긴) 근데 선우 씨 가만 보면 좀 뻔뻔한 면도 있어요.
                무대에 올라가다니… 축하해요, 온수 매트.

선우       …이거 미서 씨 가져요.

미서       네?

선우       우리 집엔 이미 있고… 미서 씨 추위 많이 타잖아요.

미서       …

선우       무거우니까 집까지 갖다 줄게요.



32. 미서 집 안 / 밤

선우, 열심히 온수 매트를 미서 침대에 설치해 주고 있다.
그 모습을 물끄러미 보는 미서.


미서(E)    온수 매트면 사랑인데… 어느 남자가 저걸 직접 깔아 주겠냐
                고… 그래, 확실히 물어보자.

미서       저… 선우 씨… 혹시 우리 둘이 사귄다고 생각하고 있는 건 아
                니죠?

선우       네? 그게 무슨…

미서       아니, 갑자기 나한테 너무 잘해주니까… 며칠 전에… 그… 우리
                가… 그…

선우    아! 그날이요…?

미서    (사색) 예. 그날요…

선우    (피식) 우리 아무 일도 없었어요.

미서    ??

선우    (웃으며) 우리 안 잤다고요. MTS 켜 봐요. 미국 주식.


미서, 황급히 MTS 켜 본다.


<인서트>

미서 보유 종목에 티슬라 외에 여러 가지 미국 주식들이 담겨 있다. 디즈니, 베타항공, 코코콜라, 애플즈 등등.


미서    어? 나 이런 거 산 적 없는… (하다가, ‼ 불현듯 뭔가 떠오르는)


<플래시백> 5부 #38 연결

선우와 미서, 얼굴이 가깝게 닿아 있고…


미서    우리… 할래요?

선우    !!!

미서    (혀 꼬이는) …해요. 우리… 미국 주식.

선우    (힘 풀리는) 하…


미서, 선우를 옆으로 밀어 버리고 벌떡 일어나서 MTS를 켠다.

| 미서 | 장 마감 전에 얼른 담읍시다. (게슴츠레한 눈으로) 어디 보자… 디주니도 사! 베타항공도 사!… 코코콜라 사, 말아?… 에잇 사! 다 사! |
|---|---|

미서, 폭주해서 주식 이것저것 매수해 대고.

| 선우 | (미서 말리며) 그만…! 그만 해요!! |
|---|---|

<다시 현재>
미서, 십년감수했다. 안도하는 표정.

| 미서 | 아~ 난 또… |
|---|---|
| 선우 | (픕) … |
| 미서 | 뭐야. 설마… 지금까지 나 놀린 거예요? |
| 선우 | (웃음 터진) 미안해요. 미서 씨 반응이 너무 재밌어서… |
| 미서 | 아 뭐야~ 뭔 이런 실없는 장난을 해요! |
| 선우 | (실컷 웃다가 '쿨럭') 나 물 좀 주면 안 돼요? |
| 미서 | 뭐야… 진짜 뻔뻔하네. 그러면 나태주 팬인 건 맞아요? |
| 선우 | 네, 맞다니까요. |
| 미서 | (절레절레) 진짜 알다가도 모르겠네… |

구시렁거리며 냉장고 쪽으로 가는 미서.

| 미서 | (퉁명스럽게) 물 줘요, 아님 주스? |
|---|---|
| 선우 | 물 주세요. |

선우, 원룸에 어울리지 않는 고급 대형 냉장고에 눈길이 간다.

| | |
|---|---|
| 선우 | 근데 그 냉장고는 뭐예요? |
| 미서 | …혼수로 산 건데… 이것만 먼저 배송됐어요. (물 따르며) 당근에 팔려고 했는데 비싼 거라 잘 안 팔리네요. |
| 선우 | …제가 살게요. |
| 미서 | (놀라) 네? 이걸요? 왜요? |
| 선우 | 뭐 저희 집 냉장고가 낡기도 했고… 그리고… |
| 미서 | … |
| 선우 | 미서 씨 그거 보면 계속 최 서방 씨 생각날 거 아니에요. |

선우의 의미심장한 말에 놀란 미서.
선우, 미서 쪽으로 걸어온다.
미서, 심장이 두근두근한데.

| | |
|---|---|
| 선우 | (물 쭉 마시고 내려놓는) 갈게요. 잘 자요. |
| 미서 | … |

'쾅…' 선우가 나가고도 한동안 멍한 미서.


33. 길거리 일각 / 밤

미서 집에서 나와 주머니에 손 넣고 걸어가던 선우, 문득 손에
뭔가 만져진다.

주머니에서 꺼내 열어 보는데, 나태주 나무위키를 프린트한 자료다. 중요 정보에 형광펜, 별표 등으로 '꼭 외울 것' 표시해 놓고 시험 준비하듯 공부한 흔적.

선우, 물끄러미 보다가 대충 구겨서 옆에 있는 쓰레기통에 버리고 유유히 걸어간다.

씨익 웃으며 가는 선우의 모습에서 스틸 걸리며…

<6부 끝>

주식 성공투자의 지름길
상한가로 슈가

EPILOGUE

6

# 공모주

#따상만 기다려? 그건 너의 환상

#1. 숙가 유튜브 전용방 / 밤

숙가, 개인 방송 화면이 보이는 방구석 한편에서.

숙가 여러분, 한국 증시 역사가 새로 써 졌습니다. 올해 초 에너지 솔루션이 공모주 총액에서 사상 최대 금액 114조 원의 돈을 끌어 모았는데요. 공모주 한 개 종목에 개인 투자 자금이 100조 원 넘게 몰린 것은 이번이 처음입니다. 심지어 청약자 가운데 절반은 MZ세대로 불리는 2030세대라는데요. 도대체 공모주가 뭐길래 무려 100조 원이 넘는 돈이 몰리는 건지. 자, 그럼 오늘 공모주에 대한 얘기를 같이 나눠 봅시다.

#2. 선우 집 & 숙가 유튜브 전용방 / 밤 (교차 편집, 화면 분할)

선우, 노트북 모니터 화면에 시선 멈춰 있고.

선우 이야… 볼수록 진짜 너무 닮았는데? 석재 쌍둥이라고 해도 다 믿겠네.

숙가 우리나라는 언제부터 이렇게 공모주에 대한 관심이 높았던 걸까요? 과거에도 이렇게 많은 돈이 몰렸던 일이 있었을까요? 연도별 IPO 공모 금액! 기업 공개를 했을 때 공모 금액이 얼마나 모였는지 추이가 나오고 있습니다. 쭉 보면 작년 2021년이 무려 역대 최고였습니다. 엄청나게 큰 기업들이 계속 상장하면서 모인 공모 금액이 21조 원이죠. 표를 보면 알겠지만 정말 압도적인 일이라고 할 수 있겠죠. 게다가 2022년 올해엔 이미 대

기업 하나로 작년의 절반을 넘었습니다.

(CG) '연도별 IPO 공모 금액 추이' 그래프 발생

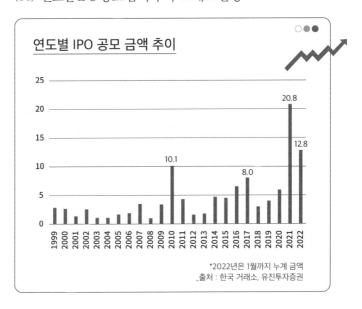

그럼 이렇게 공모주 청약에 관심이 많이 쏠린 이유가 뭘까요?
IPO라는 것은 주식이 시장에 선보이는 첫 거래이다 보니 기대
심리가 더 많이 생겼죠. 게다가 가장 중요한 거~ 공모주 가격은
예상 시장 가격보다 10~30% 낮게 발행됩니다.

왜냐하면… 이유가 있습니다. 공개 시장에 내 주식을 선보이는
건데 만약 팔리지 않을 경우, 이 IPO를 주관한 증권사나 발행사
가 이 물량을 떠안아야 될 경우가 있습니다. 그래서 안 팔리면
내가 다 받아야 되기 때문에 조금 가격을 낮춰서 다 팔리도록
유도한다고 보면 될 것 같습니다.

그리고 어디선가 들어봤을 법한 바로 그 단어! 따상!! 우리 주식 시장에는 상한가가 30%입니다. 다만 예외가 있습니다. 처음 공개 시장에 등장한 새내기 주식의 경우에는 적정한 가격을 찾을 시간을 주기 위해서 첫날은 상한가 제약이 완화됩니다.

댓글, '설명이 너무 어려우세요…^^ 그래서 귀에 쏙쏙 안 들어오고', '다시듣기 찬스', '묘하게 알 것 같은데 모르겠어!!'

(CG) '따상 도식화' 발생

> 국내 주식시장 상한가 30%
>
> But, 처음 공개 시장에 등장한 주식은 적정 가격을 찾기 위해 첫날은 상한가 제약 완화.
>
> 시초가는 공모가의 -10%~+100%(공모가 대비 2배) 사이에서 결정
>
> ex) 공모가가 10,000원일 때 시초가가 20,000원에 결정됐다.
> └─100% 올랐으니 따블─┘
> +
> 상한가 +30% 주가 상승
> ǁ
> 26,000원 따블 상한가

숙가    조금 자세하게 설명을 드리면 시초가는 공모가의 -10% ~ +100% 사이에서 결정 가능합니다. 즉, 주가가 100%가 뛴 상태에서 상한가 30%까지 오를 수 있는 겁니다. 이걸 계산해 보면 100%니

까 따블 올랐고 거기서 상한가 30% 더 올랐고, 따블, 상한가 합쳐서 따상이라고 합니다.

그래서 지난해에는 '대형 공모주는 무조건 따상 아니야?' 하는, 공식 같은 경험을 느끼게 되면서 정말 많은 분들이 공모주 청약에 뛰어들었다고 할 수 있습니다. 하지만 '공모주를 받으면 오른다. 심지어 따상을 한다.' 이 생각이 맞을까요??

> ○●●
>
> **공모주는 무조건 따상이다?**
> - 해당 기업의 적정 주가는 아무도 모른다.
> - 따상이 된 주식은 극히 일부 사례일 뿐
> - 대부분의 공모주는 변동성이 크다.
>
> **무턱대로 청약하기엔 위험이 크다!**

공모주가 따상을 하는 가능성을 따져 보면 굉장히 낮습니다. 왜냐하면 새내기 기업이기 때문에 이 기업의 적정 주가가 얼마인지 아무도 모릅니다. 그 주가를 찾는 기간이 필요한 거죠. 이게 보통 한 달에서 길면 6개월까지 갑니다. 한마디로 따상이 된 몇 개의 주식이 있을 수 있지만 대부분의 주식들은 공모를 하게 되면 변동성이 굉장히 심해집니다. 그렇기 때문에 더 어려운 투자라고 할 수 있습니다.

왜냐하면 예측하지 못한 변동성. 물론 가격이 위일 수도 있겠지만 아래로 갈 수도 있기 때문에 상장한 지 6개월이 지나지 않은 주식은 투자하지 않는 투자자가 굉장히 많습니다. 그럼에도 불구하고 '공모주에 투자하겠다.' 또는 '청약하겠다.'라고 생각하는 분들이 많으시겠죠??

그러면 하나하나 단계를 살펴보도록 하겠습니다. 일단 여러분이 공모주에 청약한다 하면, 당연하겠지만 증권 신고서 정도는 살펴보는 것이 필요합니다.

선우    우리 회원님들 이런 거 안 찾아봤을 텐데…

선우, 영상 시청하다가 채팅창에 질문을 적는다.

별명 [선우]

선우    무료 열람 가능하죠? 어디 가면 볼 수 있나요?

슉가    선우 님! 감사합니다. 이상하게 제 친구랑 이름이 똑같으시네요. 어쨌건 증권 신고서라는 것은 투자자들이 위험을 알고 투자할 수 있도록 사전에 발행 증권과 발행 회사에 대한 사항 등을 기재해서 금융 감독원에 제출하는 공식적인 서류입니다. 전자 공시 시스템에 들어가면 누구나 문서 열람이 가능합니다.

그런데 '내용이 너무 많아요~ 내가 조금 투자하려고 이걸 다 언제 봐! 이게 뭐 거의 소설책이네.'라고 느낄 수도 있습니다. 다 볼 수는 없더라도 **공모 개요, 공모 가격, 공모가는 적절한지, 어떻게 산정했는지** 정도는 간단하게라도 살펴보는 게 좋습니다.

(CG) '증권 신고서' (별첨1) 발생

슉가    그러면 같이 한번 살펴볼까요? 여기 요약 정보는 말 그대로 증권 신고서의 내용을 한눈에 볼 수 있도록 대단히 간추린 정보입니다. 증권의 종류, 수량, 액면 가액 등을 확인할 수 있습니다.

또 우리가 궁금한 것! 누구에게 얼마만큼의 주식이 배정됐는지도 알아야겠죠? 우리는 일반 청약자에 해당합니다. 그러면 전체 주식 수의 몇 프로가 일반 청약자에게 해당됐는지, 청약 마감 후 청약 신청은 어떻게 됐는지, 청약자 수는 얼마인지, 비례 경쟁률을 통해서 내가 배정받을 수 있는 주식 수를 미리 보고 예상할 수도 있습니다.

그다음에 꼭 살펴봐야 될 또 하나의 내용, '투자 위험 요소'입니다. 시장 전반에 대한 분석이나 살펴봐야 할 위험 등에 대해서 유용한 정보를 모아 놓은 챕터라고 할 수 있습니다.

추가적으로 볼 만한 내용은 이런 것들이 있습니다. 인수인의 의견 챕터에서는 분석 기관의 평가 의견이 들어갑니다. 이 부분은 기업에 대한 평가 결과를 보여 주는데요. 청약과 관련해서는 '종합평가 결과'란에 '희망 공모가액'이라는 게 있습니다. 확정 공모가액이 희망 공모 금액보다 높게 정해진다면 이 기업의 공모주는 인기가 많았고 투자를 희망하는 투자자들이 많았다는 의미가 됩니다. 한마디로 해당 기업이 시장에서 어떻게 평가가 되고 있는지 어떤 기대를 받고 있는지를 판단할 수 있는 근거가 될 수도 있겠죠.

우리가 살펴본 증권 신고서는 공모주 청약을 한 투자자라면 잊지 않고 살펴보리라 믿어 의심치 않습니다. 가장 간단한 자료이면서도 가장 중요한 자료이기 때문에 한 번 정도는 살펴보고 청약 들어가길 정말 권해 드립니다.

우리한테 인기도 많지만 위험도도 큰 공모주 청약. 과거에는 요즘 같은 인기가 있지 않았습니다. 하지만 작년에는 아무래도 주식장이 셀 때이다 보니 공모주 청약에 대한 관심이 굉장히 높아졌습니다. 그러다 보니 '공모주면 무조건 버는 거 아니야?'라고 생각을 하면서 '묻지 마 청약'을 하는 경우가 많았습니다. 앞서 말씀드렸듯 증권 신고서나 그 외의 자료들을 꼼꼼하게 따져 보는 것이 공모주 청약 생활의 가장 중요한 덕목이 아닐까 생각합니다.

자, 공모주에 관심 많은 우리 동학 개미 여러분! 앞으로도 쑥쑥~ 계속 관심 가지는 건 좋겠지만 항상 위험을 따지는 현명한 개미가 되기를 기대하겠습니다. 쑥가는 여기까지였습니다. 안녕~

방송 종료되는 화면 효과.


<상권 끝>